Arena-Taschenbuch
Band 1817

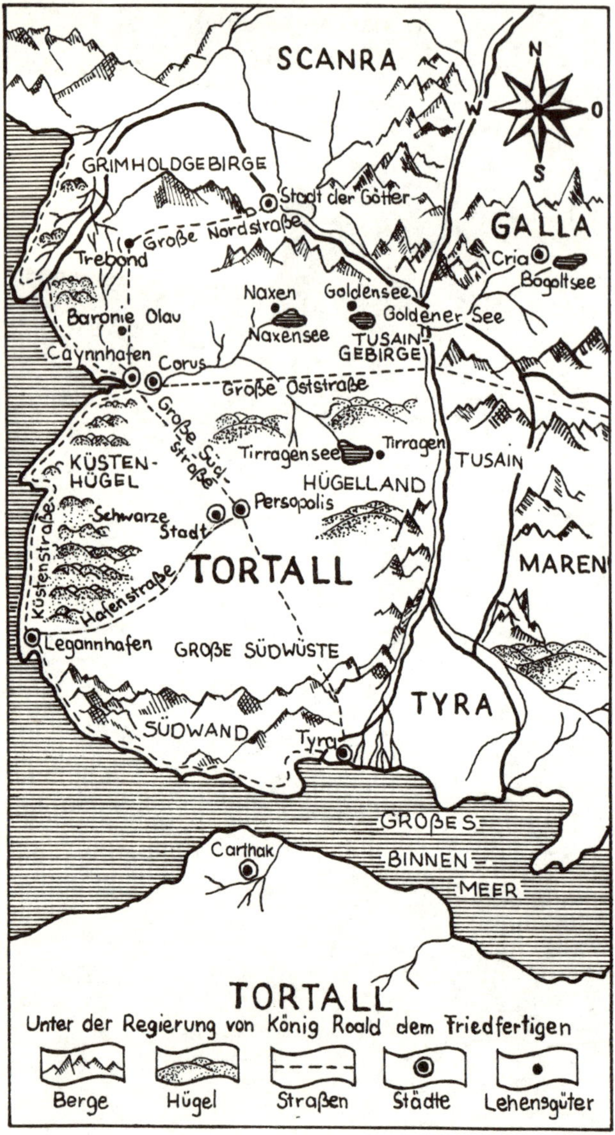
SCANRA
N
W
O
S
GRIMHOLDGEBIRGE
Stadt der Götter
GALLA
Große Nordstraße
Trebond
Cria
Bogoltsee
Naxen
Goldensee
Baronie Olau
Goldener See
Naxensee
TUSAIN GEBIRGE
Caynnhafen
Corus
Große Oststraße
Große Südstraße
Tirragensee
Tirragen
KÜSTEN-HÜGEL
TUSAIN
HÜGELLAND
Persopolis
Schwarze Stadt
TORTALL
MAREN
Küstenstraße
Hafenstraße
Legannhafen
GROßE SÜDWÜSTE
TYRA
SÜDWAND
Tyra
GROßES BINNEN MEER
Carthak
TORTALL
Unter der Regierung von König Roald dem Friedfertigen
Berge
Hügel
Straßen
Städte
Lehensgüter

Tamora Pierce

Alanna von Trebonds Abenteuer:
Drittes Buch

Das zerbrochene Schwert

Aus dem Amerikanischen von
Ulla Neckenauer

Mit Illustrationen von
Frantisek Chochola

Arena

In neuer Rechtschreibung

8. Auflage als Arena-Taschenbuch 2002

Titel der Originalausgabe:
»The Woman Who Rides Like a Man«
Originalverlag: Atheneum, New York
Aus dem Amerikanischen von Ulla Neckenauer

Umschlag und Illustrationen: Frantisek Chochola
Umschlagtypographie: Agentur Bachmann & Seidel
Gesamtherstellung: Westermann Druck Zwickau GmbH
ISSN 0518-4002
ISBN 3-401-01817-5

Inhalt

Danksagung

Mein Dank gilt George S. Zarr jr., für seine Dienste als Kartograf und seine Geschicklichkeit beim Fotografieren von kamerascheuen Schriftstellerinnen. Ebenfalls danken möchte ich Ms Jean Karl und Mrs Claire Smith für ihre ausgezeichneten Ratschläge und ihre wahrlich phänomenale Geduld.

1
Die Frau, die wie ein Mann reitet

Alanna von Trebond, der einzige weibliche Ritter des Königreichs Tortall, planschte glücklich im Teich einer Oase und genoss ihr Bad – das erste seit drei Tagen. *Kaum zu glauben, dass im Norden Winter ist,* überlegte sie. Hier in der Südwüste war die Temperatur gerade richtig, nur ging ihr der viele Sand auf die Nerven.
»Beeil dich lieber!«, befahl Coram. Ihr stämmiger, schwer bewaffneter Begleiter hielt Wache hinter den Büschen, die den Teich abschirmten. »Falls das 'ne Wasserstelle von den Bazhir ist, halt ich's für ratsam, nicht hier rumzulungern, bis wir erfahren, ob sie unserm König die Treue geschworen haben oder nicht.«
Alanna kletterte aus dem Wasser und griff nach ihrer Kleidung.
Sie war nicht sonderlich darauf erpicht, mit Angehörigen des Volkes Bazhir zusammenzutreffen, vor allem dann nicht, wenn es sich um Abtrünnige handelte. Sie und Coram waren auf dem Weg nach Tyra im Süden. Falls sie mit den kriegerischen Männern aus der Wüste aneinander gerieten, war ihre Reise schon zu Ende, bevor sie überhaupt richtig angefangen hatte.
Die junge Ritterin trocknete sich ab und zog ein blaues Männerhemd und Kniehosen über. Zwar war die Tatsache, dass sie in Wirklichkeit ein Mädchen war, nicht mehr so geheim wie damals während ihrer Ausbildung im königlichen Palast, aber sie bevorzugte immer noch Männerkleidung, da ihr diese mehr Bewegungsfreiheit bot. Es war komisch, wenn sie daran dachte, dass sie bei ihrem letzten Bad in einer Oase noch Page gewesen war. Damals hatte Prinz Jonathan gerade erfahren, dass sie ein Mädchen war. Jene Tage, in denen sie sich ihre Brüste mit Bandagen flach

presste und nie schwimmen ging, waren vorüber. Sie trauerte ihnen nicht nach.
Immertreu, ihr Kater, miaute eine Warnung. »Alanna!«, schrie im selben Moment auch Coram. »Probleme im Anzug!« Alanna packte ihr Schwert und rannte zu Coram und den Pferden hinüber. Eine Staubwolke näherte sich. Das mussten Angehörige eines Bazhir-Stammes oder Räuber sein. Alanna zog eine Grimasse, als sie in Mondlichts Sattel sprang. Sie ritt ein Stück im Trott, bis Immertreu wie ein kleiner schwarzer Strich über den Sand gesaust kam, einen Satz machte, genau vor seiner Herrin landete und dann in die lederne Schale kletterte, die am Sattel für ihn befestigt war. Mondlicht, Alannas sanfte Stute, war an das abrupte Kommen und Gehen des Katers gewöhnt und blieb ruhig.
»Los! Wir versuchen die Straße zu erreichen!«, rief Alanna Coram zu. Sie preschten los. Alanna, tief über Mondlichts fahle Mähne gekauert, warf einen Blick nach hinten zu Coram. Sie sah, dass er den Kopf schüttelte. »Keine Chance!«, brüllte er. »Sie haben uns ausgemacht! Reit weiter – ich halte sie auf!«
Alanna wirbelte herum und stoppte. In ihrer Hand funkelte Blitzschlag, ihr Schwert. »Wofür hältst du mich? Wir warten hier auf sie.«
Coram fluchte. »Wenn du meine Tochter wärst, würd ich dir den Hintern versohlen! Verschwinde!«
Alanna schüttelte störrisch den Kopf. Jetzt konnte sie ihre Verfolger sehen. Es waren Männer von den Hügeln und schlimmere Wüstenbanditen als die gab es nicht. Sie griff hinter sich, löste ihren Schild aus den Riemen und nahm ihn mit dem linken Arm auf. Coram tat es ihr nach.
»Ein störrischer Balg bist du!«, knurrte er. »Ich hätt lieber

mit zehn Bazhir-Stämmen gekämpft als mit ein paar von diesen Kerlen aus den Hügeln.«

Alanna nickte. Die Bazhir waren zwar gefährliche Kämpfer, doch sie hatten einen strengen Ehrenkodex. Die Hügelmänner lebten, um zu töten und zu plündern.

Sie packte Blitzschlag fester und legte ihren Schild noch einmal zurecht. Die Männer schlossen rasch auf und formierten sich zu einem Halbkreis, um Alanna und ihren Begleiter zu umzingeln. Alanna biss grimmig die Zähne zusammen und befahl: »Wir starten einen Angriff!«

»Bist du verrückt geworden?«, brüllte Coram. Alanna preschte geradewegs auf die Männer los. Coram schluckte mühsam, stieß einen Kriegsschrei aus und folgte ihr nach. Mondlicht bäumte sich hoch, als sie auf die ersten Banditen stieß, und schlug mit den Hufen aus. Sie war schon vor Jahren für den Kampf geschult worden. Alanna verteilte ringsum Hiebe mit ihrem Schwert. Das Wutgeschrei der Feinde ignorierte sie.

Ein einäugiger Bandit drang auf sie ein und griff nach ihrem Schwertarm. Wild fauchend machte Immertreu mit gezückten Krallen einen Satz aus seiner Schale. Der Einäugige stieß einen Schrei aus, ließ Alanna los und mühte sich den fauchenden Kater abzuwehren, der ihm ins Gesicht gesprungen war.

»Sieh dich vor, Mädchen!«, bellte da Coram, der eben versuchte drei Kerle gleichzeitig abzuwehren. Er stieß einen Schmerzensschrei aus, als ihm einer am Schwertarm eine tiefe Wunde versetzte. Fluchend ließ er seinen Schild fahren, wechselte das Schwert in die linke Hand und griff von neuem an.

Von ihrem Begleiter gewarnt, wirbelte Alanna herum. Sie

sah sich einem riesigen Banditen gegenüber, einem grinsenden Koloss mit rotem Haar und einem langen, zu zwei Zöpfen geflochtenen Schnurrbart. Er lenkte sein zottiges Pony mit den Knien und schwenkte mit beiden Händen ein Schwert, das mit einer eigentümlichen Kristallklinge ausgestattet war. Alanna warf einen Blick auf die rasiermesserscharfe Waffe, schluckte mühsam und duckte sich unter dem ersten Hieb des Rothaarigen durch. Er führte einen weiteren Streich, den sie gerade noch rechtzeitig mit ihrem Schild auffing. Unter der Wucht des Aufpralls stieß sie einen Schmerzensschrei aus. Sie schlug mit Blitzschlag zurück, doch traf sie daneben, weil ihr Gegner blitzschnell davongaloppierte.

Sie weigerte sich die Verfolgung aufzunehmen und nach seinen Regeln zu kämpfen.

Stattdessen riss sie ihren Schild hoch, der eine Löwin als Emblem trug, und wartete ab.

Der riesige Kerl kam wieder, um sie wachsam zu umkreisen. Sein Pony machte einen Satz nach vorn, Mondlicht bäumte sich auf und wehrte es mit Huftritten ab. Ein zweites Mal traf die kristallene Klinge Alannas Schild. Der heftige Schlag fuhr ihr durch den ganzen Körper.

Hoffentlich hat mein Bruder diesen Schild mit einem mächtigen Zauber versehen, dachte sie grimmig. *Sonst übersteht er nicht mal seine erste Schlacht!*

Sie riss Mondlicht herum, während der Riese sie auf seinem wendigen Pony umrundete. Mit den Fersen spornte sie die goldfarbene Stute an und hieb nach ihrem Gegner. Sie war eine Ritterin des Königreichs Tortall! Mit ihr spielte man nicht!

Sie nahm jede Gelegenheit wahr eine Lücke in seiner Ab-

wehr zu finden, doch mit einem aufreizenden Grinsen blockte er sie jedes Mal ab.
Keuchend wich sie zurück. Sie hatte Mühe nicht die Beherrschung zu verlieren. Nun erwiderte der Riese ihre Attacke. Sie musste sich den Schweiß aus den Augen blinzeln. Einen Fehler konnte sie sich jetzt nicht leisten! Seine Taktik war anders als die der Ritter, gegen die sie bisher gefochten hatte; es gelang ihr nicht, vorherzusehen, was er im nächsten Augenblick plante.
Plötzlich schien ihr die Mittagssonne genau in die Augen – in diese Position hatte er sie absichtlich manövriert. Dass sein Schwert wieder heruntergefahren kam, sah sie erst im letzten Augenblick. Hart riss sie Blitzschlag hoch und fing den Hieb des Riesen ab. Metall klirrte auf Metall, als die Schwerter gleich unter dem Heft aufeinander trafen.
Dann brach Blitzschlag knapp unter dem Knauf.
Mondlicht galoppierte davon und trug sie aus der Reichweite des Hügelbanditen. Alanna starrte auf den Schwertknauf in ihrer Hand. Blitzschlag war ihr Schwert gewesen, seit man sie für würdig befunden hatte eines zu tragen. Wie sollte sie kämpfen ohne Blitzschlag in der Hand?
Sie tauchte aus ihrer Betäubung auf und tastete nach ihrer Axt. Sie zitterte vor Wut. Ihre ganze Willenskraft musste sie zusammennehmen, sonst hätte sie völlig die Beherrschung verloren und vielleicht einen verhängnisvollen Fehler gemacht. Aber dann stieß sie einen Schrei aus und preschte mit der Axt in der Hand auf den Banditen los. Die warnenden Rufe der anderen Hügelmänner hörte sie nicht, ebenso wenig wie Corams Freudengeschrei. Sie hörte nur den pfeifenden Atem des Ponys, dazu ihr eigenes Keuchen. Sie holte aus und fluchte, als sich der Bandit duckte und

zurückwich. Gerade schloss sie wieder auf, da stieß er einen Schrei aus, weil er hinter ihr etwas entdeckte. Wutentbrannt musste sie mit ansehen, wie er sein Pony herumwirbelte, nach den paar wenigen Männern brüllte, die ihm noch geblieben waren, und die Flucht ergriff. Alanna jagte hinterher.

»Komm zurück, Feigling!«, schrie sie.

Der Riese drehte sich um und schwenkte lachend sein Schwert. Doch er verstummte, als sich ein schwarzer Pfeil in seine Brust bohrte. Weitere Pfeile brachten die übrigen Banditen zu Fall; nur zweien gelang die Flucht. Von fünf weiß gekleideten Wüstenleuten verfolgt, galoppierten sie, als wäre der Teufel hinter ihnen her.

Ein Bazhir, dessen weißer Burnus mit einer scharlachroten Kordel gegürtet war, kam auf Alanna zugeritten, gerade als sie vom Pferd stieg. Sie starrte auf den Körper des Hügelbanditen hinunter, der das Kristallschwert geschwungen hatte. Schimmernd lag es neben ihm im Sand. Es funkelte und ganz plötzlich blitzte es auf, dass Alanna einen Moment lang geblendet war. Sie erstarrte: Vor dem gelb-orangefarbenen Feuer, das sie vor sich sah, tauchte ein Bild auf.

Ein dunkler Finger – oder war es ein Pfahl? – deutete in den kristallklaren, blauen Himmel hinauf. Davor stand ein Mann in zerlumpter, grauer Kleidung. In seinen Augen lag Wahnsinn. Sie konnte den Rauch eines Holzfeuers riechen.

Ihre Augen wurden klar, die Vision verschwand.

Alanna griff unter ihr Hemd und zog den Talisman hervor, den ihr vor drei Jahren die Muttergöttin geschenkt hatte. Einst war er ein Stück glühendes Holz aus ihrem Lagerfeuer gewesen. Jetzt war seine Glut von einem durchsichtigen

Stein umschlossen, doch unter der Oberfläche flackerte sie noch immer. Sobald Alanna diesen Talisman in die Hand nahm, sah sie, wenn Magie mit im Spiel war, die Zauberkraft als glühende Macht in der Luft. So sah sie auch jetzt, wie ein orangefarbenes Licht das Schwert umflackerte. Sie zog die Stirn in Falten. Mit Magie von genau derselben Farbschattierung hatte sie erst kürzlich zu tun gehabt. Die Erinnerung daran war nicht angenehm.

Der Bazhir, der ihr gefolgt war, stieß mit dem Fuß Sand über das Schwert.

»Es ist böse«, sagte er mit leiser, etwas rauer Stimme. »Soll es die Wüste behalten.«

Von der Magie abgelenkt, bemerkte Alanna erst jetzt, dass ihr die Tränen über die Backen liefen. Ihr war zu Mute, als habe sie einen Kameraden verloren, nicht nur Blitzschlag, ihr Schwert.

Ein Schimmern von Metall fiel ihr ins Auge. Sie blieb stehen, hob die abgebrochene Klinge auf, ließ sie in die Scheide gleiten und befestigte das nun nutzlos gewordene Heft. Solange sie ihre Waffe nicht zog, würde keiner merken, dass sie zerbrochen war.

Sie kletterte auf ihr Pferd und setzte eben Immertreu vor sich zurecht, als Coram auf seinem Wallach angeritten kam.

»Tut mir Leid, Mädchen«, sagte er leise und legte eine Hand auf ihren Arm. »Ich weiß, was dir das Schwert bedeutet hat. Aber daran musst du jetzt nicht denken. Diese Burschen – vielleicht sind sie ja Freunde, vielleicht aber auch nicht. Keine Ahnung, wieso sie uns das Leben gerettet haben. Am besten stellst du dich jetzt drauf ein, mit ihnen zu reden.«

Alanna nickte und versuchte sich zu sammeln. Ihre Retter hatten einen lockeren Kreis um sie und Coram gebildet.

Nun trat der Mann, der das Kristallschwert mit Sand bedeckt hatte, zu ihnen. Mit leichter Hand führte er einen mächtigen, kastanienbraunen Hengst. Die anderen machten Platz. Eine Weile sagte er nichts.
Er starrte sie nur an.
Schließlich nickte er. »Ich bin Halef Seif, Häuptling vom Stamm des Blutigen Falken vom Volke der Bazhir«, sagte er förmlich. »Jene, die tot sind, waren Unbefugte auf unserem Sand. Sie ritten hier ohne Erlaubnis. Auch ihr kommt ungebeten. Weshalb sollten wir nicht mit euch verfahren, wie wir mit jenen verfuhren, Frau-die-wie-ein-Mann-reitet?«
Alanna rieb sich erschöpft die Stirn. Sie war zu müde und zu benommen für das höfliche Geplänkel, das bei den Bazhir als Konversation galt. Der Umgang mit diesen Wüstenkriegern war schwierig. Glücklicherweise war sie von einem Experten in ihre Bräuche eingewiesen worden.
Immertreu kletterte auf ihre Schulter, was die zuschauenden Stammesleute mit einem Murmeln quittierten. Alanna sah ihren Kater wütend an. Er wusste genau, wie nervös er die Bazhir machte, das war klar. *Schwarze Katzen mit purpurfarbenen Augen bekommen sie nicht oft zu Gesicht,* dachte sie sich. »Du wirst langsam zu groß, um da oben zu hocken«, flüsterte sie.
Mach dir mal darüber keine Sorgen, erwiderte Immertreu. Sein Miauen war für Alanna seit jeher ebenso verständlich wie die menschliche Sprache. *Red jetzt mit ihnen.*
Plötzlich fühlte sie ihre Zuversicht und Energie wiederkehren. »Ich hoffte, Ihr werdet Gerechtigkeit walten lassen, Halef Seif vom Stamm des Blutigen Falken«, entgegnete sie. »Wir begingen keinen Diebstahl, auch taten wir keinem

etwas zu Leide. Wir, mein Freund und ich, reiten lediglich gen Süden. Würdet Ihr einem Krieger des Königs etwas zu Leide tun?«

Ihr Spiel verfehlte die Wirkung. Halef Seif zuckte die Achseln. »Wir kennen keinen König.«

Alanna hörte, wie Coram nervös in seinem Sattel hin und her rutschte. Vermutlich wäre es einfacher gewesen, wenn sie mit Männern zu tun gehabt hätten, die König Roald von Tortall anerkannten. Bestimmt waren Abtrünnige nicht gerade begeistert Roalds ungewöhnlichsten jungen Ritter in ihrer Mitte zu sehen.

»Ihr kennt keinen König, doch andere Eures Volkes kennen ihn wohl. Wenn sie wüssten, dass Ihr eine königliche Ritterin und ihren Begleiter festhaltet, würden sie Euch möglicherweise zur Vorsicht raten«, warnte Alanna.

Das sorgte für Belustigung unter den Reitern. Nur ihr Anführer machte immer noch ein grimmiges Gesicht. »Ist Euer König so machtlos, dass er Frauen als Krieger verwendet? Einen derartigen König können wir nicht wertschätzen, ebenso wenig wie eine Frau, die so schamlos ist, dass sie Männerkleidung anlegt und mit bloßem Gesicht reitet.«

Alanna deutete auf die Männer von den Hügeln, die sie mit Coram zusammen zu Fall gebracht hatte. »Auch sie hielten mich nicht für einen würdigen Gegner. Seid Ihr sicher, dass mein Freund und ich ihren Schwertern zum Opfer gefallen wären, wenn Ihr uns nicht beigestanden hättet? Sie zerbrachen mein Schwert.« Sie schluckte mühsam und fügte verwegen hinzu: »Aber was ist schon ein Schwert? Ich habe meine Axt, meinen Dolch und meinen Speer. Ich habe Coram Smythesson, der mir den Rücken deckt, wie ich den seinen decke.«

»Große Worte von einer kleinen Frau«, bemerkte Halef Seif. An seinem Gesichtsausdruck ließ sich nicht ablesen, was in ihm vorging.
Einer der Reiter, der die meisten anderen weit überragte, trieb sein Pferd nach vorn. Er starrte Alanna an, bis er plötzlich zufrieden nickte. »Sie ist es!«, rief er. »Halef, sie ist jene, die in unseren Legenden als Lichtgöttin bezeichnet wird.«
»Fahr fort, Gammal!«, befahl Halef.
Der mächtige Krieger verbeugte sich so tief vor Alanna, wie es ihm sein Sattel gestattete. »Erinnert Ihr Euch noch an mich?«, fragte er hoffnungsvoll. »Ich stand am kleinsten Westtor der Steinernen Stadt, die von denen aus dem Norden Persopolis genannt wird. Vor sechs Regenzeiten war es. Euer Herr, der Blauäugige, kaufte mein Schweigen mit Gold.«
»Natürlich!«, sagte Alanna und strahlte. Jetzt fiel es ihr wieder ein. »Und du hast auf die Münze gespuckt und draufgebissen.«
Der große Mann warf einen Blick zu seinem Häuptling hinüber. »Sie ist es! Sie kam mit dem blauäugigen Prinzen, dem Nachtgott, und die beiden befreiten uns vom Joch der Schwarzen Stadt.« Er schlug dicht vor seiner Brust das Zeichen gegen das Böse. »Ich ließ sie an jenem Morgen durchs Tor hinaus!«
Halef musterte Alanna mit gerunzelter Stirn. »Spricht er die Wahrheit?«
Alanna zuckte die Achseln. »Prinz Jonathan und ich ritten zur Schwarzen Stadt, das ist richtig«, bekannte sie. »Und wir kämpften mit den Ysandir – den Namenlosen«, fügte sie hastig hinzu, als die Männer unruhig zu murmeln begannen. »Und wir besiegten sie. Leicht war es nicht.«

Ein dürrer Mann im grünen Gewand der Bazhir-Schamanen – sie waren Zauberer, doch sie verfügten nur über eine beschränkte Zauberkraft – warf seine Kapuze zurück. Sein zottiger Bart stach von einem fahlen Kinn nach vorne ab. »Sie lügt!«, schrie er und trieb sein Pferd zwischen Alanna und die Stammesleute. »Die Lichtgöttin und der Nachtgott ritten auf einer Feuerkutsche zum Himmel, als die Namenlosen verschieden. Das ist allgemein bekannt!«
»Sie ritten zur Steinernen Stadt zurück, und zwar auf Pferden«, entgegnete Gammal störrisch. »Und die Stute, auf der die Lichtgöttin ritt, war wie diese hier – sie hatte die Farbe des Sandes und Mähne und Schweif waren wie Wolken.«
Während die Bazhir untereinander stritten, kam Coram herbei. »Was hast du denn da bloß wieder getrieben?«, fragte er leise.
»Du solltest lieber fragen, was *wir* da wieder getrieben haben, Jon und ich«, wisperte Alanna zurück. »Ich erzählte dir doch, dass wir in der Schwarzen Stadt waren. Oder etwa nicht? Wir kämpften dort gegen Dämonen und Jon erfuhr, dass ich in Wirklichkeit ein Mädchen bin. Das war vor sechs Jahren.«
»Hätt ich gewusst, dass ich mit 'ner Legende durch die Gegend reite, dann hätt ich mir's noch mal überlegt, ob ich überhaupt mitkommen will«, brummte Coram.
»Schweigt!«, befahl da Halef allen. Dann wandte er sich Alanna zu. »Lasst uns für den Augenblick annehmen, dass Ihr eine Kriegerin des nordischen Königs seid, Frau-die-wie-ein-Mann-reitet. Euer Schild ist Beweis dafür. Als Häuptling vom Stamm des Blutigen Falken lade ich euch ein heute Nacht das Feuer mit uns zu teilen.«
Alanna warf dem hoch gewachsenen Bazhir einen Blick zu.

Ob ich wohl eine andere Wahl habe?, überlegte sie. Schließlich verbeugte sie sich. »Eure Einladung ehrt uns. Selbstverständlich käme es uns nicht in den Sinn, sie abzulehnen.«

Das Zelt, das man ihr und Coram zuwies, war geräumig und luftig. Auch war es großzügig mit bequemen Kissen und Teppichen ausgestattet. Alanna ließ sich zu Boden fallen und dachte darüber nach, was sie vom Dorf selbst gesehen hatte. Wenn sie grob die Zahl der Zelte überschlug, ergab sich daraus, dass der Stamm des Blutigen Falken zumindest zwanzig Familien umfasste. Einige der Ledigen lebten vermutlich von ihren Eltern getrennt gemeinsam in einem großen Zelt. Der Schamane, derjenige, der seinen Burnus mit einer grünen Kordel gegürtet trug, war im größten Zelt des Dorfes verschwunden. Nach dem zu schließen, was Sir Myles, ihr Lehrer, gesagt hatte, diente seine Unterkunft auch als Tempel des Stammes.

Ihre Grübelei wurde von drei jungen Stammesangehörigen unterbrochen. Zwei trugen den Gesichtsschleier, den alle Bazhir-Frauen anlegten, sobald sie zum ersten Mal ihre Monatsblutungen bekamen. Das größere Mädchen balancierte ein Tablett mit Speisen und Wein, das es sorgsam zwischen Coram und Alanna auf die Erde stellte. Das andere Mädchen und ein großer, hübscher Junge begafften währenddessen die Gäste.

»Eine Frau mit hellen Augen haben wir noch nie gesehen«, meinte der Junge übergangslos. »Hat das Wasser, das im Norden vom Himmel fällt, alle Farbe ausgewaschen?«

»Natürlich nicht, Ishak«, gab das kleine Mädchen zurück. »Wie käme es dann, dass ihre Augen purpurfarben sind?«

»Ishak! Kourrem! Wollt ihr still sein!«, fauchte das Mädchen, das mit dem Tablett gekommen war. Es verbeugte sich tief vor Alanna und Coram. »Vergebt meinen Freunden. Die beiden vergessen, dass sie zu Erwachsenen des Stammes erklärt wurden.« Wütend funkelte es seine Freunde an. »Ich ließ euch mitkommen, weil ihr verspracht kein Wort zu reden. Ihr habt euer Wort gebrochen.«

»Ich habe nicht bei meinen Ahnen geschworen«, verteidigte sich der Junge namens Ishak.

»Wird Euer Kater sich von mir streicheln lassen?«, fragte Kourrem, das kleinere Mädchen, zu Alanna gewandt. »Er hat ebenfalls purpurfarbene Augen. Schön ist er. Ist er Euer Bruder, der durch einen mächtigen Zauber in einen Kater verwandelt wurde?«

Immertreu nahm das Lob mit selbstgefälliger Miene entgegen, schlenderte zu den Besuchern hinüber, ließ sich streicheln und bewundern.

Die Vermutung, sie müsse mit Immertreu verwandt sein, entlockte Alanna ein Lächeln. Schon viele hatten sich darüber gewundert, dass sie und ihr Kater dieselbe Augenfarbe hatten.

»Nein«, entgegnete sie und goss Coram und sich selbst Wein ein. »Immertreu ist ein Kater, sonst gar nichts. Mein Bruder ist zwar Zauberer, aber er hat immer noch Menschengestalt. Zumindest hatte er das, als ich ihn das letzte Mal traf.«

»Ich heiße Kara«, verkündete das große Mädchen. »Ich soll Euch bedienen, bis der Stamm über Euer Schicksal entschieden hat. Und jetzt müssen wir gehen«, fügte es widerstrebend hinzu. »Man hat uns verboten lange zu bleiben. Akhnan Ibn Nazzir sagt, dass Ihr uns verderbt, wenn wir nicht Acht geben.«

Alanna und Coram wechselten sorgenvolle Blicke. »Wer ist

dieser –«. Coram verzog das Gesicht, weil er unfähig war, sich die misstönenden Bazhir-Namen zu merken. »– der, der da sagt, wir würden euch verderben?«
»Akhnan Ibn Nazzir«, sagte Ishak von der Tür her. »Der Schamane. Er sagte, ihr wärt Dämonen und ihr wärt gekommen, um unseren Glauben auf die Probe zu stellen.«
Kourrem verdrehte die Augen. »Ibn Nazzir ist ein alter Trottel mit einem Bart, der aussieht wie struppiges Unkraut.«
Entsetzt hob Kara die beiden aus dem Zelt. Coram schüttelte sorgenvoll den Kopf. »Die Sache gefällt mir nicht«, bekannte er. »Meinst du, wir können irgendwas unternehmen?«
Alanna wickelte sich gerade in eine bestickte Decke. »*Ich* habe vor ein Nickerchen zu machen.« Sie gähnte. »Solange der Stamm keinen Entschluss gefasst hat, was sie mit uns anfangen wollen, können wir rein gar nichts tun.« Schon einen Augenblick später war sie fest eingeschlafen. Immertreu hatte sich neben ihrer Nase zusammengekringelt.
Coram war gerade bei seinem dritten Becher Dattelwein, als Halef Seif einen Blick ins Zelt warf. »Wenn sie schläft, sieht sie sanfter aus«, bemerkte er leise. »Wenn sie erwacht, dann sag ihr, dass der Stamm vor dem Abendessen am Lagerfeuer über euer Schicksal entscheiden wird. Ich lasse euch dann rufen.«
Coram nickte und trank seinen Wein aus. Alanna hatte Recht. Vorerst konnten sie wenig tun. Also machte er es sich bequem und machte ebenfalls ein Nickerchen.

Gerade verblassten im Westen die letzten Sonnenstrahlen, als Alanna erwachte. Coram schnarchte im Schlaf, Immer-

treu war verschwunden. Gähnend und sich streckend trat sie vors Zelt. Das Dorf wirkte eigentümlich still und wie verlassen. Gerade wollte sie auf einen Erkundungsgang gehen, doch da packte sie Ishak, der neben dem Zelteingang kauerte, am Hosenbein. Warnend legte er einen Finger vor den Mund und führte sie zurück ins Zelt.
»Dies ist die Zeit der *Stimme*«, erklärte er drinnen. Coram strich sich eben sein vom Schlaf zerzaustes Haar glatt. »Alle Erwachsenen des Stammes müssen teilnehmen, bloß ich wurde beauftragt mich um euch zu kümmern.«
Er hob den Kopf, als draußen Stimmen erklangen. »Es ist vorbei. Bald werden sie euch rufen. Ich werde euch zu ihnen bringen.«
»Hast du denn keine Angst, dass wir dich verderben?«, erkundigte sich Coram freundlich.
Der Junge schüttelte den Kopf. »Halef Seif sagt, dass nur derjenige, der verdorben werden will, dem Bösen anheim fällt. Halef Seif ist weise, er kennt die Menschen.«
»Weiser als euer Schamane?«, fragte Alanna.
»Akhnan Ibn Nazzir ist ein alter Wüstengockel«, entgegnete der Junge zornig. »Seine Magie richtet mehr Schaden an als Gutes.« Er warf Alanna einen erwartungsvollen Blick zu. »Ibn Nazzir sagt, Ihr wärt eine Zauberin aus dem Norden. Bringt Ihr mir Eure Magie bei? Seht her! Ein bisschen kann ich schon.« Er streckte die Hand aus und konzentrierte sich auf die Kugel aus rötlichem Feuer, die an seinen Fingerspitzen heranwuchs.
Alanna schlug ihm die Hand weg und durchbrach seine Konzentration. »Mit Magie kenne ich mich nicht aus«, sagte sie schroff. »Und ich will mich auch nicht auskennen. Die Zaubergabe bringt nur Leid und Tod.«

Kara steckte den Kopf durch den Eingang und verbeugte sich. Dann befahl sie: »Ishak, hilf unseren Gästen sich fertig zu machen.« Sie schluckte mühsam und sah Alanna an. »Braucht Ihr Hilfe, Frau-die-wie-ein-Mann-reitet?«
Alanna lächelte. »Dank dir, Kara, aber ich komme allein zurecht.«
Das Mädchen verbeugte sich ein zweites Mal. »Ishak bringt Euch zum großen Feuer, sobald Ihr fertig seid«, sagte es, bevor es den Zeltvorhang fallen ließ.
Coram war schon damit beschäftigt, eine von Alannas Satteltaschen zu öffnen und ihr Kettenhemd und die Beinkleider hervorzuholen. Ishak sog vor Bewunderung laut die Luft ein. Ehrfürchtig fuhr er mit den Fingern über das vergoldete Metall. Alanna hatte beides zum achtzehnten Geburtstag von ihren Freunden bekommen. Kettenhemd und Beinkleider waren extra für sie angefertigt worden und waren viel leichter als ihre Rüstung aus gewöhnlichem Metall. Sie schnallte sich den mit Amethysten besetzten Gürtel um die Taille und löste die Scheiden für Schwert und Dolch, da es unhöflich gewesen wäre, bewaffnet zu gehen. Außerdem schmerzte es sie immer noch, Blitzschlag anzusehen. Zuletzt hängte sie sich die mit einer drohend aufgerichteten Löwin verzierten Panzerhandschuhe an den Gürtel und nickte Coram zu. »Ich warte draußen auf euch beide«, sagte sie beiläufig. »Ich brauche Zeit zum Nachdenken.«
In Wirklichkeit hatte sie gehört, dass Immertreu dicht vor dem Zelt leise fauchte. Sie trat hinaus zu ihrem Kater und sah sich in der rasch herabfallenden Dunkelheit nach allen Seiten um. »Was willst du?«, flüsterte sie. »Wir müssen diesen Leuten –«.

Schatten bewegten sich in der Dunkelheit. Alanna erstarrte. Da tauchte Akhnan Ibn Nazzir auf. Er führte ein Pferd und verschwand mit ihm in der Nacht. »Was glaubst du wohl, was der im Schilde führt?«, fragte Alanna ihren Kater. »Glaubst du, er will uns Ärger machen?«
Ja, das glaube ich, entgegnete der Kater. *Er hat sich bei den jungen Leuten, die in dein Zelt kamen, erkundigt, was du Wertvolles besitzt. Ich glaube kaum, dass er gefragt hat, weil er es gut mit dir meint.*
Alanna seufzte und ging dann hinter Ishak und Coram her zum Lagerfeuer. War das Leben nicht so schon schwierig genug, auch ohne dass sie einen Bazhir-Schamanen zum Feind hatte?
Man gab ihr den Platz zur Rechten von Halef Seif. Coram ließ sich neben ihr nieder, Immertreu machte es sich vor ihren überkreuzten Beinen bequem. Während sich die Männer des Stammes in dem großen, vom Licht des Feuers erhellten Kreis versammelten, nahm Alanna Halef Seif genauer in Augenschein. Jetzt, wo er die Kapuze seines Burnus vom Kopf gestreift hatte, schätzte sie ihn auf Ende dreißig. Er war mager, hatte eine Hakennase und von seinen Nasenflügeln liefen scharfe Linien bis hinunter zu seinem schmallippigen Mund. *Ein Mann, der schon eine Menge erlebt hat,* sagte sich Alanna.
Die Frauen des Stammes standen hinter den Männern. Ihre Augen funkelten über den Gesichtsschleiern. Alanna versuchte ihre Nervosität zu verbergen. Sie wollte gut Freund werden mit diesen Leuten, doch hatte sie keine Ahnung, ob die auch gut Freund werden wollten mit ihr. Ein grüner Schatten fiel ihr in die Augen. Mit den anderen zusammen drehte sie sich um und sah zu, wie sich der Schamane

gegenüber von Halef Seif niederließ. Er sah sehr zufrieden mit sich aus und etwas sagte Alanna, dass er nichts Gutes im Schilde geführt hatte.
Halef erhob die Stimme, damit ihn alle hören konnten. »Unser Stamm ist in zwei Lager gespalten. Das eine sagt, man solle die beiden Eindringlinge aufnehmen, denn es handle sich um eine von den Göttern Erwählte und ihren Bediensteten und beiden gebühre es, dass wir ihnen Ehre erweisen. Das andere Lager verlangt ihren Tod, da sie Untertanen des Königs im Norden seien und weil sich eine Frau nicht aufführen dürfe wie ein Mann. Unsere Bräuche verlangen, dass sich die Fremden beide Meinungen anhören und Stellung dazu nehmen. So war es von jeher. Bevor andere sprechen, will ich sagen, was ich sagen muss. Ich bin der Häuptling vom Stamm des Blutigen Falken: Dies ist mein Recht.
Ich weiß nicht, ob diese Frau die Lichtgöttin ist, die mit dem Nachtgott kam, um uns vom Joch der Schwarzen Stadt zu befreien. Sie behauptet im Dienste des Königs aus dem Norden zu stehen, der unser Feind ist. Doch kam sie in friedlicher Absicht, bis die Männer aus den Hügeln sie angriffen. Sie kämpfte gut; sie und ihr Diener töteten viele der Hügelmänner, die auch unsere Feinde sind.
Sie reitet wie ein Mann, geht unverschleiert wie ein Mann, kämpft wie ein Mann. Sie soll sich als Mann beweisen, sie soll zeigen, dass sie ihre Waffen zu Recht trägt und unsere Freundschaft verdient.« Halef Seif hatte geendet und neigte den dunklen Kopf.
Jetzt begann die Diskussion. Der Schamane sprach als Nächster. Alanna war nicht überrascht, als er sie wegen ihres Aufzugs und ihrer Lebensweise der Götterlästerung

bezichtigte. Einige der Priester im Königspalast hatten mehr oder weniger dasselbe gesagt, als sie erfahren hatten, dass Alanna in Wirklichkeit ein Mädchen war. Nach dem Schamanen ergriff Gammal das Wort. Noch einmal erzählte er von den eigentümlichen Begebenheiten, die sich sechs Jahre zuvor in der Schwarzen Stadt zugetragen hatten.
Ein hoch gewachsener Bazhir namens Hakim Fahrar sprach von der Strafe, die jedem Fremdling gebührte: Tod. Andere im Stamm waren für Mäßigung und meinten, Menschen, die sich nicht änderten, wenn sich die Zeiten wandelten, seien dem Untergang geweiht. Die Debatte nahm kein Ende. Immertreu machte inzwischen ein Nickerchen. Wenn es nicht um ihr Leben und um das Corams gegangen wäre, hätte Alanna bei diesen langen Reden die Langeweile gepackt. So wie die Dinge standen, wuchs ihr Respekt vor Halef Seif, der darauf bestand, sich die Meinung eines jeden Mannes anzuhören. Dies war nicht das erste Mal – und es würde auch nicht das letzte Mal sein –, dass ihr auffiel, wie wichtig es den Angehörigen des Volkes der Bazhir war, dass jeder Mann das Recht bekam seine Meinung zu äußern. (In manchen Dingen ließ man sogar die Frauen mitreden, wie sie später erfuhr.)
Nur einmal wurde etwas gesagt, das sie verwirrte. »Die *Stimme* ließ sie und den blauäugigen Prinzen ehren, als sie vom Kampf mit den Namenlosen zurückkehrten«, erklärte Gammal dem Schamanen hitzig.
»Die *Stimme* sagt auch, wir müssten selbst über ihr Schicksal entscheiden«, warnte Halef. »Sei ruhig. Wir werden Gerechtigkeit üben.«
Alanna runzelte die Stirn. Ishak hatte eine »Zeit der *Stimme*« erwähnt, jetzt sprachen Gammal und der Häuptling

von der »*Stimme*«. *Hat mir Myles jemals von einem Gott oder einem Priester der Bazhir erzählt, der diesen Namen trägt?*, überlegte sie. *Ich glaube nicht. Wenn ich diese Nacht überlebe, muss ich Halef Seif fragen, was es mit dieser »Stimme« auf sich hat.*

Der älteste Mann des Stammes hob die Hand. »Es gibt einen Weg, um den Stand dieser Frau zu klären. Sie trägt Waffen wie ein Mann – lasst sie doch kämpfen wie ein Mann. Gebt ihr das Recht auf einen Urteilsspruch durch Zweikampf. Gewinnt sie, tut der Stamm gut daran, sie aufzunehmen. Verliert sie, soll auch ihr Diener sterben.«

Der Schamane sprang auf und kreischte: »Dem, der sie tötet, werden die Götter gnädig sein! Das schwöre ich!«

»Warum tötet Ihr mich nicht selbst, wenn Ihr dadurch die Gnade der Götter erringt?«, erkundigte sich Alanna mit sanfter Stimme. Unterdrücktes Gelächter erklang; der Schamane wirbelte herum und funkelte Alanna böse an.

»Sie macht sich lustig über unsere Bräuche!«, rief er.

»Ich mache mich lustig über einen Schamanen, der sich meine Besitztümer ansieht und dann nach meinem Tod schreit, weil ich angeblich die Götter beleidige. Wollt Ihr abstreiten, dass Ihr Euch für mein Eigentum interessiert?«, fragte sie ruhig und sah ihm dabei unverwandt in die Augen.

Halef rieb sich nachdenklich das Kinn. »Ein Drittel dessen, was Ihr besitzt, geht an den, der Euch tötet. Ein Drittel fällt dem Häuptling zu, ein Drittel dem Priester. So war es schon seit jeher.«

Alanna lächelte zornig. »Das dachte ich mir.«

Halef Seif hob die Hände. »Die Männer des Stammes werden darüber abstimmen, ob der Frau-die-wie-ein-Mann-reitet das Recht auf den Urteilsspruch durch Zweikampf gewährt werden soll.«

Frauen schlängelten sich zwischen den Männern hindurch und verteilten kleine Pergamentzettel, Binsenhalme zum Schreiben und Tinte. Dann kamen sie wieder, um die zusammengefalteten Zettel einzusammeln. Halef Seif zählte, entfaltete sie mit großer Sorgfalt und verteilte sie dann vor sich auf zwei Häufchen, sodass ihm keiner vorwerfen konnte, er habe bei der Abstimmung in irgendeiner Weise eingegriffen. Wieder beeindruckte es Alanna, wie redlich die Bazhir waren.

Schließlich wurden die Stimmen ausgezählt. »Der Zweikampf soll stattfinden. So wurde entschieden«, verkündete Halef Seif.

2
Der Stamm des Blutigen Falken

Alanna stand auf und rieb sich nervös die plötzlich feucht gewordenen Hände an ihrem Waffenrock. »Ich nehme die Entscheidung des Stammes an. Wer kämpft gegen mich?«
Hakim Fahrar erhob sich. »Gesetz ist Gesetz. Ich will für den Stamm kämpfen.«
Alanna bückte sich, zog Stiefel und Strümpfe aus und nahm währenddessen ihren Gegner in Augenschein. Er war um Hauptes- und Schulterlänge größer als sie und im Schein des Feuers sah man die harten Muskeln an seinem nackten Oberkörper. Er wirkte gelenkig und behände, aber ob er es tatsächlich war, würde sich erst im Kampf erweisen.
Corams schwielige Hände waren sanft, als er ihr mit einem Lederriemen das Haar zurückband. Während sie mit ihren Lockerungsübungen begann, kniete er sich neben sie. »Gib gut Acht!«, flüsterte er. »Hier wird bis zum Tod gekämpft.«
Alanna rieb sich die Handflächen mit Sand trocken. »Ich töte nur, wenn es sich nicht vermeiden lässt«, entgegnete sie leise. Sie musste an ihr letztes Duell denken.
Coram zuckte die Achseln. »Wie auch immer – wenn's darum geht, ob du stirbst oder er, dann entscheid dich lieber für ihn.«
Alanna lächelte ihren langjährigen Lehrer verschmitzt an und nahm von Ishak den Dolch entgegen, den er aus ihrem Zelt geholt hatte. »Dagegen habe ich nichts einzuwenden.«
Während sie darauf wartete, dass der Schamane seine Ermahnungen an ihren Gegner zu Ende brachte, nestelte sie an ihrem Glutstein herum. Es gelang ihr nicht, die Erinnerung an das Duell vor vier Wochen aus ihrem Kopf zu verscheuchen. Es hatte damit geendet, dass Herzog Roger tot am Boden des Großen Thronsaals lag. Ganz im Gegensatz zum Herzog, dem Zauberer, hasste sie diesen Mann

vom Stamme des Blutigen Falken nicht, und sie hoffte, dass es keinen Toten geben würde heute Abend.
Halef erhob sich. »Bist du bereit, Mann unseres Stammes?«
Hakim salutierte dem Häuptling mit seinem Dolch. »Ich bin bereit.«
»Seid Ihr ebenfalls bereit, Untertanin des nordischen Königs?«
Alanna salutierte. Ihr Mund war so trocken wie Papier. »Das bin ich.«
Der Häuptling klatschte scharf in die Hände, die Stammesangehörigen traten zurück. Hakim umrundete Alanna mit wachsamen Augen.
»Bereitet Euch auf Euren Tod vor, Frau!«, rief er.
Alanna duckte sich und beobachtete schweigend, wie er sie umkreiste. Den Brauch, den Gegner lauthals zu beschimpfen, hatte sie nie übernommen. Jetzt war nicht der rechte Zeitpunkt, um damit anzufangen. Lieber befolgte sie den Ratschlag ihres Freundes Georg, des Königs der Diebe, und behielt Hakims Klinge im Auge. Er stieß zu, sie wich seitwärts aus, kam wieder angetänzelt und führte einen Hieb auf seine Brust. Er machte einen Satz nach hinten und begann von neuem sie wachsam zu umkreisen. An ihrer blitzschnellen Reaktion hatte er gemerkt, dass er sich vorsehen musste.
Er machte eine Finte, zielte nach oben, dann riss er sein Messer von unten herauf. Alanna wandte ihm die Seite zu; als sein Arm an ihr vorbeigeschossen kam, packte sie zu, warf Hakim Fahrar über die Hüfte und brachte ihn so zu Fall. Coram ließ einen Freudenschrei fahren – der Ringkampf war immer ihr schwacher Punkt gewesen –, aber er verstummte, als ihm die Bazhir wütende Blicke zuwarfen.

Hakim rollte sich ab und kam wieder hoch, während sich Alanna abseits hielt, weil sie ihren Vorteil nicht ausnutzen wollte. Er wischte sich die Hände an seinen Kniehosen ab, ohne sie aus den Augen zu lassen. Er schwitzte und Alanna spürte die Angst, die er ausdünstete. *Das wird ihn lehren eine Frau für einen harmlosen Gegner zu halten*, dachte sie, als sie sich auf ihn stürzte.

Er band ihre Klinge direkt unter dem Heft und drückte die überkreuzten Waffen nach unten. Alanna ließ sich fallen und kugelte fort, bevor sie wieder auf die Füße sprang. Hakim machte einen ungestümen Ausfall, versuchte ihre ungeschützte Schulter zu treffen, doch Alanna drehte sich weg und stieß in das Netz von Muskeln am unteren Teil seines Oberarms. Sie riss das Messer wieder heraus, gerade als er sie mit der Faust so hart ins Rückgrat traf, dass es ihr die Luft aus der Lunge trieb. Wieder ließ sie sich fallen und kugelte weg. Nun warf er sich auf sie. Diesmal half sie mit dem Fuß nach, dass er über ihren Kopf und quer über den freien Platz flog.

Schwer atmend rollte sie sich ab und kam wieder auf die Beine. Auch Hakim erhob sich und schüttelte den Schweiß ab, der ihm in die Augen lief. Er schloss zu langsam auf, wodurch er ihr Zeit gab Stellung zu beziehen. Rasch packte sie den Arm, mit dem er seine Waffe hielt, und versetzte ihm mit dem Knauf ihres Dolches einen harten Schlag gegen die Schläfe. Hakim fiel um wie ein Baum. Er rührte sich nicht mehr.

»Ihr könnt ihn töten«, sagte Halef. »Es ist Euer Recht.«

Alanna wischte sich das schweißnasse Gesicht. »Ich töte nicht, wenn es nicht sein muss. Ich hasse solche Verschwendung.«

Männer halfen Hakim aus dem Kreis, während ihr Coram ein Handtuch reichte. Immertreu strich um ihre Knöchel. »Gut gemacht«, flüsterte der ehemalige Soldat. »Alle, die dich unterrichteten, wären stolz gewesen auf diesen Kampf.«
Die Bazhir umringten sie, um ihr zu gratulieren. Nur ein paar wenige blieben zurück, darunter der Schamane Akhnan Ibn Nazzir. Alanna wollte einlenken und ging mit ausgestreckter Hand auf ihn zu. »Wollen wir Frieden schließen?«, fragte sie. »Ich habe nichts gegen Euch noch gegen Eure Bräuche.«
»Unnatürliches Weib!«, knurrte er. »Das Gleichgewicht ist gestört, solange Ihr Euch wie ein Mann benehmt!« Er starrte die inzwischen verstummten Bazhir grimmig an. »Unser Stamm wird leiden, bis wir diese Dämonin verjagt haben!« Damit raffte er seinen Burnus zusammen und stolzierte davon.
Einen Augenblick lang waren alle still. Schließlich zuckte Alanna die Achseln.
Sie drehte sich zu Halef Seif um.
»Und jetzt?«, fragte sie.
An dem starren Gesicht des Häuptlings war abzulesen, dass er auf den Schamanen nicht gut zu sprechen war. Dann hob auch er die Schultern und ließ sie wieder sinken. »Gesetz ist Gesetz. Ihr habt den Zweikampf überlebt – nun seid Ihr eine von uns.« Die Stammesangehörigen gaben murmelnd ihre Zustimmung kund.
»Akhnan Ibn Nazzir ist nicht mehr der Jüngste. Mit neuen Ideen tut er sich schwer«, sagte er lächelnd. »Jetzt machen wir Euch zu einem Krieger unseres Stammes, desgleichen Euren Gefolgsmann Coram, falls Ihr ein gutes Wort für ihn einlegt.«

»Natürlich lege ich ein gutes Wort für ihn ein!« Was für eine Frage!
»Dann streckt Euren Arm aus!«, wies Halef sie an. Alanna gehorchte. Mit einer raschen Bewegung zog er einen oberflächlichen Schnitt an der Innenseite ihres Unterarms. Er streckte sein eigenes Handgelenk aus, ging ebenso vor und presste dann seine Wunde auf die ihre.
»Werdet eins mit dem Stamm und eins mit unserem Volk!«, befahl er. Plötzlich war seine leise Stimme tief und schallend geworden. Alanna schauderte, als ein fremdartiger Zauber in ihren Körper strömte. Instinktiv spürte sie, dass Halef Seif lediglich ein Werkzeug war für diese Magie, die so alt war wie die Bazhir-Stämme selbst.
Ihr vermischtes Blut verströmte und tropfte auf den Sand. Die umstehenden Männer jubelten. Alanna berührte ihren Glutstein und sah zu, wie Gammal das Ritual mit Coram vollzog. Die weiß schimmernde Magie ging von jedem einzelnen der anwesenden Männer aus und lag ringsum in der Luft.
Alanna ließ zu, dass Ishak ihren Arm verband. Einen Moment lang verspürte sie Mitleid mit Coram. Der ehemalige Soldat war ganz offensichtlich unglücklich, dass er an einem Zauberritual teilnehmen musste, auch wenn es nur von kurzer Dauer war. Jetzt gehörten sie wirklich zu den Bazhir, waren durch Blut und Zauber mit den Wüstenbewohnern verbunden.
Nun begann das Gelage. Frauen brachten Speisen, während die Männer den beiden neuen Mitgliedern Geschichten ihres Stammes und die wichtigsten Legenden erzählten. Als Alanna schlappmachte und zu Bett ging, wurde gerade im Osten der Himmel grau. Coram hatte man ins

Zelt der Unverheirateten umquartiert; trotz ihres neuen Standes schien man von ihr zu erwarten, dass sie sich an das hielt, was schicklich war. Belustigt ließ sie sich auf ihr Kissen sinken und schlief augenblicklich ein.

Sonnenstrahlen, die ihr in die Augen fielen, weckten sie auf. Ihr Zelteingang war offen; am Stand der Sonne sah sie, dass es Mittag war. Stöhnend und den schmerzenden Kopf haltend taumelte sie auf die Füße.

»Wir warten schon seit einer Ewigkeit«, verkündete Kourrem.

Alanna warf den beiden Bazhir-Mädchen, die sie am Vortag willkommen geheißen hatten, einen finsteren Blick zu. »Ich bin erst bei Morgengrauen ins Bett gekommen«, knurrte sie, verschwand hinter einer Trennwand und zog sich um. Sie fühlte sich uralt; der Dattelwein, den sie getrunken hatte, war ihr nicht sonderlich gut bekommen.

»Sie haben dich zu einem Krieger unseres Stammes gemacht.« Karas Stimme klang ehrfürchtig. »Dabei bist du doch eine Frau.«

Alanna zog den frischen, hellbraunen Burnus an, den sie bei ihren Kleidern fand. Da sie ja nun ein Mitglied des Volks der Bazhir war, schien es ihr nur recht und billig, sich entsprechend zu kleiden. Sie kam hinter der Trennwand hervor und wusch sich in einem Wassergefäß das Gesicht.

»Akhnan Ibn Nazzir sagt, du bist eine Dämonin«, berichtete Kourrem. »Er sagt, du hast das göttliche Gleichgewicht gestört. Er will, dass die Stammesleute dich töten.«

Alanna trocknete sich energisch das Gesicht ab und fuhr sich mit dem Kamm durchs Haar, bevor sie antwortete: »Unsinn. Wieso ging die Sonne auf, wenn das göttliche Gleichgewicht gestört ist? Und wieso habe ich solche Kopf-

schmerzen, wenn ich eine Dämonin bin?« Sie nahm frisches Wasser und putzte sich die Zähne.
»Sind im Norden alle Frauen Kriegerinnen?«, fragte Kourrem. Kara tischte das Frühstück auf: Früchte, gekühlten Fruchtsaft, kleine Brote und Käse. »Seid ihr alle Zauberinnen und Dämoninnen?«
Alanna fuhr sich über den schmerzenden Kopf. Wurde von ihr erwartet, dass sie all das aufaß? »Wohl kaum«, entgegnete sie Kourrem. Unbeholfen ließ sie sich vor dem niedrigen Tisch nieder und überkreuzte die Beine vor sich. Plötzlich kam ihr ein Gedanke. »Wollt ihr nicht mit mir frühstücken? Ich würde mich freuen über eure Gesellschaft.« Das entsprach nicht ganz der Wahrheit, aber vermutlich waren die Mädchen weit hungriger, als sie es im Augenblick war.
Kourrem brauchte man nicht zu drängen, doch Kara zögerte. »Es schickt sich nicht«, sagte sie. Ihre Augen über dem Gesichtsschleier waren unsicher.
»Natürlich schickt es sich«, sagte Alanna entschieden. »Ich bin eine Frau oder etwa nicht? Zumindest war ich eine, als ich das letzte Mal nachsah.«
Darüber musste sogar Kara lächeln. Beide Mädchen legten die Schleier ab. Kara war älter, feingliedrig und dunkeläugig, ihr Mund wurde von zwei tiefen Grübchen eingerahmt. Kourrem hatte verschmitzte, graubraune Augen und ein spitzes kleines Kinn. Selbst für rasch heranwachsende Halbwüchsige waren beide zu dünn und ihre Kleider waren von schlechter Qualität. Sofern sich Alanna noch richtig erinnerte an das, was ihr Myles beigebracht hatte, waren beide alt genug, um verheiratet zu sein. Die Wüstenbewohner schlossen für ihre Töchter schon Eheverträge ab, sobald sie im Alter von zwölf ihren ersten Schleier anlegten.

Warum waren die beiden noch ledig? Als sich Alanna ein Brot nahm, bedienten sich die beiden Mädchen gierig.
»Wenn die nordischen Frauen keine Kriegerinnen sind«, fuhr Kourrem mit vollem Mund fort, »wie kommt es dann, dass *du* Ritterin geworden bist?«
Alanna lächelte gezwungen. »Leicht war es nicht«, gab sie zu. Als sie merkte, dass die beiden gespannt lauschten, sagte sie mit einem Seufzer: »Ich war zehn. Meine Mutter starb bei meiner Geburt und der meines Zwillingsbruders, unser Vater war Gelehrter und seine Arbeit war ihm wichtiger als wir. Coram hat uns aufgezogen, zusammen mit der alten Maude, unserer Dorfheilerin. Thom, mein Zwillingsbruder, hatte absolut nichts übrig für Waidmannskunst und Bogenschießen, ganz im Gegensatz zu mir. Er befasste sich lieber mit Zaubersprüchen. Als sich unser Vater entschloss, es sei nun an der Zeit, mich ins Kloster zu schicken, wo ich lernen sollte eine Dame zu werden, da hatte ich absolut keine Lust. Und Thom wollte nicht in den Palast und Ritter werden.«
»Also habt ihr die Rollen getauscht«, flüsterte Kourrem. Karas Augen waren so groß wie Untertassen.
Alanna nickte.
»Thom fälschte Briefe von unserem Vater. Er reiste in die Stadt der Götter und ich kam als sein Zwillingsbruder Alan in den Palast.«
»Hat sich dein Bruder als Mädchen verkleidet?«, wollte Kara wissen.
Alanna lachte. »Natürlich nicht. Die Töchter der Göttin im Kloster unterrichten die Jungen, die zu Priestern oder Zauberern ausgebildet werden sollen, bis zum Alter von etwa zwölf. Anschließend kam Thom zu den Mithran-Priestern,

um dort seine Studien zu vollenden. Erst vor ein paar Monaten verließ er sie. Er ist der jüngste Mithran-Meister, den es gibt.«

»Da muss er ein mächtiger Zauberer sein«, hauchte Kara.

»Daran besteht kein Zweifel«, entgegnete Alanna bedächtig. *Und dazu hat er eine Menge Ehrgeiz,* fügte sie insgeheim hinzu.

»Hast du die ganzen Jahre als Junge gelebt?«, wollte Kourrem wissen. »Und keiner ahnte etwas? Keiner wusste Bescheid?«

»Einer meiner Lehrer, Sir Myles von Olau, ahnte es. Ich musste nämlich Magie anwenden, um Prinz Jonathan zu retten, als er am Schwitzfieber erkrankte, und Myles war mit dabei. Er muss etwas gesehen haben, was mich verriet. Er wusste es seit Jahren, doch sagte er keinem ein Wort. Und als ich einmal eine Heilerin brauchte, verriet ich es Georg Cooper.«

»Wer ist dieser Georg Cooper?«, fragte Kourrem.

Alanna lachte. »Der König der Diebe.«

»Du hast einem *Dieb* dein Geheimnis verraten?« Kara schnappte nach Luft.

»Ich wusste, dass ich ihm vertrauen konnte. Er war immer gut zu mir.«

»Wusste sonst noch einer Bescheid?« Kourrem hatte wieder den Mund voll.

»Prinz Jonathan fand es heraus, als wir gegen die Ysandir kämpften.« Beide Mädchen machten das Zeichen gegen das Böse. Wie alle Bazhir waren sie in Furcht vor den Ysandir aufgewachsen. »Sie zauberten meine Kleider weg«, fuhr Alanna errötend fort. »Und inzwischen war ich alt genug – da war kein Missverständnis möglich.«

»Dein Busen.« Kara nickte. Verwirrt fügte sie hinzu: »Stimmt! Wie hast du es geschafft, den zu verbergen?«
»Ich habe mir Binden drum herum gewickelt«, gestand Alanna. »Und mein Hemd habe ich auch nie ausgezogen, wenn die Jungen in der Nähe waren. Zuerst war es schwierig, aber nach einer Weile akzeptierten sie, dass ich eben einfach exzentrisch war.«
»Eins begreife ich immer noch nicht.« Kara runzelte die Stirn. »Frauen sind doch schwächer als Männer und eignen sich nicht zum Krieger. Ganz gewiss konnte man sehen –«.
»Nein, das konnte man nicht«, sagte Alanna mit fester Stimme und trank ihren Saft aus. »Ich arbeitete schwer, um meinen Schild zu erringen, stand früh auf, übte bis spät in die Nacht hinein. Es war hart, sehr hart sogar. Aber es hat sich gelohnt. Ich war so gut, dass mich Jonathan zu seinem Knappen machte.«
»Hat er sich's anders überlegt, als er die Wahrheit erfuhr?«, fragte Kourrem, während sie aufräumte.
Alanna wurde wieder rot. »Nein. Er sagte, es sei ihm egal. Ich sei so oder so einer der besten Kämpfer am Hof.«
»Von *unseren* Männern hätte das keiner gesagt«, murrte Kourrem. »Selbst wenn es der Wahrheit entsprochen hätte.«
»Das kann man nicht wissen«, sagte Alanna zu dem jüngeren Mädchen. »Erst kürzlich erfuhr ich, dass Myles die ganzen Jahre Bescheid wusste. Die Männer sind komisch.« Mit einem Blick auf Kara sagte sie: »Weshalb machst du so ein unglückliches Gesicht?«
»Du hattest nie einen jungen Mann«, erklärte Kara traurig. »Du weißt schon – einen, der dir Geschenke macht, der mit dir spazieren geht –«.

»Den haben wir auch nicht«, erinnerte Kourrem sie.
»Wir sind mehr oder weniger Geächtete im Stamm«, entgegnete Kara. »Ganz bestimmt liegt die Sache bei Alanna anders.«
»Höchstens, Prinz Jonathan –«, murmelte Kourrem. Beide Mädchen sahen, wie Alanna gedankenverloren lächelte. Sie kicherten.
»Es wird Zeit, dass ich mich im Dorf umsehe«, verkündete ihnen Alanna und stand auf.
Sie konnte den beiden nicht erklären, dass ihr Verhältnis zu Jon über Geschenkemachen und gemeinsame Spaziergänge längst weit hinausging. Genauso wenig konnte sie den beiden Unschuldslämmern erzählen, dass Georg, der König der Diebe, mehr als einmal angedeutet hatte, dass er den Platz, den Jon in ihrem Herzen einnahm, gern übernommen hätte.
Das würde sie lediglich verwirren, sagte sich Alanna, als die Mädchen wieder ihre Schleier anlegten. *Obwohl sie gewiss nicht verwirrter sein könnten, als ich es bin.*

Das staubfarbene Zeltdorf lag ruhig da. Nur das Gelächter der Kinder und das Gackern der Hühner war zu hören. Kaum einer der Männer war zu sehen. *Entweder sie sind ausgeritten oder sie schlafen sich aus nach der gestrigen Nacht,* dachte Alanna mürrisch. Fast alle Frauen, die unterwegs waren, gingen ihr hastig aus dem Weg. Verblüfft blieb sie stehen, um zu sehen, ob eine bereit war ihrem Blick zu begegnen. Nur die ganz kleinen Kinder wagten es und die wurden von ihren Müttern hastig aus Alannas Sichtweite gezerrt.
»Die halten mich wirklich und wahrhaftig für eine Damönin«, flüsterte sie entsetzt.

»Sie sind nur unwissend«, widersprach Kourrem. »*Wir* – Kara, Ishak und ich –, wir wissen, dass du eine normale Frau bist.«

»Normal nicht«, wandte Kara ein. »Aber *wirklich*.«

Alanna blieb stehen. »Wieso seid ihr drei so rasch bereit daran zu glauben, dass ich ein ganz gewöhnlicher Mensch bin?«, fragte sie. Die beiden Mädchen wechselten einen Blick.

»Akhnan Ibn Nazzir sagt, uns drei könne man mit Leichtigkeit vom rechten Weg abbringen. Bei uns fiele das Böse auf fruchtbaren Boden«, erklärte Kara. Ihr Gesicht hatte sich bewölkt. »Vielleicht fällt bei mir das Böse ja tatsächlich auf fruchtbaren Boden!«, rief sie. »Aber wenigstens bin ich kein bösartiger alter Mann, der alles Neuartige verdammt! Ich erkläre keinen zum Geächteten, nur weil er sich mir nicht unterwirft!«

Kourrem nickte feierlich. »Das stimmt«, versicherte sie Alanna. »Halef Seif lässt nicht zu, dass uns Ibn Nazzir verstößt und in die Wüste schickt; wenn aber dieser Schamane noch lebt, sobald Halef Seif einmal stirbt –«.

»Dämonin!«

Der wütende Schrei kam von hinten. Alanna wirbelte herum und augenblicklich zuckte ihre Hand zum Heft ihres Schwerts. Ein Stich fuhr ihr durchs Herz, als ihr einfiel, dass Blitzschlag wertlos geworden war.

Von Frauen und einigen wenigen Männern flankiert, hatte sich Ibn Nazzir, der Schamane, hinter ihnen aufgebaut. »Dämonin!«, kreischte er wieder und deutete mit einem bebenden Finger auf sie. »Du bist nicht zufrieden mit Halef Seifs Seele, nein, du versuchst auch noch uns unsere jungen Stammesmitglieder abspenstig zu machen!« Er packte Kara am Arm und zerrte so heftig, dass sie um ein Haar gestürzt wäre.

Halef Seif kam aus einem nahe gelegenen Zelt und trat neben Alanna und Kourrem. Mit hochgezogenen Brauen sagte er ruhig: »Ich glaube, ich bin noch im Besitz meiner Seele, Akhnan Ibn Nazzir. Bestimmt wüsste ich es, wenn sie mir abhanden gekommen wäre.«
Alanna starrte mit großen Augen auf das Schwert, das Ibn Nazzir am Tage zuvor noch nicht getragen hatte. Es war das Kristallschwert, das Blitzschlags Klinge so mühelos durchtrennt hatte, das Schwert, von dem sie angenommen hatte, es läge noch in der Wüste. *Also deshalb hat er sich gestern Abend heimlich fortgestohlen!*, dachte sie. Das Muster auf dem Heft der Waffe stach ihr ins Auge. Das hatte sie doch schon mal gesehen. Nur wo?
»Sie hat dich verhext!«, schrie der Schamane mit vor Wut hervorquellenden Augen. »So wie sie jene anderen verhext hat –«. Er wedelte mit der Hand in die Richtung der beiden Mädchen. Er keuchte, als Immertreu plötzlich wie aus dem Nichts auftauchte und mit einem Satz fauchend vor ihm im Sand landete. »Fort mit dir, Dämon!«, rief er und zeichnete wie rasend gelb schimmernde, magische Symbole in die Luft. Alanna reagierte. »Halt!« Eine purpurfarbene Zauberwand flammte von ihren Fingern und umgab Immertreu. Das gelbe Feuer, das die Hände des Schamanen versprühten, prallte von der Schutzwand ab. Ibn Nazzir fluchte. Einen Augenblick lang, während die purpurfarbene Wand verblasste und schließlich verschwand, herrschte Stille.
»Vielleicht wirst du den Begleitern der Frau-die-wie-ein-Mann-reitet jetzt mehr Höflichkeit erweisen, Akhnan Ibn Nazzir«, kommentierte Halef Seif. Seine leise Stimme klang warnend. »Und nun sag mir, wo du das Schwert herhast, das du da trägst.«

»Es lag in der Wüste, wo es jeder nehmen konnte, der dazu fähig war«, fauchte der ältere Mann. »Ich kannte die Zaubersprüche, um seinen Hunger zu stillen und ihm mehr Leben zu verleihen –«.
»Lass es mich sehen!«, befahl Halef Seif und streckte die Hand aus.
Als der Schamane zögerte, wurde das Gesicht des jüngeren Mannes streng. »Ich bin der Häuptling hier und ich werde Häuptling bleiben, bis mir die *Stimme der Stämme* das Recht dazu abspricht. Meine Forderung ist berechtigt. Trotze mir nicht!«
Zitternd vor Wut löste der Schamane die Scheide des Schwertes und reichte sie Halef Seif. Der Häuptling griff danach.
Hindere ihn daran!, warnte Immertreu.
»Rühr das Schwert nicht an!«, rief Alanna.
Alle sahen zu ihr hinüber. Ibn Nazzir funkelte sie hasserfüllt an. Alanna nestelte an Blitzschlags Heft und fuhr fort: »Schwerter dieser Art beißen, Halef Seif. Ich denke mir, dass Akhnan Ibn Nazzir das ebenfalls weiß.« Sie packte das silberne Heft des Kristallschwerts und zog es.
Sie unterdrückte einen Schmerzensschrei, als die Zauberkraft der Waffe durch ihren Körper schoss. Schweiß lief ihr übers Gesicht, während sie mit der Magie kämpfte und ihr nach und nach ihren Willen aufzwang.
Endlich ließ der Widerstand des Schwertes nach. Sie sah zu Halef Seif auf. »Möglicherweise hätte es dich getötet, falls du nicht die Gabe besitzt.« Der Häuptling schüttelte den Kopf. »Es hat Zauberkraft«, fuhr Alanna fort, »doch wurde sie zum Töten und Zerstören verwendet. Sie kann nur durch einen kontrolliert werden, der die Gabe besitzt. Man

braucht kein großer Zauberer zu sein, nur Hartnäckigkeit ist vonnöten.«

Halef Seif drehte sich zu Ibn Nazzir um. »Du wusstest das?« Seine leise Stimme klang gefährlich.

»Nein! Ich schwöre!«, rief der Schamane. »Ich wusste um die Kraft, so wie jeder Mann, der es in die Hand nähme –«.

»Oder jede Frau«, murmelte Ishak, der Halef gefolgt war.

Ibn Nazzir warf ihm einen raschen, wütenden Blick zu, bevor er sich wieder an Halef Seif wandte. »Dass es dem Häuptling Schaden zufügen, ja, ihn sogar töten könnte –«. Er reckte sich, so hoch er nur konnte. »Ein derartiges Vergehen ließe sich kein Schamane zuschulden kommen, Halef Seif. Hat dich diese Frau so verdorben, dass du Böses siehst, wo immer du hinblickst?«

Alanna besah sich inzwischen das Kristallschwert. Sein Heft war ein wenig länger als das von Blitzschlag, geheimnisvolle Symbole waren darauf eingraviert, am Knauf war es mit Saphiren und Diamanten besetzt. Derartige Symbole hatte sie erst kürzlich gesehen . . .

Dann fiel ihr ein, wann das gewesen war. Sie ließ das Schwert fallen und wich entsetzt zurück. Der Schamane bückte sich, hob es auf und stieß es heftig zurück in die Scheide.

»Was fehlt dir denn, Mädchen?«, erkundigte sich Coram leise. Sie hatte ihn nicht kommen sehen.

»Roger«, flüsterte sie. »Das Heft – es sieht genauso aus wie Herzog Rogers Zauberstab! Ich werde niemals freikommen von ihm!« Sie machte kehrt und floh in ihr Zelt. Immertreu galoppierte hinterher.

»Wer ist dieser Roger?«, wollte Halef Seif von Coram wissen, als sich die Menge verlief.

Alannas Freund wartete mit seiner Antwort, bis sie allein standen. Er dämpfte seine sonst kraftvolle Stimme. »Herzog Roger von Conté. Nach Prinz Jonathan war er der Nächste in der Thronfolge des Königreichs Tortall.«
Halef schlug das Zeichen gegen das Böse. »Der große Zauberer, der vor noch nicht ganz einem Mond umgebracht wurde?«
Coram nickte. »Jawohl. *Sie* hat ihn getötet, weil er nämlich vorhatte die Königin zu morden.« Er seufzte. »Sie hat den Herzog schon immer gehasst, ja, sie hatte sogar Angst vor ihm. Und dem Herzog ging es mit ihr ebenso. Sie hat ihn bei 'nem ordentlichen Zweikampf vor den Augen vom König und vom Hof getötet, aber sie hatte immer ein schlechtes Gefühl wegen dieser Sache.« Corams dunkle Augen waren nachdenklich geworden. »Ich würd viel drum geben, wenn ich wüsste, wie es dazu kommt, dass ihr jetzt ein Schwert über den Weg läuft, das so aussieht wie der Zauberstab von diesem Roger.«
Halef Seif legte Coram die Hand auf die Schulter. »Sie wurde von den Göttern erwählt. Ist das nicht Grund genug?«

Alanna blieb allein im Zelt, bis die Nacht hereinbrach, gab sich ihren Erinnerungen hin und streichelte Immertreu. Sie mochte die Sache drehen und wenden, wie sie wollte – sie wusste nicht, wie sie damals anders hätte vorgehen sollen. Durch ihre Ritterprüfung misstrauisch und hellsichtig geworden, hatte sie Herzog Rogers Gemächer durchsucht und genug Beweismaterial gefunden, um ihn in jedermanns Augen zu verdammen: ein wächsernes Abbild der Königin, auf das so lange Wasser herabgefallen war, bis die Königin selbst dem Tode nahe gewesen war; wächserne

Abbilder auch vom König, dem Prinzen, den wichtigsten Persönlichkeiten am Hof, sogar eines von ihr selbst. Und alle waren sie in einen festen Schleier gewickelt. Sie hatte dieses Beweismaterial König Roald gebracht und es ihm vor den Augen des gesamten Hofs übergeben. Roger hatte einen Urteilsspruch durch Zweikampf gefordert, den sie gewonnen hatte.

Sie hatte Roger von Conté gehasst, doch das Bild, wie er tief unter dem Palast ins Grab getragen wurde, konnte sie nicht vergessen. Sie hatte einen so großen Teil ihres Lebens darauf verwandt, über den Zauberer nachzugrübeln, der ja auch Jonathans Vetter war, dass es ihr schwer fiel, sich daran zu gewöhnen, dass er nun nicht mehr lebte.

Du benimmst dich lächerlich, kommentierte Immertreu. *Wäre Roger der Sieger gewesen, hätte er dich zerstückelt und den wilden Bestien zum Fraß vorgeworfen. Er war böse. Er verdiente den Tod.*

»Ich wollte, ich könnte es so einfach sehen«, meinte Alanna trübsinnig. »Ich frage mich immer noch, ob ich vielleicht übereilt handelte.«

Er wollte, dass du so denkst. Weißt du noch?, entgegnete der Kater scharf.

Alanna schüttelte den Kopf. Überzeugt war sie immer noch nicht. »Gnädige Mutter, ist es schon dunkel?«

»Die Nacht fällt hier rasch ein«, kommentierte Halef vom Zelteingang her. Er kauerte sich neben sie; sein Gesicht lag im Schatten. »Wir haben uns mit der *Stimme der Stämme* beraten. Er kommt.«

»Wer ist diese *Stimme der Stämme?*«, wollte Alanna wissen.

»Er ist unser Oberhaupt«, erwiderte der Häuptling. »Bei Sonnenuntergang versammeln wir uns an unseren Feuern und halten aus der Ferne Zwiesprache mit ihm, so wie dies jeder einzelne Mann und jede Frau des Volkes der Bazhir tun. Auf diese Art und Weise kennt er unsere Gedanken, unsere Wünsche. Er weiß, was sich im Verlauf des Tages zugetragen hat, also trifft er jegliche Entscheidung in voller Kenntnis unseres Herzens und unserer Gedanken.«

Alanna ließ sich von dem Bazhir auf die Beine helfen. Sie zitterte.

»Ich bezweifle, dass ich mich in ein derartiges Leben einfügen könnte«, sagte sie kurz. »Jeden Tag all diese Erinnerungen mit sich herumtragen? Nein, danke!«

Halef Seif lachte in sich hinein, als er sie aus dem Zelt führte. »Nicht viele werden dazu erwählt, das Amt der *Stimme* zu übernehmen, falls dich das beruhigt«, bemerkte er. »In einer Woche wird er hier sein.« Der groß gewachsene Bazhir seufzte, einen Augenblick lang sah er älter aus, als er in Wirklichkeit war. »Nun will ich dir etwas sagen, Frau meines Stammes, was außer dir und mir keinen etwas angeht«, sagte er leise. »Ich hoffe, dass die *Stimme* mir helfen wird eine gerechte Lösung zu finden, was Ibn Nazzir betrifft. Der alte Mann stört das Gleichgewicht, das zwischen dem Häuptling und dem Schamanen herrschen sollte. Es wird zu einem schlimmen Ende führen.« Er zog eine Grimasse. »Komm! Es gibt Geschichten, die du noch nicht gehört hast. Bevor ich es vergesse: Die *Stimme* bat mich dir auszurichten, dass du mit ihm zusammen im Sonnenuntergangszimmer des Schlosses von Persopolis warst.«

Im Sonnenuntergangszimmer?, überlegte sie verwirrt. *Es handelt sich um den Schlossverwalter! Wie hieß er doch gleich? Ali Mukhtab. Er führte mich, Jon, Raoul, Alex und Gary in diesen Raum und er war es, der uns von der Schwarzen Stadt erzählte.*

Er war groß, trug ein prächtiges Wams und hatte eindringliche Augen. Jon bat ihn um eine Niederschrift der Geschichte des Volkes der Bazhir –
»Ali Mukhtab?«, flüsterte sie entgeistert. »*Ali Mukhtab* ist diese *Stimme der Stämme?*«
»So ist es«, bestätigte Halef Seif. »Welcher Mann wäre besser geeignet Wache zu halten im Schloss, wo unsere ältesten Aufzeichnungen liegen? Komm mit. Jetzt will ich dich im Stamm einführen. Die *Stimme* wird in sieben Tagen hier eintreffen. Er wird dir deine Fragen beantworten.«

Auf Halef Seifs Worte war Verlass. Alanna und Coram kehrten eine Woche später gerade mit den jungen Männern des Stammes von der Jagd zurück, als Immertreu vom Dorf her auf sie zugetapst kam.
Er ist da, miaute er Alanna in ihrer Geheimsprache zu. *Die* Stimme der Stämme *ist gekommen. Einen ausgezeichneten Geschmack hat er. Er mag Katzen.*
»Dass er Katzen mag, ist mir bekannt, aber ich glaube nicht, dass das ein Hinweis auf guten Geschmack ist«, entgegnete Alanna.
Sie führte Mondlicht zu der Stelle, wo auch die anderen Pferde des Stammes angebunden waren. »Wer ist im Augenblick bei ihm?«
Ibn Nazzir, antwortete Immertreu. *Eine der Freundinnen des Schamanen lockte Halef Seif weg, indem sie ihm vorlog, in ihrem Haushalt sei ein Streit ausgebrochen.*
»Schlechte Nachrichten?«, fragte Coram leise, während sie ihre Pferde abrieben.
Alanna schüttelte den Kopf. »Ibn Nazzir ist uns bei Ali Mukhtab zuvorgekommen.«

Coram zog die buschigen Augenbrauen hoch. »Bei der *Stimme der Stämme?* Du sagtest doch, ihr wärt mal Freunde gewesen?«

Alanna zuckte die Achseln und ging voraus zu ihrem Zelt. »Das war vor sechs Jahren. Vielleicht hat er sich verändert. Ob er damals schon die *Stimme* war, weiß ich nicht.« Sie öffnete ihr Zelt, blieb stehen und bestaunte die fünf Bündel, die ordentlich hinter dem Eingang aufgestapelt lagen. »Was im Namen der –«.

»Das ist die erste Niederschrift der Geschichte des Volkes der Bazhir.« Alanna und Coram fuhren zusammen, als hinter ihnen die weiche Stimme erklang. Sie drehten sich um und standen Ali Mukhtab gegenüber. Die *Stimme der Stämme* trug einen wallenden, blauen Burnus, der mit einer Kordel in einem dunkleren Blau gegürtet war. Diese Farben hatten bei den Bazhir eine religiöse Bedeutung, wie Alanna einfiel. Er sah noch genauso aus wie bei ihrem letzten Zusammentreffen: Groß war er, mit einer walnussfarbenen Haut, einem sauber gestutzten Schnurrbart und großen Augen mit schweren Lidern, die von langen, gebogenen Wimpern gerahmt waren. Jetzt verneigte er sich, sein wohlgeformter Mund verzog sich zu einem winzigen Lächeln.

Alanna erinnerte sich ihrer Manieren und lud ihn ein ins Zelt zu treten. Gerade überlegte sie, wie sie ihren hohen Gast wohl bewirten sollte, als Kara und Ishak mit gekühltem Wein und Früchten kamen. Sie boten ihre Gaben erst Mukhtab an, dann bedienten sie auch Alanna und Coram und bezogen ihre Plätze gleich draußen vor dem Zelteingang. Mukhtab lachte in sich hinein.

»Ich sehe, man hat dich in der großen Familie aufgenom-

men«, bemerkte er. »Das sind also zwei von den drei Jugendlichen, die du verhext hast?«
»Sie hat keinen verhext!«, knurrte Coram und leerte seinen Becher mit einem einzigen Zug. »Ibn Nazzir ist ein vertrockneter, eifersüchtiger alter Bursche.«
»Das ist Coram Smythesson«, erklärte Alanna. »Er brachte mir die grundlegenden Dinge der Ritterkunst bei. Außerdem versorgte er mich, als ich Page war.«
Einen Augenblick lang bekam Coram die volle Kraft von Mukhtabs Blick zu spüren, als dieser seine Augen weit öffnete und ihn von Kopf bis Fuß musterte. Komischerweise errötete der kräftige Mann. »Sie ist eine Trebond«, sagte er wie als Antwort auf eine Frage. »Die Smythessons haben den Trebonds seit Generationen gedient.«
»Mit deinen Freunden hast du schon immer Glück gehabt«, sagte Ali Mukhtab zu Alanna. »Ich nehme an, dass dir das inzwischen bewusst ist.« Alanna nickte und wurde ebenfalls rot. »Also bist du jetzt zum Ritter geschlagen und hast allen gesagt, dass du in Wirklichkeit eine Frau bist. Aber glücklich bist du nicht oder irre ich mich?«
Alanna nestelte nervös an dem Glutstein herum. »Mir lasten ein paar Dinge auf der Seele.«
Sie machte keine Einwände, als Ali Mukhtab ihr den Glutstein aus den Fingern nahm und ihn betrachtete. Schließlich seufzte er und ließ zu, dass sie ihn wieder unter ihr Hemd steckte. »Den Bevorzugten der Götter lastet immer viel auf der Seele«, sagte er. »Der Schamane findet, dass ich ein unnatürliches Oberhaupt bin, weil ich nicht den Befehl gebe dich zu töten. Er ist der Meinung, du habest mich verhext. Entspricht das der Wahrheit?« Er lächelte. Alanna hatte plötzlich das Gefühl, als falle ihr ein Stein vom Her-

zen. Dieser rätselhafte Mann war immer noch ihr Freund, aus welchen Gründen auch immer.
Coram schnaubte verächtlich. »Und wann soll sie dich verhext haben?«
Mukhtab nickte. »Diese Frage stellte ich auch, doch erhielt ich keine zufriedenstellende Antwort. Als ich mich erkundigte, wie ich als *Stimme der Stämme* den Tod eines Stammesmitglieds anordnen soll, ohne nach dem Gesetz einen handfesten Grund zu haben und ohne eine gerechte Befragung am Feuer durchzuführen, erklärte mir Ibn Nazzir, die Namenlosen Götter würden sich meiner Seele bemächtigen, um sich damit zu vergnügen.« Der Bazhir zuckte die Achseln. »Gesetz ist Gesetz; er kennt es ebenso gut wie jeder andere auch.« Seine Augen waren ernst, als er Alanna ansah. »Er will dich tot, Alanna von Trebond.«
»Er hatte seine Chance, als Hakim gegen mich kämpfte«, entgegnete sie sorglos. »Ich weiß nicht, weshalb er jetzt so ein Theater macht.«
»Du bist ein Furcht einflößendes Geschöpf«, erklärte ihr die *Stimme* feierlich. »Du nimmst nicht deinen Platz in deines Vaters Zelt ein, du lässt nicht Männer die Entscheidungen für dich treffen. Du reitest wie ein Mann, du kämpfst wie ein Mann, du denkst wie ein Mann –«.
»Wie ein menschliches Wesen denke ich!«, entgegnete sie hitzig. »Männer denken nicht anders als Frauen – sie veranstalten nur viel mehr Geschrei, wenn ihnen etwas Kluges einfällt.«
Coram lachte glucksend. Mukhtab sagte: »Ist dir noch nie aufgefallen, dass die Menschen – Männer und Frauen gleichermaßen – sagen, eine Frau handle wie ein Mann, sobald sie auf eine treffen, die sich klug verhält?«

Darauf wusste Alanna nichts zu sagen. Zornig funkelte sie Coram an, der schallend lachte.
»Viele von denen, die sich in diesem Stamm dem Schamanen unterwerfen, sind Frauen«, fuhr Mukhtab fort. »Du machst ihnen nämlich Angst. Du bist zu neu, zu fremdartig. Werden sie sich jetzt, wo du dem Stamm angehörst, anders benehmen müssen? Ihnen ist es lieber, du stirbst und wirst zu einer Legende. Legenden zwingen keinen sich zu ändern.«
»Das ist derart idiotisch, dass es nicht lohnt, etwas darauf zu sagen«, schnauzte Alanna. »Warum hast du mir diese Niederschrift der Geschichte der Bazhir mitgebracht?« Sie deutete auf die Bündel mit den Schriftrollen.
»Vor sechs Jahren gab mir Prinz Jonathan zu verstehen, er sei an einer Aufzeichnung der Geschichte der Bazhir interessiert«, erklärte Mukhtab. »Seit eurer Rückkehr in den Norden haben mein Volk und ich an einer solchen Niederschrift gearbeitet. Unsere Stämme sind uralt. Diese Schriftrollen erzählen unser Los von der Zeit an, bevor wir unsere Höfe jenseits des Binnenmeers verließen. Wir bitten dich dafür zu sorgen, dass der Prinz sie so rasch wie möglich erhält. Es ist – lebenswichtig.« Mit einem Blick auf Coram fügte er hinzu: »Kann ich alleine mit ihr reden?«
Coram rappelte sich auf und verließ das Zelt.
Alanna sah zu, wie er hinausging, bevor sie fragte: »Wieso ist es lebenswichtig? Ich hatte vor für eine lange Zeit nicht mehr in den Palast zurückzukehren.« *Wenn überhaupt jemals wieder*, dachte sie. Dabei packte sie ein grässliches Heimweh. »Es ist lebenswichtig«, flüsterte Ali Mukhtab und beugte sich zu ihr, »weil sich mein Leben dem Ende nähert. Bevor ich meine letzte Krankheit zu Ende gebracht habe, muss Prinz Jonathan die *Stimme der Stämme* werden.«

3
Schamanin der Bazhir

Einen Augenblick lang starrte Alanna nur. Schließlich lächelte sie mühsam. »Du scherzt natürlich.«
»Ich habe noch nie etwas ernster gemeint.«
Alanna schüttelte den Kopf. »Ich denke, das solltest du mir erklären.«
»Gewisse Stämme leben mit dem König im Norden schon seit zwei Generationen im Krieg«, begann Mukhtab. »Der Preis war hoch, und zwar für beide Seiten. Auch herrscht zwischen denen unseres Volkes, die euren König akzeptieren, und jenen, die dies nicht tun, Bitterkeit. Und am Ende muss der nordische König siegen.«
»Woher weißt du das?«, wollte Alanna wissen.
»Jeder *Stimme* ist eine kleine prophetische Gabe verliehen«, war die Antwort. »Euer König wird siegen, wenn wir den Kampf fortführen, denn die Waage neigt sich diesmal zu seinen Gunsten. Nach der Niederlage würde man mein Volk – vielmehr *unser* Volk – aus der Wüste vertreiben, die uns Mutter und Vater ist. All jene Dinge, die uns ermöglichen Krieg gegen den König und unsere Feinde, die Männer von den Hügeln, zu führen, nähme man uns fort. Die Stämme würden zerstreut werden; wir wären kein Volk mehr.
Wenn jedoch Prinz Jonathan das Amt der *Stimme der Stämme* übernimmt, so wird er eines Tages König – ein *Bazhir-König*. Er würde uns kennen, wie wir uns selbst kennen. Da gegen die *Stimme der Stämme* keiner Krieg führen darf, würden die Stämme, die ihr ›Abtrünnige‹ nennt, Frieden schließen und die *Stimme* könnte sie ohne Blutvergießen Tortall zuführen.
Wir müssen den König im Norden anerkennen, es gibt keinen anderen Weg. Doch können wir es auf eine Art und

Weise tun, die uns nie vergessen lässt, wer wir sind. Prinz Jonathan ist der Schlüssel. Wenn ich sterbe, wird er die *Stimme* werden und mein Volk ist gerettet.«
Alanna knabberte an ihrem Daumen herum und überlegte.
»Vielleicht hat Jon keine Lust«, sagte sie schließlich. »Diese Aufgabe scheint mir eine Menge Kummer mit sich zu bringen.«
Ali Mukhtab lächelte. »Jonathan wurde geboren, um zu regieren, so wie du geboren wurdest, um deinen eigenen Weg zu gehen. Wenn es eine bessere Art und Weise gibt, über seine Untertanen zu herrschen, wird er sie wählen. Ich habe ihn jahrelang im Auge behalten. Eine derartige Macht wird er nicht verschmähen.« Er griff in sein Gewand und holte einen dicken, mit Wachs versiegelten Umschlag hervor. »Würdest du ihm dies und die Schriftrollen, in denen unsere Geschichte festgehalten ist, schicken und ihn entscheiden lassen?«
Alanna nahm den Brief. Mukhtab hatte Recht. Diesen Entschluss musste Jon selbst treffen. »Ich werde dafür sorgen, dass er beides erhält.«

Coram schüttelte den Kopf, während er seine Reitstiefel anzog. »Es gefällt mir nicht, dich ausgerechnet jetzt allein zu lassen«, protestierte er zum zwanzigsten Mal. »Dieser Akhnan Ibn Nazzir würde dich am liebsten den Wölfen zum Fraß vorwerfen, damit er dich nicht mehr sehen muss, und du schickst mich zurück nach Corus.«
»Je früher du losreitest, desto schneller bist du wieder da, um auf mich aufzupassen«, sagte Alanna ungerührt. »Die Angelegenheit ist wichtig.«
»Und dass ich dich vor diesem alten Bussard beschütze, ist

nicht wichtig?«, erkundigte sich Coram. »Du sagtest, Mukhtab will mir einen Mann mitgeben?«

»Ja. Er wartet schon mit dem Packpferd.«

Alanna grinste ihren Freund liebevoll an, während sie nach draußen gingen.

»Mir passiert schon nichts. Ich habe ja Immertreu als Aufpasser.«

Coram warf dem vorausstolzierenden schwarzen Kater einen finsteren Blick zu. »Schöner Aufpasser, der!«, brummte er. Sie machten überrascht Halt, als sie entdeckten, dass Hakim Fahrar bei den Pferden wartete. Der hoch gewachsene Bazhir verneigte sich.

»Ich soll mit dir reiten«, entgegnete er als Antwort auf die Frage, die in ihren Gesichtern geschrieben stand. »Die *Stimme* hat es so befohlen.«

Alanna umarmte Coram für einen Augenblick. »Bevor du dich versiehst, bist du wieder da«, sagte sie barsch. »Also geh!«

Sie sah zu, wie die beiden Männer davonritten. Das Packpferd trottete hinterher. Sie nestelte an ihrem Glutstein herum und blinzelte die Tränen weg.

Du bist nicht allein, bemerkte Immertreu. *Du hast ja noch mich.*

Alanna hob den Kater hoch und drückte ihn fest an sich. Sie weinte nicht nur, weil sie sich verloren fühlte ohne Coram. Nein, ihr barscher Diener ritt zu Jonathan und sie musste hier bleiben.

Die Ritterprüfung. Sie versank tief und immer tiefer im Wasser, fast platzte ihr die Lunge. Sie kämpfte wie besessen, doch fand sie den Weg zur Oberfläche nicht. Sie öffnete den Mund, um zu schreien –

Sie fuhr aus dem Schlaf hoch. Den Mund hatte sie so fest zugepresst, dass ihr der Kiefer schmerzte. Es war ja nicht gestattet, im Prüfungsgemach zu schreien!
Immertreu ließ sich von ihrer Brust herunterplumpsen und landete auf dem Boden. Sein Gewicht war es gewesen, das sie im Schlaf an diesen entsetzlichen Augenblick erinnert hatte. Gerade wollte sie ihn wütend beschimpfen, als sie sah, dass er das Fell sträubte. Sie verhielt sich mucksmäuschenstill, bis sie ein Rascheln hörte und das leise Klappern von sanft gegeneinander schlagenden harten Gegenständen.
Vorsichtig holte Alanna ihre Kampfaxt aus dem Waffenständer und schlich lautlos zum Hinterausgang des Zelts hinaus. Als Schatten unter den übrigen Schatten des Lagers umrundete sie mit Immertreu auf den Fersen das Zelt.
Eine zusammengekauerte Gestalt malte vorne vor dem Zelteingang Zeichen in den Sand. Sofort begriff sie, wer es war, und sie ahnte, was er im Sinn hatte. Sie hob ihre Axt, schleuderte sie zu Akhnan Ibn Nazzirs Füßen in den Sand und ging mit großen Schritten auf ihn zu, während das violette Feuer ihrer Gabe die Szene in purpurfarbenes, taghelles Licht tauchte.
»Dämon, ich beschwöre dich, tu mir nichts zu Leide!«, kreischte der alte Mann. »Im Namen Mithros' –«.
»Sei still!«, fauchte Alanna. Die Dorfbewohner kamen mit Schwertern und Speeren bewaffnet aus ihren Zelten gestürzt. »Jetzt hast du alle aufgeweckt!«
Ibn Nazzir keuchte vor Wut, als er sie endlich erkannte. »Ich werde dich verstoßen!«, schrie er. »Ich werde unseren Stamm von dir befreien und dich wieder in das Dunkel schicken, wo du hingehörst!«

Alanna wurde übel, als sie die Zeichnung betrachtete, an der Ibn Nazzir gearbeitet hatte. Man nannte sie »Tor zum Idramm«. Sie kannte dieses magische Symbol von Herzog Roger, der sie und Jonathan in der Zauberkunst unterwiesen hatte, als sie noch jung gewesen waren.

»Es gibt viele verschiedene Kreaturen in unserer Welt«, hatte der Herzog von Conté erklärt. »Nennt sie Dämonen, Erscheinungen, Geister – jedenfalls sind sie unendlich vielfältig. Manche dienen der Macht, die wir das Gute nennen, manche der, die wir als das Böse bezeichnen. Ein Tor zum Idramm ruft aus einem gewissen Umkreis all diese Wesen herbei. Die Folgen« – er hatte seine breiten Schultern gezuckt – »sind verheerend. Nur Narren bedienen sich dieses Tores, ohne es zuvor einzugrenzen.«

Die Zeichnung war fast fertig. Alanna schauderte. Irgendwelche eingrenzenden Symbole waren nicht verwendet worden.

»Du dummer, unwissender, böser alter Mann!«, rief sie und wischte die magischen Zeichen mit dem bloßen Fuß aus. »Du hättest das ganze Dorf ausrotten können! Oder war dir das egal, solange du nur mich ebenfalls erwischtest?«

Ali Mukhtab war vor die versammelte Menge getreten. »Er hat ein Tor zum Idramm vor mein Zelt gemalt!«, erklärte ihm Alanna heftig.

Die *Stimme* erbleichte. »Bist du verrückt geworden?«, herrschte er Akhnan Ibn Nazzir an. »Wie kannst du es wagen, Magie anzuwenden, die du nicht verstehst?«

»Sie verdirbt die Leute!«, jammerte der Schamane. »Dich hat sie auch verdorben, Ali Mukhtab. Ich wollte lediglich die Wüste befreien von ihrem bösen –«

»Du hättest die Wüste von uns allen befreit!«, zischte Mukh-

tab wütend. »Geh in dein Zelt, Schamane, und bleib dort, bis ich eine angemessene Bestrafung für dich gefunden habe!«
Als der alte Mann floh, drehte sich Mukhtab zu Alanna um. »Du hast uns alle gerettet«, erklärte er ihr.
Alanna deutete auf den schläfrig blinzelnden Immertreu. »Danke meinem Kater!«, sagte sie. »Er hat mich aufgeweckt.«

Als sie sich am nächsten Morgen von ihrem Lager erhob, warteten Ishak, Kara und Kourrem schon. Sie wetteiferten untereinander, für wen Immertreu wohl am lautesten schnurrte. »Ihr verwöhnt ihn«, schimpfte Alanna, während sie sich ankleidete. »Und *ich* muss anschließend mit einem verwöhnten Kater leben.«
»Die Männer des Stammes glauben nicht, dass er ein Kater ist«, berichtete Ishak. »Manche halten ihn für einen Gott, manche für einen Dämon.«
»Er ist weder das eine noch das andere«, informierte ihn Alanna. Sie hob Blitzschlag auf. »Kann mir einer von euch zeigen, wo ich den Schmied finde?«
Der Schmied war Gammal, ihr stämmiger Freund aus Persopolis. Er strahlte, dass er Gelegenheit bekam ihr einen Dienst zu erweisen. Kara und Kourrem musterte er unmutig, bis sie zurückwichen und ihm Platz machten, dann reichte er Ishak den Blasebalg. »Benutze ihn kräftig, Junge!«, riet er, als er sich umdrehte, um seine Zange zu holen.
Ishak sah Alanna entgeistert an. »Das habe ich noch nie gemacht«, flüsterte er.
Als Gammal wiederkam, betätigte Alanna eifrig den Blasebalg und brachte das Schmiedefeuer zur Weißglut. Der

stämmige Bazhir schüttelte den Kopf, nahm das lang abgebrochene Stück von Blitzschlags Klinge mit der Zange auf und schob es ins Feuer, bis es ihm heiß genug erschien. Alanna meinte ein hässliches Summen zu hören, doch Gammal lenkte sie ab, indem er mit dröhnender Stimme fragte: »Wo hast du gelernt mit dem Blasebalg umzugehen, Frau-die-wie-ein-Mann-reitet?«

»Bei den Waffenschmieden des Königs«, schrie sie, um das Tosen des Feuers und das pfeifende Schnaufen des Blasebalgs zu übertönen. »Wir standen mit Tusain im Krieg. Ich hatte eine schlimme Wunde am Arm und war kampfunfähig, also ging ich zu ihnen, um mir die Zeit zu vertreiben.«

»Könntest du dein Schwert selbst flicken?«, wollte der Schmied wissen. Selbst er musste lauter reden, um den Krach zu übertönen.

Alanna schüttelte den Kopf. »Ein gewöhnliches Schwert schon«, rief sie. »Aber keins, das so gut gemacht ist wie dieses.«

Gammal zog die Klinge aus der Esse, Alanna ließ den Blasebalg los. Jetzt, ohne das pfeifende Schnaufen, hörte sie deutlich das Summen, das von Blitzschlags abgetrennter Klinge ausging. »Gammal, nicht –«, begann sie, doch in diesem Moment schlug der Schmied zu. Die Explosion, die ertönte, als sein Hammer auf das glühende Metall traf, warf sie alle zu Boden. Als sich Alanna wieder hochrappelte, war das Schmiedefeuer erloschen, mitten durch den Amboss lief ein Riss und Gammal lag besinnungslos am Boden. Mit dem Wasser, das Kourrem holte, brachte sie ihn rasch wieder zu sich. Der Bazhir feixte.

Das war ein Fehler, kommentierte Immertreu aus sicherer Entfernung. *Sieh dir mal die Klinge an.*

Blitzschlag lag immer noch auf dem Amboss. Nach einem Weilchen berührte Alanna ihr Schwert; die abgebrochene Klinge war so kalt wie die Esse. »Es hätte nicht mit dem Hammer bearbeitet werden dürfen«, erklang da überraschend Ali Mukhtabs Stimme. Alanna wirbelte erschrocken herum, denn sie hatte nicht gehört, wie er hinter sie getreten war. »Du musst eine andere Methode finden, es zu reparieren, Alanna von Trebond.« Unvermittelt lächelte er, dass seine weißen Zähne blitzten. »Die Leute dieses Stammes führten ein überaus ruhiges Leben, bevor du kamst«, bemerkte er. Dann drehte er sich um und ging davon.

Alanna starrte finster hinterher, bis sie merkte, dass Kara, Ishak und Kourrem kicherten.

»Er hat Recht«, sagte Kara. »Aber wir sind froh, dass du gekommen bist.«

Seufzend ließ Alanna die abgebrochene Klinge wieder in die Scheide gleiten und schnallte das Heft fest. Sie musste eine andere Methode finden Blitzschlag zu reparieren. Das Schmieden von Waffen hatte man ihr im Zauberunterricht nicht beigebracht. Aber wo bekam sie in der Zwischenzeit ein anderes Schwert her? Ohne Blitzschlag in der Hand fühlte sie sich hilflos.

»Die drei haben guten Grund sich zu freuen, dass du zu uns gekommen bist«, sagte Gammal leise. Alanna sah sich rasch nach ihren Gefährten um. Sie standen ein Stück entfernt und versuchten Immertreu für einen bunten Ball zu interessieren. »Vorher hatten sie einen schlechten Stand im Stamm. Komm mit in mein Zelt, dann gibt dir mein Weib etwas Kühles zu trinken!«, fügte er hinzu. »Die drei Halbwüchsigen können eine Weile auf deinen Kater und sich selbst aufpassen.«

Nachdenklich am Daumen kauend folgte Alanna dem Schmied in sein Heim. Gammals Frau, deren Augen unruhig waren hinter dem Schleier, bediente sie. »Warum?«, fragte Alanna schließlich. »Sie sind intelligent, aufgeweckt, flink – ich mag sie. Warum waren sie so schlecht angesehen hier im Stamm?«

Gammal zündete sich eine Pfeife an und paffte gedankenverloren, bevor er antwortete: »Ishak, der Junge, behauptete, er sähe Bilder im Feuer, als er gerade sechs Jahre alt war«, antwortete er.

»Natürlich«, sagte Alanna verdutzt. »Er sagte mir ja selbst, dass er die Gabe hat. Für einen seines Alters erhielt er bisher nicht sonderlich viel Unterweisung –«.

Diese Bemerkung wischte Gammal mit einer Handbewegung beiseite. »Über Kourrems Bett hingen Feuerbälle in leuchtenden Farben und sie spielte damit. Kara schleudert Gegenstände, ohne sie zu berühren, wenn sie wütend ist. Der Schamane sagt, die drei seien verflucht. Ishak wurde von seiner Familie dem Großvater übergeben, damit er ihn unterrichtet, aber die Mädchen wurden von ihren Eltern verstoßen, sobald sie sich selbst versorgen konnten.«

Alanna konnte nicht glauben, dass sie richtig gehört hatte. »Aber all diese Zeichen deuten doch darauf hin, dass die drei die Gabe – also Zauberkraft – besitzen«, flüsterte sie. »Und Ibn Nazzir behauptet, sie seien *verflucht?*«

Gammal nickte. »Manche vom Stamm sind der Meinung, der Schamane müsse sich irren. Sie kümmern sich um die drei, geben ihnen Kleidung und zu essen. Halef Seif ist einer davon.«

»Du vermutlich noch einer«, mutmaßte Alanna scharfsinnig.

Gammal senkte zustimmend den Kopf. Alanna grübelte währenddessen über ein weiteres Problem nach. »Heißt das, dass die Mädchen nie unterrichtet wurden? Sie wissen nicht, wie sie mit ihrer Kraft umzugehen haben?« Gammal schüttelte den Kopf. »Große Gnädige Mutter«, hauchte Alanna. »Ich würde lieber in einer Schlangengrube leben als in einem Dorf zusammen mit zwei Mädchen, die nicht wissen, wie sie ihre Zauberkraft unter Kontrolle halten können! Ist sich denn keiner bewusst, wie gefährlich das ist? Sie müssen aber gelernt haben ihre Magie zu einem gewissen Grad zu kontrollieren, sonst wäre von euch keiner mehr da. Sind euch denn keine eigenartigen Dinge aufgefallen, wenn einer von den dreien wütend war oder krank?«

Gammal nickte gelassen. »Einmal kam ein Blitz vom Himmel gefahren und hätte um ein Haar den Schamanen getroffen«, sagte er. »Und laufend gibt es starke Winde und seltsame Stürme. Zu solchen Zeiten befiehlt uns der Schamane sie zu töten, doch das lässt Halef Seif nicht zu. Die *Stimme* ebenso wenig. Also leben sie hier, bis sich das Gleichgewicht zu ihren Gunsten eingependelt hat.«

Bald darauf verabschiedete sich Alanna. Die Bazhir waren offensichtlich gern bereit Dinge einfach auf sich zukommen zu lassen. Das schien ihr komisch, da dieses Volk doch sonst so tatkräftig war. War ihnen denn nicht klar, dass man die Dinge nur ändern konnte, indem man handelte? Als sie versuchte Ali Mukhtab zu schildern, wie sehr sie das Ganze verwirrte, war er belustigt.

»Wir glauben an das erhabene Gleichgewicht«, erklärte er. »Irgendwann pendelt sich alles selbst ein. Das Gleichgewicht verschiebt sich – es lässt sich nicht vorherbestimmen.

Weißt du, es ist wie die Wüste. Der Sand ist ständig in Bewegung, doch bleibt die Wüste dieselbe. Der Mensch kann die Wüste nicht ändern und der Mensch kann keinen Einfluss nehmen auf das Gleichgewicht.«
Alanna schüttelte gereizt den Kopf. »Es ist nicht meine Art, darauf zu warten, dass die Dinge irgendwann *passieren*«, murrte sie. »Hätte ich gewartet, bis sich das Gleichgewicht einpendelt, dann wäre ich jetzt die Frau irgendeines Edlen und würde nichts kennen außer meinem Zuhause und meinen Ländereien.«
»Vielleicht bist du ein Werkzeug dieses Gleichgewichts«, schlug Mukhtab vor. »Durch deine Anwesenheit sorgst du dafür, dass sich die Waagschalen heben oder senken.«
»Unsinn«, entgegnete Alanna und spielte mit dem Glutstein an ihrem Hals.

Tagelang dachte Alanna über ihre Freunde nach. Sie waren nicht bitter oder schwermütig wegen ihres Schicksals und an ihren endlosen Fragen konnte man ablesen, wie willig sie waren dazuzulernen. Um ihres eigenen Seelenfriedens willen hätte sie versucht die drei selbst zu unterrichten, aber in derartigen Dingen waren die Gebräuche der Bazhir überaus streng. Unterricht in der Magie erteilte immer der Schamane. Nur in diesem Stamm, wo sich der Schamane der geringfügigen Zauberkraft, die er selber besaß, nicht sicher war, wurde niemand unterrichtet. Wenn sie gegen die Gebräuche der Bazhir verstieß, würde nicht einmal Ali Mukhtab sie in Schutz nehmen.
Kourrems wehmütiger Blick schnitt ihr ins Herz. Ishak versuchte unentwegt ihr die Zauberkunststücke zu zeigen, die er beherrschte. Und Kara war Kara – ängstlich bemüht

zu gefallen und eher auf ein knappes Wort oder eine Ohrfeige gefasst als auf Alannas schroffen Dank. Seit dem Tag, an dem Alanna am Hof ihr Geheimnis offenbart hatte, war auch sie so etwas wie eine Geächtete gewesen. Ein derartiges Leben wünschte sie den drei Halbwüchsigen, die ihr wie Schatten nachfolgten, keinesfalls. Zwar war ihr eigenes Exil hier im Süden freiwillig, doch über den Empfang, den man ihr bereiten würde, falls sie zu früh in den Palast zurückkehrte, machte sie sich keine Illusionen.

Fast eine Woche lang grübelte sie darüber nach. Nebenbei lernte sie ihren neuen Stamm besser kennen, traf an Halef Seifs Seite mit den anderen Männern zusammen, diskutierte über den ständigen Krieg gegen die Hügelmänner und die Notwendigkeit neue Weideplätze für die vielen Schafe und Ziegen zu finden. In Begleitung von Kara lernte sie auch ein paar Frauen kennen. Mit den jungen Männern ging sie auf Jagd, bei Ali Mukhtab erfuhr sie von der ereignisreichen Geschichte der Bazhir.

Alanna überlegte immer noch, was sie tun könnte, als sie eines Abends ins Zelt des Häuptlings gerufen wurde. Auch Ali Mukhtab, der auf Kissen thronte und seine lange Pfeife rauchte, war zugegen. Zu seiner Seite saß mit strenger Miene Halef Seif. Über zwei knienden, gefesselten Männern stand Gammal; andere Männer des Stammes sahen zu.

Alanna zögerte am Zelteingang. Sie setzte Immertreu, der auf ihrer linken Schulter hockte, besser zurecht. »Du hast mich rufen lassen?«, fragte sie Halef. Außer den beiden knienden Männern drehten sich alle zu ihr um und starrten sie an.

Der Häuptling winkte sie heran. »Diese beiden kamen

gestern zu unseren Brüdern vom Stamm des Schlafenden Löwen«, erklärte er. »Sie versuchten sich als Wüstenbewohner auszugeben, doch ist offensichtlich, dass sie aus dem Norden stammen.«

Alanna trat vor und versuchte die Gesichter der Gefangenen zu sehen. Beide hielten den Kopf gesenkt. »Die Männer vom Stamm des Schlafenden Löwen müssten doch gewiss in der Lage sein mit Spionen fertig zu werden«, sagte Alanna. Sie wusste immer noch nicht, warum man sie gerufen hatte. »Oder wollten sie, dass sie der *Stimme* vorgeführt werden?«

»Diese Männer erkundigten sich nach *dir,* Alanna von Trebond«, entgegnete Ali Mukhtab.

Immertreu hopste von ihrer Schulter, tapste zu einem der knienden Männer hinüber und stupste ihm träge ins Gesicht. Verdutzt sah der Mann auf.

»Langfinger!«, rief Alanna überrascht. »Was im Namen der Mutter hast denn *du* hier zu suchen?«

Der zweite Mann, den sie in den Tagen am Hof des Schurken nur flüchtig kennen gelernt hatte, hob ebenfalls den Kopf. Der Dieb, den Alanna schon jahrelang unter dem Namen Langfinger kannte, zog eine Grimasse.

»Er sagte, du dürftest nicht erfahren, dass wir hier sind«, knurrte er. »Wir sollten rauskriegen, was aus dir geworden ist und ob es dir auch gut geht.«

»Zweifellos wirst du uns eine Erklärung abgeben, sobald es dir möglich ist, Alanna«, bemerkte Halef freundlich.

Mit rotem Kopf drehte sie sich zu ihm um. »Der Herr über diese Männer ist einer meiner ältesten und besten Freunde.«

»Wer mag ihr Herr sein, dass er heimlich Spione schickt

anstatt Boten, die offen und ehrlich zugeben, weshalb sie hier sind?«
Alanna seufzte. »Er ist der Herrscher am Hof der Schurken – der König der Diebe von Tortall. Würdest du ihn kennen, so wüsstest du, dass er immer lieber Spione ausschickt als Boten.« Sie wandte sich wieder Langfinger zu. »Sag mir, weshalb lässt er Ausschau halten nach mir? Er muss doch wissen, dass es mir gut geht.«
Langfinger schüttelte den Kopf. »Ich bin nicht der Mann, um seiner Majestät Fragen zu stellen«, teilte er Alanna mit. »Vor allem nicht in letzter Zeit, wo er so gereizt ist. Wir wussten schon, dass man uns schnappen würde, aber –«. Er zuckte die Achseln. »Es war 'ne ganze Nummer besser, als in Corus rumzuhängen, solange Georg miese Laune hat.«
Alanna lächelte. »Ich habe Georg noch nie schlecht gelaunt erlebt, aber er ist auch so schon ziemlich beeindruckend. Halef Seif, Ali Mukhtab: Ihr dürft diese Männer nicht verantwortlich machen für die Befehle ihres Herrn. Georg, dem König der Diebe, nicht zu gehorchen – tja, wenn man ein Dieb ist, dann tut man das einfach nicht.«
Ali Mukhtab nahm die Pfeife aus dem Mund und sagte: »Ich habe von diesem Georg Cooper gehört. Wie du sagst, er ist ein Mann, dem man besser nicht in die Quere kommt.«
»Gewiss haben die beiden Männer nichts gesehen, von dem die Bazhir nicht wollen, dass sie es sehen«, sagte Alanna.
»Wünschst du, dass sie freigelassen werden?«, fragte Halef Seif die *Stimme*. Ali Mukhtab nickte. Gammal kniete sich nieder, um die Stricke zu durchtrennen, mit denen die Gefangenen gebunden waren. »Hört her!«, befahl ihnen Halef streng. »Abgesehen davon, dass man euch ein biss-

chen grob behandelt hat, kehrt ihr wohlbehalten und unversehrt zu eurem König der Diebe zurück. Die nächsten Spione werde ich ihm mit aufgeschlitzten Nasenflügeln schicken.« Er nickte Gammal zu. »Gib ihnen zu essen und schick sie auf den Weg! Sorge dafür, dass sie ein gutes Stück Richtung Norden sind, bevor du zu uns zurückkehrst!«

»Sagt Georg, dass es mir gut geht und dass ich glücklich bin«, fügte Alanna hinzu, als sich Langfinger und sein Kumpan unbeholfen erhoben. »Ich muss lediglich für eine Weile mein eigenes Leben führen.«

Langfinger nickte. »Ich werd's ihm sagen, aber ich bezweifle, dass es ihm gefallen wird.«

Sein Kumpan sah sich nach den Bazhir um. »Möglicherweise hat er keine andere Wahl«, bemerkte er trocken. Rasch führte man sie aus dem Zelt; die Krieger folgten ihnen nach. Alanna bemerkte, dass Halef Seif und Ali Mukhtab sie musterten. Auf eine Geste des Häuptlings hin setzte sie sich. Halef zog seinen Pfeifenständer zu sich heran und nahm ebenfalls Platz, während ein junger Stammesangehöriger, der geblieben war, allen Wein einschenkte.

»Hast du noch mehr solche Freunde, die hier auftauchen und nach dir suchen werden, Alanna?«, wollte Ali Mukhtab wissen.

Sie schüttelte den Kopf. »Georg ist eine Nummer für sich.«

»Wie kam es dazu, dass du mit einem solchen Mann bekannt wurdest?« Die *Stimme* gab Halef Feuer aus seiner Pfeife.

»Wir begegneten uns ganz zu Anfang, als ich gerade als Junge verkleidet in Corus eintraf«, entgegnete sie. »Er wurde mein Freund –«.

»Damit er im Palast seinen Diebereien nachgehen konnte«, unterstellte Halef trocken.

»Absolut nicht. Dabei hätte ich ihn niemals unterstützt. Aber er brachte mir bei, wie man mit dem Messer kämpft, wie man an einer Mauer emporklettert, auch ohne Leiter –«. Sie lächelte. »Alle möglichen nützlichen Dinge. Und Mondlicht hat er mir ebenfalls besorgt.«
Ali Mukhtab sah sie scharf an. »Er muss dir nahe stehen, dieser –«.
»Georg Cooper«, ergänzte sie. »Nach Prinz Jonathan ist er der beste Freund, den ich habe.«
»Dieser Freund riskiert eine ganze Menge, wenn er Boten nach Süden schickt, damit sie dich suchen.«
Alanna rief rot an. »Georg macht sich eben Sorgen um mich«, murmelte sie.
Georg liebt dich, miaute Immertreu.
»Sei still!«, fauchte sie, als sie sah, dass die beiden Männer ihren Kater beobachteten. Manchmal konnten die Menschen Immertreu verstehen. Sie wollte nicht, dass es ausgerechnet jetzt dazu kam. Fast wäre sie über ihren Burnus gestolpert, als sie sich erhob. »Wenn das alles ist –«.
»Für den Augenblick ja«, nickte der Häuptling und versteckte nur schlecht sein Lächeln hinter der vorgehaltenen Hand.

Der Zwischenfall war bald vergessen. Kurz darauf entschloss sich Alanna Ibn Nazzir auf die Sache mit Kara, Kourrem und Ishak anzusprechen. Sie hatte sich seit Tagen kein Wortgefecht mehr mit dem Schamanen geliefert und hoffte, dass seine Wut inzwischen ein wenig verraucht war. Sie legte ihre Waffen und den kühlen Burnus ab, zog nur einen ärmellosen Waffenrock und Kniehosen an, damit der alte Mann deutlich sehen konnte, dass sie unbewaffnet war, und ging um Mittag zu seinem Zelt.

Wie immer kam Immertreu mit. Als kohlrabenschwarzer, schimpfender Schatten tapste er hinter ihr her. *Du unternimmst einen vollkommen nutzlosen Gang,* warnte er, als sie sich dem Heim des Schamanen näherten. *Er wird herumkreischen, dich beschimpfen und vermutlich wird er sich an einem Zauberspruch versuchen, von dem er keine Ahnung hat.*

»Ich muss es zumindest versuchen«, brummelte Alanna, als sie auf den freien Platz vor dem Zelt trat, das dem Stamm als Tempel und dem Schamanen als Unterkunft diente. Sie blieb ein gutes Stück vor dem geschlossenen Zelteingang stehen. Die Hände hielt sie weit ausgebreitet, damit jeder sehen konnte, dass sie leer waren. »Akhnan Ibn Nazzir! Ich komme in Frieden zu dir, mit offenen –«.

Vor ihr explodierte der Boden. Sie und Immertreu wurden niedergeworfen; Sand und Erde prasselten auf sie herab.

Hab ich dir doch gesagt, bemerkte Immertreu empört und begann sich sauber zu schlecken.

Alanna stand auf. Sie gab sich Mühe nicht die Beherrschung zu verlieren und klopfte sich ab. »Das war dumm!«, rief sie. »Ein Unschuldiger hätte verletzt werden können! Ich kam zu dir, um Frieden zu schließen –«.

»Du wirst uns nur Krieg und Hungersnot bringen!«, erklang gedämpft Ibn Nazzirs schrille Stimme aus dem Zelt. »Du verdirbst Halef Seif mit Wollust und mit deinem unflätigen Geschwätz hast du die *Stimme der Stämme* verhext!«

»Männer und Frauen können Freunde sein, auch ohne Wollust!«, schrie Alanna zurück. »Der Einzige, der hier verhext ist, bist du! Verhext durch deine Eifersucht und deine Dummheit!« Sie brach ab und wischte sich den Schweiß von der Stirn. Sie bebte vor Zorn. Ihre Nachsicht

Narren gegenüber war schon immer gering gewesen und das bisschen, das sie besaß, kam ihr jetzt abhanden.

Immer noch weigerte sich der alte Mann herauszukommen, obwohl ihr Wortwechsel das ganze Dorf herbeigelockt hatte.

»Du trägst ein Dämonenauge um den Hals!«

Alanna hob die Hand an die Kehle und berührte den Glutstein. »Das ist kein Dämonenauge!«, schrie sie wutentbrannt. »Es ist ein Andenken, das mir die Große Muttergöttin eigenhändig überreicht hat!« Die Zuhörer wichen in ehrfürchtigem Schrecken zurück. Die Muttergöttin war hier ebenso wohl bekannt und verehrt wie im Norden. Keiner von ihnen hätte ihren Namen ohne triftigen Grund in den Mund genommen. Diejenigen, die sich bisher auf die Seite des Schamanen geschlagen hatten, begannen sich zu fragen, ob sie nicht einen schwerwiegenden Irrtum begangen hatten.

»Ich verlange eine Entschuldigung für diese Beleidigung meiner Göttin!«, schrie Alanna mit heiserer Stimme. »Und zwar sofort! Komm heraus und entschuldige dich!«

So, dachte sie zufrieden und wippte auf den Fußballen vor und zurück. *Jetzt habe ich es diesem alten Feigling gezeigt.*

Immertreu wandte sich mit nach vorn gerichteten Ohren dem Zelt des Schamanen zu. Plötzlich begann sein Schwanz zu zucken. *Er wird sich nicht entschuldigen,* warnte er, als sich der Zelteingang bewegte. *Er wird –*

Aber Alanna spürte es ebenso wie ihr Kater. Sie hatte gerade noch Zeit, Schutzwände aufzubauen, bevor eine gelbe Flamme aus dem Zelt gedonnert kam und sie und Immertreu umhüllte. Sie zuckte zusammen, als die Flamme auftraf, und konzentrierte sich auf ihren eigenen Zauberspruch. Voller Wut – bei der Unwissenheit und der mangelnden Kontrolle des Schamanen hätte ein Zuschauer verletzt oder getötet werden können – packte sie den letzten Rest des Feuers und schleuderte ihn zurück. Blitzschnell schoss die winzige Flamme ins Zelt des Schamanen und jagte den alten Mann nach draußen, bevor sie verlöschte.

Alanna starrte Ibn Nazzir an. Sie überlegte in Windeseile. Er trug das Kristallschwert; der Anblick jagte ihr Angstschauer den Rücken hinunter. Was nicht nur daran lag, dass es sie an Herzog Roger von Conté erinnerte, nein, sie wusste auch, dass der Schamane einst ein Reiter gewesen war und zweifellos mit einem Schwert umzugehen verstand. Falls sie sich nicht täuschte, war sie ihm mehr als ebenbürtig, was die Zauberkunst anging, aber seine Fähigkeiten als Schwertfechter waren eine gefährliche Unbekannte. Zumal sie unbewaffnet war.

»Du beleidigst die Göttin, die mir gnädig ist«, sagte sie, als er ihr seine Aufmerksamkeit zuwandte. »Du hast mich nun schon zweimal ohne faire Vorwarnung angegriffen, obwohl ich dich überhaupt nicht herausgefordert hatte. Ich war mehr als geduldig mit dir. Sag mir den Grund, warum ich nicht dein Leben fordern soll, wie es mein Recht ist als Mitglied des Stammes.«

Akhnan Ibn Nazzir zog das Kristallschwert und stürzte sich mit einem Schrei auf sie.

Alanna duckte sich weg und wich aus, ohne das wütende Gebrüll zu hören, das die Stammesangehörigen bei dem ehrlosen Betragen ihres Schamanen anstimmten. Auch Ibn Nazzir, dem Wahnsinn nahe, hörte nichts. Sein Mund war zu einem irren Grinsen verzogen, als er, die tödliche

Waffe mit beiden Händen schwingend, Alanna erneut angriff.
Die Ritterin tauchte weg. Sie bewegte sich blitzschnell auf der fest gestampften Erde. Jedes Mal wenn das Kristallschwert neben ihr herunterfuhr, hörte sie es summen. Ihr wurde ein wenig übel von dem Geräusch, es war, als sei Herzog Roger in der Nähe und dirigierte das Schwert in seinem Bemühen ihr Leben zu beenden. Mit leeren Händen, voll auf jede Bewegung des Schamanen konzentriert, wich sie flink nach hierhin und dorthin aus und tänzelte weg, wenn er auf sie einhieb.
Ibn Nazzir war nicht der Gegner, der Herzog Roger gewesen war. Seine Hiebe waren oft ziellos, dazu hielt er nur schlecht das Gleichgewicht. Und langsam war er auch. Das Schwert war es, was Alanna fürchtete. Sie hatte das Gefühl, der alte Mann wäre mit einem gewöhnlichen Schwert in der Hand um einiges weniger gut gewesen. Sie packte den Glutstein und flüsterte einen Zauberspruch, um eine Schutzwand aufzubauen.
Violettes Feuer tauchte aus dem Nichts auf und wirbelte auf Ibn Nazzir zu, um ihn einzukreisen. Kreischend schlug er mit dem Schwert um sich, bis die Feuerwand wieder verschwand. Nun griff er von neuem an. Alanna machte einen Satz, trat nach ihm und warf ihn so zu Boden. Blitzschnell rollte sie sich ab, stürzte sich auf ihn und rang mit ihm um das Schwert. Das Summen war jetzt lauter, es übertönte alle anderen Geräusche. Unsichtbare Finger packten nach ihrer Kehle, gerade als sie sah, dass sich der Schamane langsam grau verfärbte.
»Hör auf!«, schrie sie in dem Versuch sich Gehör zu verschaffen. Mit einer Ecke ihres Bewusstseins griff sie nach

den unsichtbaren Fingern, um sie von sich wegzuhalten. »Du bist nicht stark genug! Du verbrauchst deine eigene Lebenskraft!«

Da warf er sie auf den Rücken. Alanna klammerte sich am Heft des Schwertes fest, denn auf diese kurze Entfernung konnte er nicht daneben treffen, falls er die Klinge freibekam. Sie rangen miteinander, Schweißtropfen fielen von seinem Gesicht auf das ihre herunter. Er wurde grauer, um seinen Mund und die Nasenflügel zogen sich blaue Linien. Alles wurde schwarz. Die Wolke, die Alanna plötzlich umhüllte, schnitt ihr alle Luft und jegliches Gefühl ab. Sie wehrte sich verbissen, wobei sie auf Kraftreserven zurückgriff, die sie in jahrelanger Arbeit im Geheimen angesammelt hatte. Tatsächlich verdrängte ihr eigenes, violettes Feuer nach und nach die Schwärze. Wo es auf die Kristallklinge traf, funkelte und loderte es. Aus der Ferne hörte sie einen Schrei.

Die Schwärze war verschwunden. Akhnan Ibn Nazzir brach über ihr zusammen. Seine weit aufgerissenen Augen starrten blicklos. Er war tot.

Gammal und Halef zerrten den alten Mann von ihr herunter. Ishak half ihr auf die Beine; dabei taumelte sie vor Erschöpfung. Kara und Kourrem kamen herbeigehastet, um sie von beiden Seiten zu stützen. Ali Mukhtab, der Ibn Nazzir untersuchte, sah verwundert auf. »Er trägt keinerlei Spuren des Kampfes und doch ist er tot. Woran starb er?«

Alanna rieb sich die Augen. Sie hatte einen Großteil ihrer Körper- und Zauberkraft verbraucht. Im Augenblick wollte sie nur noch eines – in ihr Zelt gehen und sich hinlegen. »Er hat Macht benutzt, über die er nicht verfügte«, krächzte sie schließlich. »Er war kein sonderlich guter Zauberer. Er

hat seine eigene Lebenskraft angezapft, weil er mich tot sehen wollte.« Verblüfft entdeckte sie, dass ihre rechte Hand das Kristallschwert hielt. »Hätte er durchgehalten, er hätte möglicherweise gewonnen«, fügte sie bitter hinzu. »Es tut mir Leid, dass ich Schwierigkeiten über euch gebracht habe.« Sie schickte sich an davonzugehen.
»Einen Augenblick noch.« Halefs Stimme war freundlich, aber bestimmt. Sie schaute zurück. Er deutete auf das Zelt des Schamanen. »Hier ist nun dein Zuhause.«
Alanna klammerte sich mit ihrer freien Hand an Kourrems Schulter fest. »Ich verstehe nicht.«
Ali Mukhtab erhob sich und trat neben den Häuptling. »Halef Seif hat Recht. Du hast den alten Schamanen getötet. Nun musst du seinen Platz einnehmen, bis du einen neuen ausgebildet hast oder bis ein anderer Schamane dich mordet.«
Das war zu viel. »Ihr seid verrückt!«, schrie Alanna. Ihre Stimme brach vor Müdigkeit. »Ich bin keine – ich bin eine Ritterin! Ich habe niemals Magie gelehrt –«.
»Würdest du wollen, dass wir den Schamanen der Hügelmänner schutzlos ausgeliefert sind?«, fragte Halef ruhig. Alanna schwieg, denn ihr fielen die Geschichten ein, die ihr die Bazhir über die Zauberer aus den Hügeln erzählt hatten. »So lautet das Gesetz. So will es unser Brauch.« Halef öffnete den Eingang zum Zelt des Schamanen. »Hier ist nun dein Zuhause, Frau-die-wie-ein-Mann-reitet.«
Einen Augenblick lang trafen Alannas violette Augen wild auf die der *Stimme* und des Häuptlings. Sie wollte nicht an einen Ort gebunden sein! Sie war auf der Suche nach Abenteuern! Eine neue Welle der Erschöpfung überschwemmte sie und sie wandte den Blick ab. Immertreu saß erwartungsvoll vor dem offenen Eingang.

»Mir ist egal, ob das hier ein Zelt ist oder die Hütte eines Totengräbers«, seufzte sie. »Ich will mich bloß hinlegen, sonst gar nichts.«
Von Kara und Kourrem gestützt und mit dem Kristallschwert fest in der Hand, betrat sie das Zelt des Schamanen.

4
Zauberstudien

Eine ihrer ersten Taten als Schamanin des Blutigen Falken war es, Ali Mukhtab und Halef Seif darauf anzusprechen, dass sie Kara, Kourrem und Ishak als ihre Nachfolger ausbilden wollte. »Ishak beherrscht schon ein bisschen Magie«, erklärte sie ihnen. »Und alle drei müssen eine gewisse Kontrolle über ihre Zauberkraft entwickelt haben, sonst wäre das Dorf schon längst nicht mehr da. Es erfordert keine große Ausbildung, Schamane zu werden. Jeder von den dreien ist besser geeignet, als es Ibn Nazzir jemals war.«
Die beiden Männer dachten lange mit undurchdringlichen Gesichtern über ihren Vorschlag nach. Alanna gab sich Mühe nicht nervös herumzurutschen. Wo sollte sie bloß geeignete Schüler hernehmen, falls man ihr nicht gestattete diese drei auszubilden? Außerdem war es so: Wenn man diesen Geächteten den Status von Schamanen gab, konnte man das Unrecht, das ihnen Ibn Nazzir zugefügt hatte, weitgehend wieder gutmachen.
»Bisher wurde noch nie ein Mädchen zur Schamanin ausgebildet«, sagte Ali Mukhtab schließlich. »Doch seit der Ankunft der Frau-die-wie-ein-Mann-reitet hat dieser Stamm viele neue Dinge getan.«
»Auch unser jetziger Schamane ist eine Frau«, fügte Halef mit einem winzigen Lächeln hinzu.
»Also bist du einverstanden?«, fragte Mukhtab.
Das Lächeln des Häuptlings wurde breiter. »Ich glaube, es müsste überaus interessant werden, zuzusehen. *Diesem* Schamanen werden die drei Halbwüchsigen sicherlich gehorchen.«
Mukhtab nickte.
»So soll es also sein«, sagte er zu Alanna. »Mögen die Götter auf dich herablächeln.«

Alanna stemmte sich hoch. »Danke«, sagte sie. »Das Lächeln der Götter kann ich vermutlich gebrauchen.«
Die drei warteten auf sie, als sie in ihr Zelt zurückkehrte. Alanna schaute sich zufrieden um. Seit dem Nachmittag, an dem sie zum ersten Mal hier hereingetaumelt war, hatte sich das Zelt vollkommen verändert. Messing und Silber schimmerten sanft im Lampenschein; die Teppiche strahlten in ihren ursprünglichen kräftigen Farben; die aufgehängten Decken, die den Tempel von ihrem Wohnraum trennten, waren makellos. *Es ist wirklich und wahrhaftig schön, hierher nach Hause zu kommen,* dachte sie.
»Du batest darum, dass wir hier auf dich warten«, meinte Kourrem, die stets geradeheraus sagte, was sie dachte. »Du hast mit dem Häuptling und der *Stimme* gesprochen. Sind wir in Ungnade gefallen?«
Alanna schüttelte den Kopf und nahm den Dattelwein entgegen, den ihr Ishak einschenkte. »Ja, wir haben über euch geredet«, entgegnete sie. »Aber ihr seid nicht in Ungnade gefallen. Ich bat darum, euch als Schamanen ausbilden zu dürfen. Sie gaben ihre Erlaubnis.«
Einen Augenblick lang starrten drei Augenpaare sie an – dunkelbraun die der Mädchen, graubraun die des Jungen. Kourrem begann zu weinen.
»Ich dachte, du hättest keine Lust mit uns über Magie zu reden?«, erinnerte Ishak sie verwirrt.
Kara weinte jetzt ebenfalls, was Alanna bestürzte. »Hört auf, Mädchen! Ich wollte euch doch nicht zum Weinen bringen. Trinkt ein bisschen von diesem Wein!« Zu Ishak gewandt meinte sie: »Ohne es genau zu wissen, sagte ich dem Häuptling und der *Stimme*, die Mädchen seien überhaupt nicht ausgebildet und du nur ein bisschen. Kourrem,

Kara, *bitte* weint nicht! Ja, ich habe die Nase voll von der Magie, aber einer muss euch unterrichten und außer mir ist keiner da. Hört her.« Mit einem Seufzer setzte sie sich auf ein Kissen. Die Mädchen hatten aufgehört zu weinen und schnieften nur noch. Alle drei lauschten jetzt aufmerksam.
»Während ich zuerst als Page und dann als Knappe im Palast war, hielt sich dort der Neffe des Königs, also der Vetter meines Prinzen, auf. Dieser Herzog Roger war der mächtigste Zauberer der Ostländer. Dazu sah er gut aus, war beliebt und charmant. Mir kam es so vor, als sei ich der einzige Mensch auf der ganzen Welt, der wusste, dass dieser Mann es nicht gut mit meinem Prinzen meinte, dass er für Unfälle verantwortlich war, die Jonathan fast das Leben gekostet hätten. Ich vermute auch, dass er mich vom Feind entführen ließ, als wir gegen Tusain Krieg führten. Und dann, als ich vor zwei Monden die Ritterprüfung ablegte, erfuhr ich, dass er Zauberkraft verwendet hatte, um alle mit Blindheit zu schlagen – auf eine gewisse Art und Weise auch mich –, was seine Pläne betraf. Er hatte nämlich vor die Königin zu ermorden. Ich beschuldigte ihn also vor dem König und dem gesamten Hof. Roger verlangte einen Urteilsspruch durch Zweikampf.«
Sie holte tief Luft. Die Erinnerung war schmerzhaft. »Wir kämpften gegeneinander. Er – er durchtrennte –«. Sie errötete und stockte. »Ich hatte mich als Junge verkleidet –«. Sie deutete mit beiden Händen auf ihren Oberkörper und wurde noch röter.
Kourrem, die schnell von Begriff war, kam ihr zu Hilfe. »Du willst sagen, dass du dir die Brüste bandagiert hattest, damit sie flach waren, und er durchtrennte die Binden.«
Alanna nickte. »Als er – als alle –, entdeckten, dass ich ein

Mädchen war, drehte er durch. Er griff mich mit dem Schwert *und* mit Magie zugleich an – und nicht nur mich. Den König oder Jonathan hätte er mit seiner Zauberkraft umgebracht. Daran musste ich ihn hindern, also tötete ich ihn. Seit damals ist mir bewusst, dass man die Magie – und zwar jegliche Art von Magie – nur allzu leicht dazu verwenden kann, Böses zu tun.« Sie holte tief Luft. »Aber noch schlimmer ist es, wenn man Zauberkraft ignoriert. So ging es mir mit diesem Kristallschwert.« Sie berührte die Klinge, die sie nun an der Taille trug. »Ich habe seine Zauberkraft ignoriert und somit gelang es Ibn Nazzir, es gegen mich zu wenden. Stattdessen muss ich es behalten und meistern, damit es nie mehr gegen mich eingesetzt werden kann. Dasselbe müsst ihr lernen, was eure Zauberkraft betrifft, sonst wendet sie sich nämlich gegen euch.« Verlegen rieb sie sich die Nase. Es lag ihr nicht, Vorträge zu halten. Dabei wurde ihr klar, dass sie sich auf etwas eingelassen hatte, was ihr noch viele Vorträge abverlangen würde. »Morgen früh fangen wir an. Also legt euch jetzt am besten schlafen.« Im nächsten Augenblick wurde sie fast erstickt von drei fröhlichen Halbwüchsigen, die darauf bestanden, sie zu umarmen und zu küssen. Alanna verscheuchte sie und schloss kopfschüttelnd den Zelteingang für die Nacht. »Der Unterricht wird ihnen gut tun«, erklärte sie Immertreu, während sie sich fürs Bett fertig machte.

Der Kater beobachtete sie mit träge zuckendem Schwanz. *Dir wird er auch gut tun,* bemerkte er. *Möglicherweise macht er sogar eine Erwachsene aus dir, obwohl ich das bezweifle.*

Alanna, die sich gerade in ihre Decken wickelte, warf ihm einen wütenden Blick zu. »Ich bin froh, dass ich dich habe. Das bewahrt mich davor, eingebildet zu werden«, brummte sie, schon im Begriff einzuschlafen. *Darüber bin ich auch froh,* entgegnete Immertreu und legte sich bequem vor ihrer Nase zurecht.

Das Grab war dunkel und still. Hinter ihr war die Tür mit einem Felsbrocken versiegelt, den die Palastdiener dort hingewälzt hatten. Vor ihr auf einem Granitblock lag der Körper des Herzogs von Conté. Roger sah aus, als schliefe er; durch die Künste der Priester des Dunkelgottes war er gut erhalten. Sein schwarzer Waffenrock verbarg die Schulterwunde und den Stich in der Brust, der dem Zweikampf mit ihr ein Ende gesetzt hatte. Es war vollkommen still im Grab. Er war tot.

Plötzlich öffnete er die Augen. Alanna wich zurück. Das Herz schlug ihr vor Entsetzen bis zum Hals. Roger lächelte.

Alanna warf das Bettzeug zurück und rollte sich zitternd aus dem Bett. Taumelnd kam sie auf die Beine und rannte mit Immertreu auf den Fersen nach draußen. Dort stand sie keuchend in der kalten nächtlichen Brise. Sie schauderte, als der Wind ihren schweißnassen Körper traf.

»Der erste Zauber, den ihr lernen werdet, ist das Entzünden eines Feuers«, erklärte sie ihren Schülern. Sie standen nicht weit vom Dorf in der Wüste. Alanna wollte ihren Unterricht nicht in der Nähe der Zelte und der Menschen dort abhalten, falls irgendetwas schief ging. In sicherer Entfernung stand kampfbereit mit gespanntem Bogen ein Krieger des Stammes. Die Männer aus den Hügeln waren zu nahe, als dass man es hätte riskieren können, sich unbewacht vom Dorf zu entfernen.

Alanna schichtete einige Zweige aufeinander. »Feuer zu machen oder ein Licht zu entzünden ist für einen, der die

Gabe besitzt, kein Problem«, fuhr sie fort. Sie fühlte sich unbehaglich. Früher hatte sie zwar Pagen und Knappen in den Kampfsportarten unterrichtet, aber die Zauberkunst hatte sie noch keinen gelehrt; sie hatte Angst, sie könnte einen Fehler machen. »Ihr schaut das an, was ihr zum Brennen bringen wollt – später braucht ihr nicht mehr hinzusehen –, und stellt euch vor, dass es brennt. Dann *wünscht* ihr euch, dass es brennt.«
»Was ist, wenn ich nicht will, dass es brennt?«, fragte Kara.
»Du *musst* es wollen«, sagte Alanna. »Weshalb sonst würdest du diesen Zauberspruch versuchen?«
»Oh.«
»Die Quelle eurer ganzen Zauberkraft liegt in eurem Willen«, fuhr Alanna fort. »Die Dinge passieren, weil ihr *wollt*, dass sie passieren. Es ist wie alles andere im Leben: Ein Krieger, ein fähiger Schamane oder ein guter Koch wird man, wenn man es dringend genug will. Wenn ihr euren Willen konzentriert und im Geist die Zweige brennen seht, dann wird das, was ihr wollt, Wirklichkeit. Sie werden brennen. Kara, du versuchst es als Erste.«
Das größere der beiden Mädchen sah mit zusammengekniffenen Augen die Zweige an und konzentrierte sich. Schweiß lief ihr übers Gesicht. Ein winziges Rauchgekräusel stieg auf, doch gleich darauf versiegte es. »Gar nicht übel für den ersten Versuch«, erklärte ihr Alanna. »Als ich es das erste Mal probierte, brachte ich nicht mal ein winziges bisschen Rauch zu Wege. Jetzt du, Kourrem.«
Kourrem starrte finster und mit zusammengezogenen Augenbrauen die Zweige an. Schließlich schüttelte sie den Kopf. »Ich glaube, ich will es nicht dringend genug«, sagte sie seufzend.

»Du willst doch Schamanin werden oder etwa nicht?«, fragte Alanna.
Kourrems Gesicht hellte sich auf. »Ja!«
»Solange du diesen Zauber nicht beherrschst, geht das nicht. Sogar Akhnan Ibn Nazzir gelang es, ein Feuer zu entzünden.«
Kourrems Augen weiteten sich vor Bestürzung. Im nächsten Augenblick sprühten Funken aus den Zweigen.
Alanna strahlte. »Siehst du?« Sie wartete, bis die stiebenden Funken verlöschten, dann deutete sie auf Ishak. »Jetzt bist du an der Reihe.«
Selbstgefällig feixend, deutete der Junge auf das Holz. Flammen loderten hoch auf und brannten die Zweige rasch herunter. Alanna musterte ihn eine lange Weile. Es juckte sie in den Fingern, ihm den hochnäsigen Ausdruck vom Gesicht zu schlagen. Aber ein derartiges Gefühl war unter ihrer Würde, das wusste sie. Ishak hatte ja nur ein bisschen angeben wollen. Sie nahm sich zusammen und nickte. »Ich habe vergessen, dass du den Feuerzauber schon ein bisschen beherrschst. Bevor wir fortfahren, will ich erst einmal genau wissen, was ihr schon könnt.«
»Ich kann Feuer erzeugen und Licht«, verkündete Ishak. »Und ich kann Sachen finden. Manchmal sehe ich Dinge, die in der Zukunft liegen.«
»Er träumte, du würdest unser Leben zum Guten wenden«, warf Kara ein. »Wir lachten ihn aus, weil er sagte, eine Frau, die Kriegerin sei, würde uns helfen. Das war am Tag, bevor dich Halef Seif zum Stamm brachte.«
Alanna nickte. »Und du, Kara? Hast du gesehen, wie sich Dinge veränderten, weil du es wolltest? Siehst du Bilder im Feuer?«

»Wenn ich wütend bin, bewegen sich Gegenstände«, flüsterte Kara und wurde rot. »Machmal fliegen sie durch die Luft. Dann schlägt man mich.«
»Sie macht, dass der Wind bläst«, meldete Ishak. »Und wenn sie weint, regnet es. Nicht immer, aber manchmal.«
»Wetterzauber«, sagte Alanna. »Als Schamanin wird dir das nützlich sein. Und wie ist es mit dir, Kourrem?«
»Ich weiß nicht«, bekannte die Jüngste unter den dreien. »Manchmal sehe ich bunte Feuerkugeln und spiele mit ihnen. Die alten Leute haben mich gern um sich, wenn sie krank sind. Sie sagen, wenn ich da sei, gehe es ihnen besser. Ich dachte, es wäre deshalb, weil ich ihnen Geschichten erzähle, aber –«. Ihre Augen waren hoffnungsvoll, als sie Alanna ansah.
Alanna fiel ein, wie Herzog Baird sie an dem Tag, als Jonathan am Schwitzfieber erkrankt war, auf die Probe gestellt hatte. Sie streckte die Hand aus. »Ich habe schlecht geschlafen heute Nacht«, erklärte sie Kourrem. »Ich bin immer noch müde. Nimm meine Hand und mach, dass es mir besser geht!«
Kourrem streckte die Hand aus, zog sie dann aber wieder zurück. »Ich weiß nicht, wie das geht«, sagte sie.
»Finde deine Kraft, dann lässt du einen Teil davon durch deine Hand in meine fließen«, sagte sie.
Kourrem gehorchte. Im nächsten Augenblick spürte Alanna, wie eine prickelnde Energie in ihren Körper floss, dass sich ihr die Nackenhaare sträubten. Sie riss die Hand weg und schüttelte das Prickeln fort.
»Ich war nur ein *bisschen* müde«, erklärte sie dem Mädchen, das aussah, als wolle es gleich weinen. »So viel hättest du mir gar nicht zu geben brauchen!«

Sie sah die drei an und stemmte die Hände in die Hüften. »Wir müssen uns nun überlegen, was ihr lernen sollt«, sagte sie. »Ein bisschen Ahnung habt ihr alle schon, sonst könntet ihr eure Zauberkraft nicht so gut unter Kontrolle halten.«

»Woher weißt du das?«, fragte Kourrem.

»Weil uns Ishak alle vier hätte verbrennen können, wenn er seine Kraft nicht kontrolliert hätte«, entgegnete Alanna. »Weil das Dorf schon von Stürmen oder Regen zerstört wäre, wenn du, Kara, deine Macht nicht gezügelt hättest. Und mit dem, was sie eben tat, hätte mich Kourrem in die Luft jagen können.«

»Wieso gehst du dann ein derartiges Risiko ein und unterrichtest uns?«, wollte Kourrem wissen. »Du wusstest doch gar nicht, dass ich dir nichts zu Leide tun würde. Oder?«

Alanna grinste. »Ich mag ja vielleicht nicht in der Lage sein das Wetter zu beeinflussen oder in die Zukunft zu sehen«, sagte sie. »Aber ich weiß, wie ich mich schützen kann und jeden von euch auch, wenn es nötig wird.«

Sie kratzte sich am Kopf. »Ich glaube, wir sollten die Konzentrationsübung, die ich euch beibrachte, trainieren. Dann holt ihr die Zelte, die ich erbat, und baut sie neben meinem auf.«

»Wieso sollen wir Zelte aufbauen?«, fragte Kara, als sie sich gehorsam auf dem Boden niederließen.

Alanna setzte sich im Schneidersitz daneben. »Als meine Lehrlinge müsst ihr richtig mit mir zusammenleben«, antwortete sie. »Aber da ihr zu dritt seid, bat ich den Zeltmacher mir ein größeres Zelt für euch Mädchen und ein kleineres für Ishak zu geben. Oh, hört auf!«, rief sie, als sich alle drei auf sie stürzten und sie stürmisch umarmten.

Nach dem Abendessen gingen Alannas Lehrlinge ihre neuen Heime verschönern. Halef Seif kam Alanna abholen. »Die Nacht ist kühl«, sagte er. »Willst du ausreiten mit mir?«
Sie ließ sich nicht zweimal bitten. Es dauerte ein paar Augenblicke, bis sie ihre Pferde gesattelt und den Wachposten erklärt hatten, welche Richtung sie einschlagen wollten. Als sie das Dorf hinter sich gelassen hatten, machte Alanna vor Erleichterung einen tiefen Atemzug. Sie konnte Wüstenpflanzen, Staub und Pferde riechen – ein trockener, beruhigender Geruch, der ihr mehr als alles andere zeigte, wie sehr sich ihr Leben verändert hatte.
»Ich will, dass sie mit mir am Lagerfeuer sitzen«, sagte sie übergangslos. Sie sprach leise, für den Fall, dass irgendwer, der es auf sie abgesehen hatte – sei es nun Mensch oder Tier –, in der Nähe war. »Jetzt, wo sie meine Lehrlinge sind, haben sie ein Recht darauf. Findest du nicht?«
»Zwei davon sind Mädchen.« Es war zu dunkel, um in seinem Gesicht zu lesen, und seine Stimme war ausdruckslos.
»Ich bin auch ein Mädchen.«
»Das habe ich bemerkt.«
Alanna hegte den Verdacht, dass er sie necken wollte. »Und wenn sie dreiköpfige Kröten sind!«, flüsterte sie scharf. »Alle drei werden Schamanen sein und der Stamm muss lernen –«.
Der Bazhir zischte, um sie zum Schweigen zu bringen. Immertreu saß aufrecht in seiner Schale an Mondlichts Sattel, hatte das Fell gesträubt und zuckte wild mit dem Schwanz. Alanna stellte ihre Ohren auf die Nachtgeräusche ein. Jetzt hörte sie es auch – Steine fielen auf Steine, wäh-

rend sich Männer durch die kleine Schlucht unter ihnen schlichen. Lautlos stiegen sie beide von ihren Pferden; mit einer Berührung bedeutete Alanna Immertreu in seiner Schale zu bleiben. Sie folgte Halef Seif zum Rand der Schlucht, wo sie sich platt auf den Boden legten und hinuntersahen.

Alannas Augen hatten sich inzwischen an die dunkle, mondlose Nacht gewöhnt und nun sah sie die schattenhaften Gestalten von fünf Hügelmännern, die sich da unten durch die Schlucht stahlen. Einer stolperte über einen Stein und fluchte unterdrückt, woraufhin ihm seine Begleiter befahlen sich still zu verhalten. Alanna lächelte höhnisch. Selbst als sie noch Page gewesen war, hätte man ihr für einen derartigen Fehler monatelang Strafdienst auferlegt.

»Plünderer, die unsere Herden suchen.« Halefs Atem bewegte die Haare in der Nähe ihres Ohrs; schon ein paar Zoll weiter hätte man ihn nicht mehr gehört. »Ich glaube, wir werden die Wachen nicht stören.« Gerade wollte er sich erheben, doch dann streckte er sich noch einmal neben ihr aus. »Ein wenig Licht wäre hilfreich – Schamanin.« Er lächelte.

Rasch griff Alanna in sich hinein und suchte das kleine Feuer, das stets tief versteckt in ihr brannte, wo nur sie es finden konnte. Sie zog es hervor. Erregung stieg in ihr auf, als es rasch zu der Größe heranwuchs, die sie brauchte. Violettes Feuer, das die ganze Umgebung erhellte, flammte von ihren Handflächen auf. Die Hügelmänner stießen Schreie aus und rissen die Hände hoch, um ihre Augen zu schützen. Halef Seif ließ einen Kriegsruf ertönen, während er in die Schlucht hinunterkletterte. Alanna brauchte beide Hände, und zwar schnell. Verzweifelt sah sie sich um. Als

sie einen Stein entdeckte, deutete sie darauf und gab ihrer Zauberkraft den Befehl. Sie wusste nicht, ob das, was sie plante, möglich war, aber ihr blieb keine Zeit zum Überlegen. Das violette Feuer strömte in den großen Stein und füllte ihn an, wie es zuvor sie angefüllt hatte. Einen Augenblick lang flackerte es und es sah so aus, als wolle es verlöschen, doch dann wurde es Teil des Steins. Ein mächtiges Leuchtfeuer erhellte die Schlucht, die unter ihr lag.
»Für Tortall und den König!«, rief Alanna und kletterte hinter Halef Seif her. Als sie das Kristallschwert zog, fühlte sie, wie es in ihrer Hand Unheil kündend summte. Wieder griff die Zauberkraft der Waffe um sich und suchte einen Weg die Kontrolle über Alanna zu übernehmen. Doch sie konzentrierte sich einzig und allein auf die Halef Seif bedrängenden Hügelmänner, biss die Zähne zusammen, widersetzte sich und befahl dem Schwert lautlos: *Hör auf damit!*
Zwei der Männer hatten sie entdeckt. Nun griffen sie an, der eine mit der Axt, der andere mit dem Breitschwert. Sie duckte sich unter dem Axthieb durch, kam von unten und durchbohrte den Angreifer mit ihrer Klinge. Einen Augenblick lang stieg wild ein abartiger, schwarzer Triumph in ihr auf. Sie erstarrte. Die Zauberkraft des Schwertes verwandelte ihren grimmigen Stolz, weil sie der bessere Krieger war, in hässliche Freude am Töten. Zitternd kämpfte sie gegen den Wunsch an den Mann wieder und immer wieder zu durchbohren, bis Halef Seif ihren Namen brüllte. Gerade noch rechtzeitig wirbelte sie herum, um das herabfallende Breitschwert mit dem Heft des Kristallschwerts aufzufangen. Das Schwert des Gegners war größer und schwerer als das ihre und auch er selbst war größer und schwerer als sie,

doch die eigentümliche graue Klinge hielt stand. Ihr geisterhaftes Flackern zog den Blick des Hügelmannes auf sich. Alanna löste sich, kam zurück und führte einen Stoß unter seiner Waffe hindurch und nach oben. Der Hügelmann begaffte noch immer ihr Schwert. Er versuchte ihren Hieb abzublocken, doch reagierte er nicht schnell genug. Das Kristallschwert flog aufwärts, durchbrach seine Deckung und fuhr ihm tief in den Hals. Diesmal war sie gefasst auf die Macht, die aus dem Schwert geschossen war, schlug mit ihrem Bewusstsein zurück und zerrte am Ursprung der bösen Kraft. Wäre von ihr verlangt worden diesen Ursprung zu beschreiben, so hätte sie gesagt, er fühle sich an wie ein Knoten in den Fäden der Macht, die die Zauberkraft des Schwerts bildeten. Jetzt schnitt ihr Bewusstsein durch diesen Knoten, zerrte ihn aus der Tiefe des Schwertes und schleuderte ihn in die Nacht. Gerade hatte sich der letzte Angreifer entschlossen die Flucht zu ergreifen, als ihn das Böse, das Alanna fortgeschleudert hatte, in den Rücken traf und ihn auf der Stelle in ein Häufchen Asche verwandelte.

»Das habe ich nicht gewollt«, flüsterte sie erschöpft, während sie ihre Klinge am Umhang eines der gefallenen Männer abwischte. Das Summen des Schwertes war jetzt schwächer geworden; der hässliche Triumph, den sie beim Töten verspürt hatte, war nur noch ein Schatten in ihrer Erinnerung.

»Es wäre närrisch gewesen, ihn entkommen zu lassen, damit er seinem Stamm Bericht gibt«, erklärte der Häuptling streng. »Was war denn eigentlich los mit dir? Du hast nicht mit voller Kraft gekämpft.« Mit scharfem Blick musterte er das Kristallschwert, als sie es wieder in die Scheide steckte. »Das Schwert ist böse. Es wird sich gegen dich wenden.«

Sie schüttelte den Kopf. »Böse ist nur sehr wenig von dem, was wirklich ist, Halef Seif«, entgegnete sie. »Die Magie selbst ist nicht böse, nur kann man sie zum Bösen verwenden. Wenn es einem gelingt, sie irgendwie auf die richtige Bahn zu lenken –«.

»Und was ist, wenn die Magie dieses Schwertes schon seit Urzeiten zum Bösen verwendet wird?«, wurde sie gefragt. »Was ist, wenn du nicht stark genug bist, um sie zu unterwerfen?«

Alanna reckte das Kinn vor. Ihre violetten Augen funkelten gefährlich. »Ich habe mir geschworen, dass ich diese Waffe meistern will, also *werde* ich es tun«, sagte sie zwischen zusammengebissenen Zähnen hindurch. »Mich unterwirft kein Schwert – nicht einmal dieses hier.« Auf ihren Pfiff hin kam Mondlicht mit Halef Seifs Hengst im Gefolge angetrottet. Sie musterte den Häuptling immer noch wütend, als sie sich auf ihr Pferd schwang. »Daran gibt es nichts zu rütteln!«

Der Bazhir verbarg ein Lächeln, als er seinen Hengst bestieg. »Wie du meinst, Frau-die-wie-ein-Mann-reitet.«

Alanna hatte erwartet, ihre weiblichen Lehrlinge könnten sich weigern mit am Lagerfeuer des Stammes zu sitzen, doch hatte sie den Respekt unterschätzt, den ihr die beiden entgegenbrachten. Als sie begriffen, dass ihnen Alanna gestatten würde weiterhin ihre Gesichtsschleier zu tragen, stimmten sie zu. Kara sah verängstigt aus, Kourrem schob störrisch ihr Kinn vor, aber beide nahmen am nächsten Abend zwischen Ishak und Alanna Platz. Als es still um sie

wurde, senkten sie den Kopf. Ein paar Augenblicke lang herrschte Schweigen. Dann, als ein Mann nach dem anderen schulterzuckend seine Zustimmung kundtat, kamen langsam die Gespräche wieder in Gang. Es waren die Frauen, die sich an diesem Abend – und am nächsten und übernächsten – zurückhielten und die Mädchen und Alanna mit einer Schroffheit bedienten, die zur Unverschämtheit geworden wäre, hätte Halef Seif nicht ebenfalls am Feuer gesessen. Alanna seufzte. Wie konnte sie die Frauen des Stammes dazu bringen, sie selbst und ihre Lehrlinge zu akzeptieren? Man konnte sie nicht dazu zwingen, dass ihnen die Veränderungen, die Alanna dem Stamm des Blutigen Falken gebracht hatte, gefielen.
Der Unterricht wurde fortgesetzt. Gemeinsam studierten sie die vor dem Altar des Stammes liegenden Schriftrollen, in denen die zeremonielle Magie abgehandelt wurde. Von allen dreien stellte sich Ishak mit diesen Zaubersprüchen, die vom Reinigen der Lampen bis zur Weihung eines neuen Tempels alles erfassten, am geschicktesten an. Mit Besorgnis sah Alanna, wie ihr Schüler immer eingebildeter wurde. Für sie, die mit den kleinsten Launen der Pagen und Knappen, die sie einst unterrichtet hatte, vertraut war, gab es keinen Zweifel, dass Ishak ein gefährliches Übermaß an Selbstbewusstsein besaß.
»Kannst du mich nicht schneller vorangehen lassen?«, fragte er Alanna eines Abends, als sich die junge Schamanin mit ihren Schülern gerade im Gemeinschaftsraum ihres Zeltes ausruhte. Kourrem fuhrwerkte mit einem Webstuhl herum, den sie aufgestellt hatte, Kara half mit die Kettfäden aufzuspannen. Aber Alanna spürte, dass beide Mädchen die Ohren spitzten. »Ich habe schon einen Großteil unserer

zeremoniellen Magie gelernt. Kannst du mir nicht etwas *Interessantes* beibringen?«

Alanna streichelte Immertreu, der sich auf ihrem Schoß rekelte und ebenso gespannt lauschte wie die Mädchen. »Was genau schwebt dir denn vor?«

»Ich würde gern Zaubersprüche lernen, die der Weissagung dienen«, antwortete er mit leuchtenden Augen. »Ich würde gern in die Zukunft sehen. Oder du könntest mir beibringen meinen Körper zu verlassen –«.

»Nein, Ishak.« Sie sagte es liebevoll, denn sie wusste, dass sie ihn enttäuschte. »Du bist nicht bereit für das, worum du mich da bittest. Tut mir Leid.«

»Ich glaube aber, dass ich bereit bin!«, gab er zurück. Man hörte ihm an, dass er wütend war. Er biss sich auf die Lippe, dann fuhr er ruhiger fort: »Lässt du mich wenigstens dein Schwert in die Hand nehmen? Ich könnte mit seiner Zauberkraft umgehen –«.

Alanna schüttelte den Kopf. »Außer mir berührt es keiner.«

»Ich will etwas *Aufregendes* tun!«, rief er. »Dein Schwert lässt du mich nicht anfassen, fortgeschrittene Magie lehrst du mich nicht –«.

»Die Zaubersprüche, von denen du da sprichst, sind kraftvoll und nicht ungefährlich. Dir fehlt die Disziplin langsam vorzugehen. Ishak, hör zu!«, fuhr sie fort, als er ihr den Rücken zudrehte. »Weißt du nicht, was passiert, wenn du dich an Magie versuchst, für die du nicht bereit bist? Wenn du Glück hast, funktioniert der Zauberspruch nicht. Wenn du Pech hast, verlierst du die Kontrolle darüber und er verzehrt dich. Würdest du versuchen das Schwert zu benutzen, so würde es dich vernichten. Du müsstest sterben und nichts könnte dich zurückbringen. Du musst lernen dich in Geduld zu üben. Hör auf damit, Stufen überspringen zu wollen, wie du es bei den rituellen Sprüchen getan hast – ja, ich habe dich beobachtet. Du *musst* vorsichtig sein, was die Magie betrifft.«

»Du bist genauso schlimm wie Akhnan Ibn Nazzir!«, platzte er heraus. »Du hast einen übernatürlichen Kater, ein Andenken von der Muttergöttin, ein magisches Schwert, die Gabe – und alles willst du für dich behalten! Du willst nicht, dass andere auch ihren Spaß haben!«

Er drehte sich um und rannte nach draußen.

Alanna schüttelte besorgt den Kopf. »Es geht nicht darum, Spaß zu haben«, sagte Alanna mehr zu sich selbst als zu Immertreu oder den Mädchen. Mit einem Blick auf ihre beiden anderen ängstlich zusehenden Lehrlinge zwang sie sich zu einem Lächeln. Ishak würde sich beruhigen, bis zum Morgen würde er etwas anderes Aufregendes finden. Das hoffte sie zumindest. »Funktioniert dieses Ding?«, fragte sie Kourrem.

Kourrem, die froh war, dass das Thema gewechselt wurde, nickte. »Schön, dass du mir erlaubt hast den Webstuhl aufzustellen. Ich komme mir komisch vor, wenn ich abends nur herumsitze, wo ich doch weben könnte.«

»Kannst du gut weben?«, wollte Alanna wissen.

Kourrem schüttelte den Kopf. »Nein, aber ich will es lernen.« Sie betrachtete die Fäden mit zusammengekniffenen Augen. »Ein bisschen kann ich es schon.«

»Sie kann mehr als nur ein bisschen«, verkündigte Kara. »Sie ist eine gute Weberin. Es ist wichtig für eine Frau, etwas gut zu können, damit sie Ehre und Glück in das Zelt ihres Gatten bringt«, verkündete sie weise.

»Haltet ihr beide Ausschau nach Ehemännern?«, wollte Alanna wissen.
»Ich weiß nicht so recht«, sagte Kara. Sie setzte sich hin und schlang die Hände um die Knie. »Als wir Geächtete waren im Stamm, bestand immer noch die Möglichkeit, dass ein Mann eines anderen Stammes Lust bekäme eine von uns zur Frau zu nehmen. Aber jetzt, wo wir Schamaninnen sind, ist es schwer zu sagen. Der Schamane vor Akhnan Ibn Nazzir hatte eine Frau, aber Ibn Nazzir hatte keine – er war zu dreckig. Würde ein Mann eine Frau heiraten wollen, die Schamanin ist?«
Alanna fiel ein, dass Jonathan sie gebeten hatte seine Frau zu werden. »Die Chance ist ebenso groß wie bei einer Frau, die Kriegerin ist«, versicherte sie. »Und ich kenne zwei Männer, die mich heiraten wollten.«
Karas Gesicht leuchtete auf. »Kourrem, hast du das gehört?«, rief sie glücklich. »*Zwei* Männer wollten Alanna heiraten! Vielleicht haben wir auch noch eine Chance!«
»Hm«, entgegnete Kourrem und überprüfte, ob die Kettfäden an ihrem Webstuhl auch richtig aufgezogen waren. »Ich will noch nicht heiraten. Es gibt noch so viel, was ich lernen möchte.«
Darüber musste Alanna schallend lachen. »Und ich dachte, ich sei die Einzige, die so denkt!«
Ishak kam wieder, bevor die Mädchen aufbrachen. Er sah zerknirscht aus. »Ich habe mich schlecht benommen«, sagte er leise zu Alanna. »Ich will versuchen langsamer vorzugehen. Ich will aufhören und tun, was du sagst.« Die Anstrengung, sich bei einer Frau entschuldigen zu müssen, auch wenn es sich dabei um die Frau-die-wie-ein-Mann-reitet handelte, war zu viel für ihn. Er drehte sich

um und floh. Alanna zog die Stirn in Falten und fragte sich, ob seine Demut echt war oder nur gespielt. Sie nestelte an dem Glutstein an ihrer Kehle herum und seufzte, als das Klappern von Kourrems Webstuhl begann. Ihr blieb nichts anderes übrig als auf Ishaks nächsten Ausbruch zu warten und zu hoffen, dass er bald Selbstbeherrschung lernte.

5
Lehrlinge

Jeden Abend nahm sich Kourrem Zeit an ihrem Webstuhl zu arbeiten. Sogar Alanna, die vom Weben nichts verstand, konnte sehen, dass sie ebenso viel Zeit auf das Auftrennen ihrer Fehler verwendete wie aufs eigentliche Weben.
»Ich weiß einfach nicht genug«, erklärte Kourrem Alanna eines Abends. Kara und Ishak stritten sich inzwischen nahebei über die Verwendung einer Schriftrolle mit Zaubersprüchen.
»Ich war noch klein, als man es mir beibrachte, und ich habe lange nicht geübt.« Sie seufzte und machte ein mutloses Gesicht. »Erinnerst du dich an Hakim Fahrar, den Mann, gegen den du kämpftest?« Alanna nickte. »Seine Mutter ist die beste Weberin vom Stamm. Ich würde sie bitten mich zu unterrichten, aber –«. Sie zog eine Grimasse. »Die Frauen denken, dass wir nicht wissen, was sich gehört, weil wir mit den Männern sitzen.«
»Und dass ich ihren Sohn verwundet habe, ist auch nicht gerade hilfreich«, sagte Alanna. Kourrem nickte. Alanna zerzauste ihr die Haare. »Ich würde alles dafür geben, dir helfen zu können, aber vom Weben habe ich nicht die geringste Ahnung.«
Alle drei Lehrlinge – sogar Ishak – starrten sie an. Schließlich flüsterte Kara: »Du kannst nicht *weben?*«
»So etwas lernt man als Krieger nicht«, erklärte Ishak den Mädchen verächtlich.
Kourrem stand unvermittelt auf. »Ich bin gleich wieder da«, sagte sie. Eilig verließ sie das Zelt.
»Ich dachte nur – hier bringt man es allen Mädchen bei, wenn sie noch ganz klein sind«, erklärte Kara. »Du kannst also keine Wolle kardätschen, keinen Faden spinnen, kein –«. Sie schwieg verblüfft.

»Ich kann auch nicht backen«, bekannte Alanna. »Und kochen kann ich nur das, was sich Soldaten auf dem Marsch zubereiten.«
Kara schüttelte den Kopf. In vieler Hinsicht war sie ein braves Bazhir-Mädchen und oft verwirrte Alanna sie. Gerade versuchte sie Alanna die Grundzüge des Webens zu erklären, als Kourrem mit einem Modell ihres Webstuhls zurückkam, das so klein war, dass es auf den Schoß passte. Sie kniete sich neben Alanna hin.
»Falls du magst, kann ich dir die einfachste Art zu weben beibringen«, bot sie an. »Du könntest nichts mit Streifen oder so machen, aber immerhin wäre es ein Anfang.«
»Ich würde es liebend gerne lernen«, sagte Alanna. »Sieht so aus, als machte es Spaß.«
Kourrem lachte. »Wenn nichts schief geht, dann macht es Spaß«, sagte sie. »Aber eigentlich dürfte ich dich nicht gleich weben lassen. Wir mussten immer zuerst lernen die Wolle zu kardätschen – was bedeutet, dass man den ganzen Schmutz und die verwirrten Stellen herauskämmt – und ein gutes Garn zu spinnen, bevor man uns auch nur in die Nähe eines Webstuhls ließ.«
Alanna lachte. »Genau wie bei den Kampfsportarten, die ich lernte«, erklärte sie ihrem überraschten Publikum. »Wir mussten erst einmal lernen unsere Waffen herzustellen, bevor wir sie benutzen durften.«
»Man muss wissen, wie etwas gemacht ist, bevor man es meistern kann«, sagte Kara weise. Plötzlich leuchtete ihr Gesicht auf. »Genau das hast du uns auch gelehrt, was das Zaubern betrifft!«
»Wenn man also weiß, wie das Kristallschwert gemacht ist, kann man es auch führen!«, fügte Ishak hinzu.

Alanna unterdrückte eine Spur von Erschrecken. »So einfach ist das nicht, Ishak!«, sagte sie und warf ihm einen grimmigen Blick zu. »Um Dinge, die aus der Natur stammen, zu beherrschen, muss man verstehen, wie sie gemacht sind, und muss sie beherrschen *wollen*. Bei magischen Gegenständen musst du deinen eigenen Willen entwickeln, bis er stärker ist als deine Gabe. Andernfalls wendet sich die Macht gegen dich. *Verstehst du mich?*«, wollte sie wissen.
Ishak begegnete trotzig ihrem Blick, dann sah er weg. »Natürlich verstehe ich dich.«
Alanna runzelte die Stirn. Sie machte sich Sorgen um ihn, aber im Augenblick war es sinnlos, die Sache weiterzuverfolgen. Sie betrachtete den Webstuhl, den sie in der Hand hielt. »Was mache ich mit diesem Ding?«
Kourrem erklärte, wie der Webstuhl funktionierte, wie die einzelnen Teile hießen und welche Funktionen sie hatten. Als sie fertig war, betätigte sie das Schiffchen, bis zwischen den schon aufgespannten Kettfäden eine Reihe entstanden war. Dann übergab sie es Alanna. »Jetzt bist du dran.«
Das Schiffchen fühlte sich plump und ungewohnt an in der Hand Alannas, die weit eher daran gewöhnt war, mit Waffen umzugehen. Schließlich holte sie tief Luft und setzte es in Bewegung.
Sobald es sich rührte, wurde ihr klar, dass sie keine Ahnung hatte, was sie mit dem Ding eigentlich tun sollte. Innerhalb von Sekunden waren die Fäden hoffnungslos verwirrt. Kara unterdrückte ein Lachen; sogar Kourrem musste lächeln. Ishak sah gelangweilt aus.
Alanna legte das Schiffchen weg. Seit Jahren hatte sie sich nicht so unwissend gefühlt. »Vielleicht muss ich erst mal

diese anderen Dinge lernen. Meine Lehrer hatten Recht. Wenn man etwas wirklich beherrschen will, darf man keine Abkürzungen benutzen.«

»Ich werd's dir beibringen«, bot Kourrem an, »wenn du es immer noch lernen willst. Obwohl es mir albern vorkommt, dass du dir solche Mühe gibst, wo doch die Dinge, die du tust, viel wichtiger sind.«

»Was ist wichtiger als die Kleider, die ich trage?«, wollte Alanna wissen.

»Kourrem hat Recht«, bemerkte Ishak höhnisch. »Wieso willst du deine Zeit unnütz auf Webstühle und anderen Weiberkram verwenden, wo du doch kämpfen und zaubern kannst?«

Alanna bemerkte wohl, wie höhnisch Ishaks Stimme klang, sie sah auch, dass beide Mädchen vor Verlegenheit erröteten und an ihren Schleiern nestelten. *Ich muss ihm eine Lehre erteilen,* dachte sie und nahm ein Stück Garn. *Diesmal soll er was erleben.* »Du findest das Weben also albern?«

»Weiberkram.« Ishak gähnte und gab sich ganz und gar als Bazhir-Mann. »Es mag ja angehen, wenn man nichts Besseres zu tun hat.«

Rasch knüpfte Alanna einen Knoten in ihr Garn. Ishak stürzte, als der Teppich, auf dem er stand, unter seinen Füßen weggezerrt wurde und wild im Zelt umhersegelte.

»Habe ich dich richtig verstanden?«, fragte sie. Die Mädchen duckten sich, Immertreu zischte und fauchte. »Ist die Arbeit mit Garn weniger wichtig als mit Dämonen zu reden und in die Zukunft zu sehen?«

Als Ishak den Mund zu einer Antwort öffnete, knüpfte Alanna eilends einen zweiten Knoten. Der Teppich hielt in seinem wilden Flug inne und kam direkt über Ishaks Kopf

zur Ruhe. »Da du mir gerade Aufmerksamkeit schenkst«, fuhr Alanna fort, »will ich dir ein paar Dinge über den Garnzauber erzählen. Ich habe ihn nie benutzt; was ich darüber weiß, lernte ich von unserer Dorfheilerin, als ich noch klein war, und später von den Palastheilern. Ich weiß, dass eine Frau mit einem Stück Garn in der Hand einen ganzen Trupp bewaffneter Ritter zur Strecke bringen kann, falls ihr Wille stark genug ist. Auch Männer – vor allem Heiler – verwenden den Garnzauber, doch lernen ihn die Frauen leichter. Was vermutlich daran liegt, dass die meisten Frauen weben, spinnen und nähen können. Du schuldest deinen beiden Mit-Lehrlingen eine Entschuldigung, Ishak.«
Sie löste den zweiten Knoten. Der Teppich begann sich auf Ishaks Kopf zu senken. »Du kannst Kara und Kourrem nicht so behandeln, wie die Männer des Stammes die Frauen behandeln. Diese beiden sind dir ebenbürtig. Was sie tun – was sie lernen –, ist ebenso wichtig wie das, was du tust und lernst. Ehrlich gesagt sind sie auf manchen Gebieten sogar besser als du.«
Als sie den ersten Knoten löste, flatterte der Teppich durchs Zelt und hielt vor Ishak an. Alanna löste den Rest des zweiten Knotens. Der Teppich bebte. »Du stehst ihm im Weg«, erklärte sie dem jungen Mann. Verblüfft trat er beiseite. Sanft ließ sich der Teppich dort nieder, wo er zuvor gelegen hatte. »Ich hoffe, ich habe mich verständlich ausgedrückt.«
Ishak schnappte nach Luft.
Ihm war einiges klar geworden.
»Wirst du mir beibringen, wie das geht?«, erkundigte er sich. »Ich will es lernen – mag es nun ein Weiberzauber sein oder nicht!«

Eine Hand griff schmerzhaft nach Alannas Herz: Einen Augenblick lang hatte Ishak genau wie ihr halsstarriger Bruder geklungen. »Ich glaube, ich sagte etwas von einer Entschuldigung!«
»Tut mir Leid«, sagte Ishak zu den beiden Mädchen. »Ich vergesse es immer wieder.«
Kara sah das Garn in Alannas Hand ehrfürchtig an. »Willst du damit sagen, dass Kourrem und ich zaubern könnten, während wir weben und nähen? Einfach, indem wir Knoten knüpfen?«
Alanna seufzte.
Ganz plötzlich fühlte sie sich alt und müde. »Morgen früh bringe ich es euch bei«, versprach sie. »Und jetzt wollen wir schlafen gehen.«
Gehorsam wie immer verließen die drei munter plappernd das Zelt. Als sie verschwunden waren, hüpfte Immertreu auf Alannas linke Schulter. Dort war nämlich sein Lieblingsplätzchen. *Das war ein interessanter Wutanfall,* kommentierte er. *Warum hackst du nicht lieber auf einem herum, der sich wehren kann?*
»Er muss lernen«, entgegnete Alanna und löschte die Lampen. »Sonst beleidigt er womöglich noch irgendeine runzlige alte Schamanin, die *ihn* dann zu Knoten verknüpft.«
Vielleicht, entgegnete der Kater.
»Nicht nur ›vielleicht‹«, widersprach Alanna. »Du weißt genauso gut wie ich, dass man als Zauberer an den komischsten Plätzen Fallen gestellt bekommt. Zumindest weiß ich, dass *ich* es nicht böse mit ihm meine. Jemand anderes ist möglicherweise nicht so freundlich.«
Du wirst nicht immer zwischen den anderen Menschen und

ihrem Schicksal stehen können, warnte Immertreu. *Du musst nicht glauben, dass du auf die Welt aufpassen kannst.*
Alanna lachte stillvergnügt in sich hinein und zog ihren Kater an seinem langen, schwarzen Schwanz. »Wer soll es denn sonst tun, wenn nicht ich?«
Immertreu brummte empört, steckte ihr die kalte Nase ins Ohr und entlockte ihr so ein Lachen.

Zusätzlich zum Knotenzauber brachte Alanna ihren Schülern die Namen und Eigenschaften von Kräutern, Steinen und Metallen bei. Kourrem und Kara jammerten, weil sie sich so viel merken mussten, aber sie lernten eifrig. Ishak raubte Alanna jetzt den Schlaf; er lernte schneller als die anderen beiden, hatte auch Gespür für die Gabe, aber seine Versessenheit, gefährliche Dinge zu lernen, machte ihr Angst. Die Selbstbeherrschung der beiden Mädchen fehlte ihm. Ob es wohl daran lag, dass er eher vom Stamm akzeptiert worden war als sie? Oft ertappte ihn Alanna dabei, wie er ihr Kristallschwert anstarrte, und sie hegte die Befürchtung, er könne eines Tages ihren Befehl ignorieren und versuchen es in die Hand zu nehmen.
Als Weberlehrling hatte Alanna zwei linke Hände. Die beiden Mädchen waren baff. Alanna sagte sich, beim Schwertfechten habe sie sich zuerst ja auch ungeschickt angestellt, doch auch dieser Gedanke besänftigte ihren verletzten Stolz nicht. Was die Sache noch schlimmer machte, war die Tatsache, dass sie keine Möglichkeit hatte Kourrem die Fertigkeiten zu lehren, die ihr noch fehlten.
»Ich schaffe es einfach nicht!«, rief Kourrem, als sie eines Abends an der Arbeit saß. Auf ihrem Webstuhl thronte ein

Durcheinander von wirren Fäden wie eine riesige Spinne. »Ich bin dumm und weiß nicht genug –«.

»Du hast das Muster aus den Augen verloren«, erklang von der Öffnung her, die zum Tempelteil des Zeltes führte, eine trockene Stimme. Alanna und ihre Lehrlinge drehten sich um und starrten die winzige, alte Frau an, die dort stand. Alanna erkannte sie. Halef Seif hatte ihr Hakims Mutter einmal gezeigt, die Frau, von der Kourrem sagte, sie sei die beste Weberin des Stammes.

Die alte Frau hob ein noch nicht entzündetes Weihrauchstäbchen hoch. »Ich wollte eben der Muttergöttin meinen Respekt erweisen, als ich hörte, was ihr sagtet«, erklärte sie. Sie kam näher und streckte Alanna das Weihrauchstäbchen hin. »Nimm mir das mal ab!« Dann trat sie neben Kourrem vor den großen Webstuhl. »Siehst du? Da und da hast du dich im Muster geirrt. Und da.« Sie inspizierte die übrige Arbeit. Kourrem hielt währenddessen Karas Arm umklammert. »Hm. Nicht übel für eine, die kaum eine ordentliche Ausbildung erhielt. Fest und gleichmäßig gewoben.« Kourrem strahlte über das Lob.

Vermutlich das erste, das sie seit Jahren von einer Frau des Stammes erhält, dachte sich Alanna.

Frau Fahrar kam herüber, nahm die Karden hoch und begutachtete auch Alannas Arbeit. »Du musst geduldiger sein«, sagte sie. Ihre graubraunen Augen waren belustigt. »Da hängen noch kleine Schmutzteile.« Damit gab sie Alanna die Wolle zurück. »Fang noch mal an und lass dir mehr Zeit! Sobald du dich daran gewöhnt hast, geht es schneller.« Sie holte Luft und schaute sich um. »Du bist eine viel versprechende Weberin, kleine Kourrem, doch solltest du dein Gewerbe erst mal selber lernen, bevor du es anderen beibringst. *Deine* Weberei, Kara, könnte ganz gewiss besser sein.« Das große Mädchen errötete und sah auf seine Füße hinunter. »Und du, Schamanin, solltest eine Lehrerin haben, die sich aufs Unterrichten versteht«, erklärte sie dann Alanna in entschiedenem Tonfall. »Du wirst, mit Kourrems Erlaubnis, bei mir in die Lehre gehen. Diesen beiden jungen Frauen werde ich zeigen, was sie sonst noch wissen müssen. Zweifellos wird sich dieser junge Mann zu beschäftigen wissen, während wir Frauen arbeiten«, fügte sie trocken hinzu.

Für die dankbaren Tränen und die Erleichterung, die den beiden Mädchen im Gesicht geschrieben standen, hätte Alanna die beeindruckende alte Frau küssen mögen. Stattdessen nickte sie mit angemessen ernster Miene. »Ich nehme für meine Lehrlinge und mich selbst das freundliche Angebot an, Frau Fahrar.« *Endlich,* frohlockte sie insgeheim. *Eine Frau des Stammes nimmt zur Kenntnis, dass wir existieren. Und ich muss weder Halef Seif noch Ali Mukhtab dafür in Anspruch nehmen!*

»Man nennt mich Mari«, entgegnete Hakims Mutter. »Und jetzt kommt, Mädchen. Zeigt mir, was ihr sonst noch zu Wege bringt.«

Als Coram eine Woche später zurückkehrte, fand er die Lage vollkommen verändert vor. Über die Wandlungen, die im Stamm vor sich gegangen waren, hatte er einiges zu sagen, doch glücklicherweise sagte er es, als er mit Alanna und Immertreu allein war.

»Da denk ich mir, ich lass dich an 'nem einigermaßen ruhigen Fleckchen zurück«, begann er, als er im Zelt seine Sachen auspackte. Alanna schaute zu und kraulte Immertreu an den Ohren. »Du warst noch nicht gut genug bekannt hier, um dir Schwierigkeiten einzuhandeln, und ich war sicher, dass sie dich in Ruhe lassen. Aber dann komm ich wieder und du bist die mutterverdammte Schamanin vom Stamm, hast drei Kinder angenommen und verlangst von den Frauen, dass sie sich mit ansehen, wie zwei von ihnen mit den Männern am Feuer hocken –«.

»Du läufst gerade purpurrot an«, kommentierte Alanna, als Coram eine Pause machte, um Luft zu holen.

»Kannst du nicht mal ein paar Wochen hinter dich bringen, ohne dass du Ärger kriegst?«, bellte er.

»Ich hab nicht darum gebeten, dass mich Ibn Nazzir attackiert«, sagte sie. »Aber er tat es und ich brachte ihn um. Ich konnte doch den Stamm nicht ohne Schamanen lassen oder was meinst du? Da ich nicht vorhabe mich vom ersten Rivalen, der hier auftaucht, umbringen zu lassen, da ich zudem nicht plane für immer und ewig hier zu bleiben, habe ich mir drei Lehrlinge ausgesucht. Es ist nicht meine Schuld, dass zwei davon Mädchen sind. Es ist aber so. Der Stamm muss sie mit Respekt behandeln, wenn sie jemals gute Schamaninnen werden sollen. Ich hätte nicht nur Ishak allein auswählen können. Was ist, wenn ihm etwas zustößt? So oder so müssen alle drei unterrichtet werden und der Brauch – ist dir aufgefallen, dass es einfacher ist, die Gesetze des Königs zu übertreten als die Bräuche der Bazhir über den Haufen zu werfen? –, der Brauch will, dass *ich* sie unterrichte. Außerdem ist es dumm, nur einen Schamanen zu haben, wenn man drei haben kann.«

Coram setzte sich schwerfällig nieder und nahm den Branntwein entgegen, den sie ihm einschenkte. Sein breites, sonnengebräuntes Gesicht war von Sorgenfalten durchzo-

gen. »Mädchen«, sagte er müde. »Da hast du diesen Leuten aber ganz schön was eingebrockt. Jahrhundertelang haben sie sich nicht verändert und jetzt zwingst du sie Dinge zu akzeptieren, die nicht mal dein eigenes Volk akzeptieren kann – jedenfalls nicht so ohne weiteres.«
»Verstehst du denn nicht? Für die Bazhir bin ich eine Legende. Von mir lassen sie sich Dinge gefallen, die sich kein anderer erlauben dürfte. Ich verlange ja auch nicht von ihnen, dass sie sich aus irgendwelchen idiotischen Gründen ändern. Sie wissen, dass es möglicherweise das Überleben des Stammes sichert, wenn sie über drei Schamanen verfügen. Sogar die Frauen fangen langsam an die Mädchen zu akzeptieren. Zumindest Mari Fahrar.«
Coram leerte seinen Becher und schüttelte den Kopf, als sie nachschenken wollte. »Ich mach mir Sorgen um dich«, bekannte er. »Ich hasse es, mit ansehen zu müssen, wie du ewig ein Fremdling bleibst. Du bist ein komisches Mädchen, aber für mich ist es so, als wärst du mein eignes Fleisch und Blut, und ich will, dass du glücklich bist.«
Alanna setzte Immertreu ab und nahm ihren Freund in die Arme. »Ich *fühle* mich nicht als Fremdling hier«, sagte sie. Dabei wischte sie sich die Augen. »Mir kommt es vor, als kennte ich diese Leute schon ewig – vielleicht schon mein ganzes Leben. Ich bin nicht immer mit ihnen einer Meinung, aber ich begreife sie.«
Gerührt von ihrer Zuneigung erkundigte sich Coram barsch: »Setzt du dich also auch bei Sonnenuntergang mit der *Stimme der Stämme* in Verbindung? Auf der ganzen Strecke bis zur Stadt mussten wir jeden Abend Halt machen, damit Hakim in sein Feuer glotzen konnte.« Er schauderte, während er seine Satteltaschen zu Ende auspackte. »Gruselig war das.«

Alanna hob Immertreu wieder hoch und setzte ihn auf ihre Schulter. »Nein, *das* mache ich nicht«, sagte sie. »Das wäre fast so, als gäbe ich Ali Mukhtab einen Teil von mir. Ich will aber nicht, dass irgendeiner einen Teil von mir besitzt. Zumindest jetzt noch nicht.«

»Nicht mal Prinz Jonathan?«, fragte Coram verschmitzt.

Alanna lief knallrot an und Coram lachte glucksend. »Er sagte, ich soll dir ausrichten, dass ihr euch demnächst wieder seht. Was irgendwie damit zusammenhängt, dass ihm Ali Mukhtab irgendetwas beibringen muss. Ach, ich hab ja Briefe für dich. Von Lord Thom und Sir Myles.« Einen Augenblick lang kämpfte der stämmige Mann mit sich, dann gab er nach. »Dann hab ich da noch einen.« Er zog ihn unter seinem Wams hervor und reichte ihn Alanna widerstrebend. »Ich hätt ihn auf der Stelle verbrennen sollen, als er ihn mir übergab. Ich hab gehofft, du hättest genug Verstand nicht mehr mit solchen Kerlen zu verkehren.«

»Georg!«, sagte Alanna glücklich. »Geht es ihm gut? Ist er – na ja, droht ihm auch keine Gefahr?«

»Prächtig geht es dem«, sagte Coram mürrisch. »Wann wirst du es endlich aufgeben, dich mit so 'nem Schurken abzugeben?«

Alanna lächelte schelmisch. »Sobald du mit dem Trinken aufhörst.« Sie lachte, als Coram fluchte. Dann kehrte sie in ihr Zelt zurück, um ihre Post zu lesen.

Georgs Nachricht war kurz, doch das, was sie enthielt, trieb Alanna Glut in die Wangen. Dass ihr langjähriger Freund sie liebte, wusste sie. Auch ihre Gefühle für ihn waren nicht nur rein freundschaftlicher Natur, bloß hatte Jonathan immer an erster Stelle gestanden. Das war Georg klar und er

verstand es auch, doch an dem, was er schrieb, konnte sie ablesen, dass er immer noch hoffte.
Myles' Brief war lang, im Plauderton geschrieben und lieferte Neuigkeiten von allen am Hof, ob es nun Edle oder Bedienstete waren. Mehr als jeder Edle, den Alanna kannte, war Myles gut Freund mit allen und nicht nur mit jenen, die gesellschaftlich auf einer Stufe mit ihm standen. Er war in der Lage ihr ebenso detailliert über die Köchin und Stefan, den Pferdeknecht, zu berichten wie über den König und Jonathan. Erst als sie den Brief noch ein zweites Mal las, fiel ihr auf, dass er Thom nicht erwähnte.
Thoms Brief machte Myles' Versäumnis mehr als wett:

Liebe Alanna, Coram erzählte mir, du seiest von einem Haufen unzivilisierter Wüstenbewohner »an Kindes statt« angenommen worden. Komisches Zeug treibst du! Er sagt, du wärst nun »ein Mann des Stammes« – was du wohl schon immer wolltest, wie ich vermute. Nein, du brauchst jetzt kein finsteres Gesicht zu ziehen.
(Was Alanna tatsächlich tat.)
Mir gefällt es hier. Alle sind äußerst höflich und in der Bibliothek gibt es einige Klassiker der Zauberkunst, die nicht mal meine Meister besaßen. Meine Ausbildung schreitet ausgesprochen rasch voran. Ich habe mich mit einigen Anhängern des verstorbenen Herzogs Roger befreundet, unter anderem auch mit der entzückenden Delia von Eldorn. Die Dame an sich interessiert mich ja nicht, aber möglicherweise weiß sie, wo ein Teil der geheimsten Manuskripte Rogers versteckt ist. Entsprechende Andeutungen machte sie und ich habe das Gefühl, dass sie die Wahrheit sagt.
Ich genieße den Luxus hier: exotische Speisen, schöne Kleider,

Bedienstete, die mich versorgen. Irgendwann will ich auf Reisen gehen, aber erst, wenn es hier nichts mehr für mich zu lernen gibt. Versuche dich nicht allzu sehr über mich zu ärgern!

In Liebe, Thom

Kurz nach Corams Rückkehr holte Mari die Hebamme des Stammes, Farda, damit sie Frieden schloss mit der neuen Schamanin. Schon Minuten später waren Alanna und Farda dabei, geheime Heilrezepte auszutauschen. Am nächsten Tag übernahm es die Hebamme, Alannas Lehrlinge in der Kräuterkunde zu unterrichten und von diesem Augenblick an söhnten sich die meisten Frauen mit Alanna und ihren jungen Nachfolgern aus. Einige ließen sich nicht freundlich stimmen und betrachteten die neuen Sitten auch weiterhin mit Argwohn, doch waren sie in der Minderheit. Da Alanna wusste, wem sie die Herzlichkeit zu verdanken hatte, die man ihr neuerdings entgegenbrachte, versuchte sie Mari Fahrar danke zu sagen. Die alte Frau wischte ihre Worte beiseite.

»Alle Dinge wandeln sich«, erklärte sie Alanna freimütig. »Es tut den Männern nicht weh, wenn sie erfahren, dass auch Frauen Macht haben.«

Alanna musste lachen. Erst als Mari und Farda in ihr Leben getreten waren, hatte sie begriffen, dass die Frauen des Stammes ihren Männern keine Furcht, sondern eine liebevolle Respektlosigkeit entgegenbrachten. Manchmal hatte sie das Gefühl, als sei *sie* diejenige, die unterrichtet wurde, nicht ihre Schüler.

Kara begann gerade damit, an ihrer Kontrolle über den Wind zu arbeiten, als die Männer des Dorfes Jagd auf nächtliche Plünderer machen mussten. Banditen aus den Hügeln hatten nämlich eine Schafherde geraubt, mitsamt dem Jungen, der sie hütete. Alanna und Coram waren damit beschäftigt, die Jungen im Bogenschießen zu unterrichten, als die Wachen erneut Alarm schlugen.

Coram fluchte. »Diese Kerle haben unsere Männer absichtlich fortgelockt!« Er drehte sich zu den Jungen um. »Jetzt wollen wir mal sehen, wie es um eure Treffsicherheit bestellt ist, wenn es um bewegte Ziele geht.«

»Was ist mit unseren Schamanen?«, rief eine Frau. »Sie greifen immer zuerst mit Zauberkraft an!«

Alanna konnte spüren, dass der scharfe Wind unnatürlich war. »Kara! Kourrem! Ishak!«, schrie sie. Zu spät fiel ihr ein, dass sich die drei am anderen Ende des Dorfes in Fardas Zelt aufhielten.

Kostbare Minuten würden verstreichen, bis man sie herbeigeholt haben würde –

Doch in diesem Moment kamen die drei Lehrlinge völlig außer Atem hinter Immertreu angerannt. »Der Kater sagte, dass du uns brauchst, weil die Männer aus den Hügeln angreifen«, keuchte Ishak. »Ich weiß nicht, wie es kommt, dass wir ihn verstanden –«.

»*Ich* habe kein einziges Wort verstanden«, maulte Kourrem. »Du und Kara, ihr sagtet –«.

»Pst!«, befahl Alanna. Sie warf Coram einen Blick zu. »Ich muss meine Rolle als Schamanin übernehmen –«, begann sie.

Der ehemalige Wachsoldat war immer noch damit beschäftigt, den jugendlichen Bogenschützen Anweisungen zu erteilen. Frauen und Kinder strömten unterdessen an ihnen vorüber, um sich in Alannas großem Zelt zu versammeln.

»Tu, was du musst«, sagte er kurz angebunden. Er packte eine kräftige junge Frau am Arm. »Du da! Schnapp dir 'nen Speer und mach dich bereit das Lager zu verteidigen!« Einen Augenblick lang starrte sie nur, dann rannte sie los und gehorchte. Die älteren Männer des Dorfes, die man nicht zur Verfolgungsjagd mitgenommen hatte, umringten Coram. Sie ließen es sich gefallen, dass er den Befehlshaber spielte. Weitere Frauen ergriffen Speere und Äxte. Ihre Kinder ließen sie unter der Obhut der anderen im Zelt zurück.

Alanna führte ihre Lehrlinge hinaus auf einen Hügel, der die Zelte und die östlichen Zugänge zum Dorf überblickte, von denen her der inzwischen heulende Wind brauste. Kara entdeckte die hinter einer Staubwand verborgenen Angreifer zuerst.

Sie machte die anderen auf fünf grün gekleidete, auf Ponys sitzende Männer aufmerksam. »Die Schamanen aus den Hügeln tragen ebenfalls Grün!«, schrie sie über den Wind hinweg. »Der Staub vor ihnen ist lebendig. Akhnan Ibn Nazzir konnte bei ihrem letzten Angriff nichts gegen sie ausrichten und die Staubteufel töteten drei Männer.«

»Ich bin nicht Akhnan Ibn Nazzir!«, brüllte Alanna zurück. Sie zückte ihr Kristallschwert, hielt es vor sich ausgestreckt und konzentrierte sich auf die Klinge. Jetzt war der Augenblick gekommen sich der Energie zu bedienen, die das Schwert in sich barg. Mit seiner Hilfe würde sie viel besser als sonst fähig sein Dinge zum Brechen und Bersten zu bringen. Sie schrie den Zauberspruch und ließ ihre Energie durch die rauchfarbene Klinge ein paar Ellen vor den heranpreschenden Reitern in den Boden fließen. Die Erde grollte, brach auf und bildete einen tiefen Graben. Da ihnen die Staubteufel selber den Blick nach vorn versperrten, stürzten die in der ersten Reihe reitenden Hügelmänner geradewegs hinein.

»Das wird sie für ein Weilchen aufhalten!«, rief Alanna. »Kourrem, hast du Garn dabei?« Das Mädchen, das in diesen Tagen immer welches mit sich trug, zerrte ein paar Knäuel aus der Tasche. »Versuche von den Ponys so viele wie nur möglich zum Stolpern zu bringen!« Kourrem strahlte, zog die schweren Augenbrauen zusammen und machte sich an die Arbeit.

»Kara!«, fuhr Alanna fort. »Zwinge ihnen den Wind ins Gesicht!« Beide Mädchen rissen sich die Schleier ab, um besser sehen zu können. Alanna wandte sich inzwischen an ihren dritten Schüler. »Ishak – weißt du noch, wie man Feuer wirft?«

»Ja!«, rief er.

»Wenn sie nahe genug sind, dann jagst du sie mit Flammen aus dem Sattel!«

»Was ist mit den Staubteufeln und ihren Schamanen?«, brüllte er.

»Die überlasst ihr mir!«

Das Geräusch des heftigen Windes wandelte sich: Kara hatte sich mit wild flatterndem Burnus an die Arbeit gemacht. Das erste Pony stolperte, stürzte und warf seinen Reiter ab. Dafür war Kourrem verantwortlich. Von Ishaks Fingern loderten Flammen auf, die einen dicken Mann umschlossen.

Jetzt zwangen die Männer aus den Hügeln ihre Ponys dazu, einen Satz über den Graben zu machen. Erneut deutete Alanna mit ihrer kristallenen Klinge, ließ ihre Gabe vor den Staubteufeln in die Erde fließen und brachte sie noch ein-

mal zum Bersten. Doch die braunen Staubsäulen überquerten den zweiten Graben so mühelos wie den ersten. Ihnen wandte Alanna nun ihre Aufmerksamkeit zu, indem sie mit ihrem Bewusstsein nach ihnen griff, um zu erfahren, wie sie beschaffen waren.
Geistlose, von den Schamanen gelenkte Energieballungen waren es, die Wüstensand und Erde einsammelten, um sich Gestalt zu geben. Alanna war nicht so dumm ihr Schwert zu benutzen, um sie in der Mitte auseinander zu hauen. Dann hätte sie es nämlich mit der doppelten Anzahl von Staubteufeln zu tun gehabt. Stattdessen schleuderte sie den Schamanen violettfarbenes Feuer entgegen, um das Problem an seiner Wurzel auszurotten. Einer der Schamanen fiel vor Schmerz kreischend zu Boden, als Alannas Zauberkraft ihn traf. Den nächsten holte ein zweiter, diesmal roter Feuerstrahl vom Pferd. Ishak hatte nämlich gesehen, was Alanna plante, und half mit.
Verschiedenfarbige Schutzwälle bildeten sich um die drei übrigen. Das Überraschungsmoment war weggefallen, nun setzten sich die Schamanen zur Wehr. Alanna rief eine funkelnde, amethystfarbene Wand herbei, die sich um einen der Männer legte und ihm die Luft abschnitt. Sein Pony bäumte sich in panischem Schrecken auf und warf den nach Luft schnappenden Reiter ab. Als Alanna sicher war, dass er tot sein musste, wandte sie denselben Trick beim nächsten an. Der übrig gebliebene Zauberer kämpfte gerade gegen Ishaks rote Flammen – und verlor. Als die letzten beiden Schamanen starben, sanken auch die Staubteufel in sich zusammen.
Männer donnerten an ihnen vorüber, doch waren es weniger als zuvor. Kourrem sackte zusammen und fiel zu Bo-

den. Die Anstrengung, fünf Zaubersprüche zur gleichen Zeit aufrechtzuhalten, hatte sie erschöpft. Kara sah fahl und krank aus, aber jetzt, wo die Schamanen tot waren, ließen auch die Winde nach. Alanna zwang sie dazu, sich hinzusetzen. Ishak warf den Angreifern immer noch Feuer entgegen und lachte ausgelassen, als sie versuchten ihm zu entkommen.

»Fantastisch!«, schrie er laut, ohne zu merken, dass sich der Sturm gelegt hatte. »Macht ist fantastisch!«

»Schaut!«, keuchte Kara und deutete nach Westen. Dort kamen ungestüm Halef Seif und seine Männer mit gezückten Schwertern ins Dorf geritten. Jetzt, wo die Plünderer aus den Hügeln zwischen Ishak, Coram, den wild kämpfenden alten Männern und den jungen Kriegern des Stammes eingeschlossen waren, blieb ihnen keine Chance. Diejenigen, die zu entkommen versuchten, schnappte sich Alanna, und so überlebte keiner.

Sobald der Kampf beendet war, führte Alanna ihre Lehrlinge zum Dorfbrunnen. Dort wies Farda schon andere Frauen an Wunden zu reinigen und zu verbinden. Alanna befahl Kara und Kourrem sich hinzusetzen, dann krempelte sie sich energisch die Ärmel hoch. »Ist einer getötet worden?«, erkundigte sie sich bei Farda, während sie sich die Hände wusch.

Die stämmige Hebamme schüttelte den Kopf. »Hassam und Mikal hat es am schlimmsten erwischt. Hassam hat eine Kopfverletzung, Mikal eine klaffende Wunde am Schenkel. Kümmerst du dich um einen der beiden?«

Alanna nickte und betrat ihr riesiges Zelt. Sie spürte, wie Ishak hinter ihr herkam. Die Verletzten lagen still auf den Teppichen, die man vor dem einfachen Altar ausgebreitet hatte, und warteten darauf, dass man sich um ihre Wunden kümmerte. Farda hatte den Frauen offensichtlich beigebracht Verletzungen zu versorgen, denn sämtliche ältere, verheiratete Frauen des Dorfes waren schon eifrig an der Arbeit. Einige der Verwundeten, darunter auch Hassam, waren noch Jungen, doch verhielten sie sich ebenso ruhig wie die Männer.

Alanna kniete sich neben Hassam nieder und lächelte ihm zu. Ein großäugiges Mädchen, das erst kürzlich geheiratet hatte, kam mit einer Schüssel voll heißem Wasser und sauberen Binden herbeigeeilt. Alanna tauchte ein Tuch ins Wasser und wusch sorgfältig Hassams Wunde aus. »Was ist mit dem Banditen passiert, der dir diesen Hieb versetzte?«, fragte sie scherzend. »Sucht seine Seele nach einem Ruheplatz?«

»Coram schlug ihn nieder, während ich gegen ihn kämpfte«, entgegnete der Junge. Er zuckte zusammen, als Alanna sanft sein Haar aus der Wunde strich. »Coram sagte, auf ehrenhaftes Verhalten könne man verzichten, wenn man gegen Diebe kämpft.«

»Ich brauche Heilsalbe, Faden und eine sehr feine Nadel. Sag das Farda!«, wies Alanna das wartende Mädchen an. Es nickte und ging hastig davon. Alanna betrachtete sich die Wunde genauer. »Ich glaube, dasselbe hat mir Coram gesagt, als ich in deinem Alter war – was noch nicht allzu lange her ist. Halt still!« Sie schloss die Augen und griff mit ihrem Bewusstsein in seinen Körper, um zu erfahren, wie schwer die Verletzung war. Das kranke Gefühl, das vom Kopf des Jungen ausging, ließ sie insgeheim eine Grimasse ziehen. Er hatte eine schwere Gehirnerschütterung. Trotzdem, es hätte viel schlimmer kommen können. Der Kno-

chen war nicht verletzt, auch lag keine Gehirnblutung vor. Sie drückte dem Jungen die Hand. »Dein Kopf hat einen gewaltigen Schlag abgekriegt«, erklärte sie ihm, denn ihr war klar, dass er keine Ahnung hatte, was »Gehirnerschütterung« bedeutete. »Eine Weile wirst du dich schwindelig fühlen, dir wird übel sein im Magen und du wirst Mühe haben aufrecht zu stehen – also versuch es lieber erst gar nicht. So. Ich helfe dir jetzt beim Einschlafen, damit ich deine Wunde in aller Ruhe vernähen kann. In Ordnung?«
Hassam nickte. Seine großen Augen waren vertrauensvoll. Sie legte ihre Hände noch einmal auf die seinen, dann griff sie nach dem warmen Feuer ihrer Gabe. Diesmal floss es so sanft und friedlich durch ihre Arme, dass sie sich fast ebenso entspannt fühlte wie der Junge, der augenblicklich einschlief. Einen Augenblick lang hielt sie seufzend inne, bevor sie sich zwang wieder ihre Umgebung wahrzunehmen. Das Mädchen war mit den Dingen zurückgekehrt, um die sie gebeten hatte. Geschickt fädelte Alanna ungefärbtes Garn durch ein Nadelöhr, warf dem zusehenden Ishak einen Blick zu und sagte: »Mach dich nützlich, ja? Halt ihn fest.«
Der junge Bazhir gehorchte. Sanft, aber fest hielt er den Kopf des schlafenden Jungen zwischen den Händen. »Wird es nicht weh tun?«, fragte er besorgt, als Alanna die Nadelspitze prüfte.
»Autsch! Jetzt nicht mehr. Ich habe meine Gabe benutzt, um ihn einschlafen zu lassen. Halt ihn gut fest!« Rasch machte sie ihre Stiche und wieder dankte sie den Göttern für die Unterweisung, die ihr die Palastheiler im Verlauf des Krieges gegen Tusain erteilt hatten. Als sie fertig war, schnitt sie den Faden durch, trug Heilsalbe auf und ver-

band die Wunde mit sauberen Binden. Schließlich schob sie Ishak beiseite und legte ihre eigenen Hände um den Kopf des Jungen. Hassam rührte sich nicht. Sein Schlaf wurde noch tiefer, als sie noch einmal ihre Gabe benutzte und den Schaden zurückdrängte, den die Axt des Mannes aus den Hügeln angerichtet hatte. Entfernt hörte sie Immertreu hinter sich miauen, doch war sie voll und ganz auf ihre Arbeit konzentriert. Als sie die Natur unterstützt hatte, so weit es ihr möglich war, ließ sie Hassam in einen wirklichen Schlaf versinken. Mit ein bisschen Glück würde er bald wieder gesund. Und bestimmt gefiel den Mädchen die interessante Narbe, die er zurückbehalten würde.

In ihren Ohren brauste es, als sie sich erhob. Da sie immer noch an Hassams Verletzung denken musste, nahm sie zuerst an sie sei lediglich zu schnell aufgestanden. Dann stieg aus ihrer Mitte das kranke, schwache Gefühl auf. Sie fluchte, als die Beine unter ihr nachgaben. In der Aufregung des Kampfes, bei ihrem Versuch das Kristallschwert unter Kontrolle zu halten und mit ihrer Sorge um die jungen Stammesgenossen hatte sie sich übernommen, hatte mehr von ihrer Gabe benutzt, als sie verbrauchen durfte.

Ich werd's nie lernen, dachte sie reumütig, als sie in Ohnmacht fiel.

Es war vollkommen dunkel, als sie erwachte. Immertreu kreischte ihr eindringlich direkt ins Ohr, eine schlanke Hand hielt sie an der Schulter gepackt und rüttelte sie. Müde schlug sie die Augen auf. Ohne viel Erfolg versuchte sie ihre Umgebung wahrzunehmen. »Es wäre wirklich besser, du ließest mich schlafen«, murmelte sie dann. »Ich habe mich nur ein bisschen übernommen, das ist alles.«

»Immertreu befahl mir dich zu wecken«, entschuldigte sich Kara. »Er sagt, es sei etwas mit Ishak.«
Alanna packte die Angst. Mühsam setzte sie sich auf. Eine Müdigkeit, die ihr bis in die Knochen reichte, zerrte an ihr wie Ketten, die sie zu Boden ziehen wollten. »Ishak? Meine Güte, was treibt er denn jetzt schon wieder?« Als sie spürte, dass der Glutstein an ihrem Hals warm – nein, *heiß!* – war, bekam sie noch mehr Angst.
Er hat das Schwert!, rief Immertreu. *Während sich der Stamm mit der Stimme besprach, kam er her und nahm sich das Schwert!*
Mit wildem Herzklopfen taumelte Alanna auf die Beine. In ihrem Kopf drehte sich alles. Sie hielt ihn mit beiden Händen fest und zwang sich die Augen offen zu halten. Für eine Kraftprobe war sie nicht in der richtigen Verfassung. Sie packte den Glutstein und flehte die Göttin an ihr Ishak zuliebe beizustehen. Kraft durchfloss sie; ihre zitternden Glieder kamen zur Ruhe.
Sie schloss die Augen, griff um sich und suchte nach irgendeinem Zeichen, das ihr sagte, wo ihr eigensinniger Lehrling war. Ihr Bewusstsein stieß auf das magische Kraftnetz des Kristallschwerts, das mit einer noch nie da gewesenen Wut vibrierte. Inzwischen gehorchte die Waffe ihren Befehlen mehr oder minder, aber niemals würde sie sich Ishak fügen. Alanna öffnete die Augen und rannte zu dem Hügel, auf dem sie am Morgen den Plünderern gegenübergetreten waren.
Von seinem eigenen Feuer eingehüllt, stand Ishak da und hielt das noch in der Scheide steckende Schwert in der Hand. Das orangefarbene Glühen, von dem die Waffe umgeben war, kämpfte gegen den Zauber des jungen Mannes an.

Einen Augenblick flackerte etwas in Alannas Kopf auf. Ishak verschwand; an seine Stelle trat eine Vision:
Ein azurblauer Himmel überzog sich rasch mit Gewitterwolken. Wie ein aufzeigender Finger erhob sich ein Pfahl davor. An seinem Fuß brannte ein Feuer und die an den Pfahl gefesselte Frau schrie in rasendem Schmerz.
Die Vision verschwand. Jetzt sah Alanna ihren Lehrling wieder klar vor sich. »Ishak! Nein!«, schrie sie heiser. Von weitem griff sie nach ihm, doch der Kraftstrahl, den sie ihm entgegenschleuderte, war dünn und versiegte weit vor seinem Ziel. Niemals würde es ihr gelingen, rechtzeitig bei ihm anzulangen. »Hör auf! Das Schwert – es wird sich gegen dich wenden!«
»Wieso sollst du das Schwert haben, Frau-die-wie-ein-Mann-reitet?«, brüllte er triumphierend zurück. »Du benutzt es ja nicht mal! Du nimmst deine Gabe nicht so in Anspruch, wie du könntest! Du verdienst nicht noch mehr zu haben! *Ich* verdiene das Schwert! Ich will die Macht!«
»Warum ist die Waffe dann nicht dir zugefallen, sondern mir?«, rief Alanna in der Hoffnung ihn am Reden zu halten. Sie war jetzt am Fuß des Hügels angelangt. »Mit dieser Kraft kannst du nicht umgehen, Ishak – das Schwert ist verdorben! *Nein!*«
Ishak zog die Klinge und hob sie empor. Wild pulsierend umflackerte orangefarbenes Licht das schimmernde Grau. Er lachte, zückte das Schwert in Alannas Richtung und rief ein Wort, das sie nicht verstand.
Instinktiv benutzte sie die ganze Kraft, die ihr die Göttin verliehen hatte, um einen Schutzschild aufzubauen. Sie wollte sich lediglich zur Wehr setzen, doch die Zauberkraft des Schwertes prallte von der Schutzwand zurück und

umhüllte Ishak mit einer Feuerkugel. Er stieß einen einzigen Schrei aus, dann war er verschwunden.
Tränen liefen Alanna über die Wangen, als sie den Hügel emporkletterte. Von Ishak und von der Schwertschneide, die er achtlos zu Boden geworfen hatte, war nichts mehr übrig. Sie wischte sich mit dem Ärmel über die Augen. Hätte er nur noch dieses eine einzige Mal auf sie gehört!
Die Stammesangehörigen erwarteten sie, als sie mit der in ihrer Hand schimmernden Klinge herabgestiegen kam. »Was hast du nun vor?«, erkundigte sich Halef Seif leise.
»Was ich vorhabe? Ich bringe die Ausbildung eurer beiden Schamaninnen zu Ende«, entgegnete sie grimmig. »Was bleibt mir denn anderes übrig?«

6
Zeremonien

Die ersten Bazhir-Schamanen trafen eine Woche nach Ishaks verhängnisvollem Fehler mit dem Kristallschwert ein. Sie kamen im Verlauf der Nacht, und als sich Alanna am Morgen erhob, saßen sie mit überkreuzten Beinen vor dem Altar. Ihnen gegenüber hockte Immertreu und gab feierlich blinzelnd ihr Starren zurück.

Sie erklärten Alanna, sie seien gekommen, um zu lehren und zu lernen, denn jeder weise Schamane sei bereit neue Dinge zu erfahren. Sie meinten, was sie sagten, und sie blieben nicht die einzigen. Innerhalb der nächsten Tage kamen noch weitere Schamanen mit ihren Lehrlingen an, bis schließlich vierzehn Schamanen und sechs Lehrlinge in den Zelten des Stammes Zaubersprüche austauschten – Alanna, Kara und Kourrem mitgerechnet.

»Du solltest dich freuen«, bemerkte Ali Mukhtab eines Abends, als er mit Alanna bis spät in die Nacht hinein aufsaß. »Du hast mehr geleistet, als die meisten Bazhir in ihrem ganzen Leben zu Wege bringen. Du hast Mädchen zu Schamaninnen gemacht, du hast eine Zauberschule gegründet, die weiter bestehen und zu einer der größten derartigen Schulen heranwachsen wird. Selbst Priester aus der Stadt der Götter werden kommen, desgleichen Zauberkrieger aus Carthak.«

Alanna starrte die *Stimme der Stämme* an. In seinen dunklen Augen lag dieser verschleierte, in weite Ferne reichende Blick, der sie schaudern ließ. »Du *wusstest*, dass diese Schule entstehen würde?«, stieß sie hervor. »Und nie hast du auch nur ein einziges Wort gesagt?«

Er lächelte und paffte an seiner langen Pfeife. »Ich habe gelernt – so wie dies alle lernen müssen, die zu der *Stimme* werden – über die Zukunft zu schweigen. Sie wird sich ohne mein Zutun erfüllen.«

Alanna schnaubte. Lange dachte sie schweigend nach. Schließlich sagte sie: »Ich habe es immer noch nicht geschafft, Kara und Kourrem zu überreden ihre Gesichtsschleier abzulegen.« Sie redete nicht mehr mit den Mädchen darüber, da es ein Thema war, über das sie sich nicht einigen konnten.
»Die beiden haben Recht«, meinte Ali Mukhtab. »Sie haben sich über viele alte Vorstellungen hinweggesetzt, doch diese können sie niemals ändern. Eine Frau ohne Schleier hat bei den Bazhir einen schlechten Ruf. Gute Frauen dürfen nicht mit ihr reden, gute Männer dürfen sie nicht kennen.«
Alanna dachte an die Frauen am Hof des Schurken und seufzte. »Das finde ich traurig. Einige der klügsten Frauen, die ich in den vergangenen Jahren kennen lernte, waren Prostituierte. Mit den Edelfrauen hatte ich nicht viel zu tun.« Plötzlich bebte die Erde unter ihr. Sie sah auf. »Besucher? Zu dieser Stunde?«
Ali Mukhtab klopfte lächelnd die Asche aus seiner Pfeife ins Feuer. »Ich glaube, über diesen Besuch wirst du dich freuen.«
Sie traten aus dem Zelt. Draußen hatten sich die Stammesangehörigen um die Neuankömmlinge versammelt. Es waren fünf: zwei auf Pferden sitzende Männer des Stammes, ein bewaffneter Reiter in den Farben der Baronie Olau und – zu Alannas Freude – Myles von Olau und Prinz Jonathan.

Irgendwie gelang es ihr, die Gäste zu begrüßen und sie dem Häuptling, der *Stimme*, den von auswärts stammenden Schamanen und den Lehrlingen vorzustellen. Kourrem war von Jonathan fasziniert, während Kara mit vor Ehrfurcht weit aufgerissenen Augen Myles anstarrte. Einmal

lächelte ihr der Ritter zu und meinte: »In Corus gibt es einen Tanzbären, der fast ebenso zottig ist wie ich.« Kara errötete unter ihrem Schleier und floh.
Die Edlen begrüßten Alanna und Coram herzlich, wobei sie ihnen über eine sorgsam gewahrte Distanz hinweg die Hand zum Gruß entgegenstreckten.
Ein Gästezelt wurde für die Neuankömmlinge hergerichtet, doch als es Zeit wurde, sich zurückzuziehen, ging Prinz Jonathan hinter Alanna her. In ihrem Zelt angelangt fanden sie sich allein – sogar Immertreu hatte sich ein anderes Plätzchen gesucht.
Lange starrten sie sich an: die kleine rothaarige Frau mit den violettfarbenen Augen und dem fahlblauen Gewand der Bazhir, dessen Kapuze sie vom Haar zurückgestreift hatte, und der hoch gewachsene, breitschultrige junge Mann mit den rabenschwarzen Haaren und den leuchtend saphirblauen Augen. Er trug praktische, braune Reithosen und ein Baumwollhemd unter dem Waffenrock, der in Königsblau, seiner Lieblingsfarbe, gehalten war; doch nur einem Blinden wäre entgangen, dass er von königlichem Blut war.
»Ich wollte dich nicht vor den Stammesleuten entehren«, sagte er schließlich. Seine tiefe Stimme ließ sie glücklich erbeben. »Myles sagte, dass die Frauen hier in der Öffentlichkeit keinen Mann berühren.«
»Nein«, entgegnete sie und vergrub die Hände in ihrem Gewand.
Verlegen versuchte er es noch einmal. »Ich werde für eine Weile hier sein. Ali Mukhtab sagte, ich hätte viel zu lernen.«
»Wissen der König und die Königin, wo du bist?«
Er zuckte die Achseln. »Sie wissen, dass ich mit Myles

unterwegs bin. Ich sagte ihnen, ich müsse mal weg vom Hof. Ich habe es satt, ständig von allen Leuten umschmeichelt zu werden.« Er lächelte. »Seit du weg bist, gibt es keinen mehr, der mit mir streitet.«
Von dem arroganten Ton der Stimme und dem stolzen Blitzen in Jonathans Augen unruhig geworden, fragte Alanna: »Ist das der einzige Grund für deinen Besuch? Um von zu Hause wegzukommen?«
»Natürlich nicht.« Plötzlich fluchte er, machte zwei große Schritte auf sie zu, umarmte sie und vergrub sein Gesicht an ihrer Schulter.
Alanna schlang ihre Arme um seinen Hals. *Das* war der Jonathan, den sie liebte.
Er zwang sie ihn anzusehen. »Ich habe dich so vermisst«, flüsterte er und küsste sie leidenschaftlich. Als sie seinen Kuss erwiderte, spürte sie, wie unter seiner Berührung die Hitze in ihr aufstieg. Er drückte sie auf ihre Schlafmatte hinunter, und während der Zeit, die nun folgte, wurde ihnen klar, dass sie sich noch immer begehrten.
Anschließend erhob sich Alanna, um die Lampen zu löschen. Jonathan sah ihr zu, während sie im Zelt umherging. »Was gibt es zu grinsen?«, wollte er wissen, als sie die letzte Lampe auspustete.
Sie legte sich nieder, kuschelte sich an seine Schulter und lächelte zufrieden. »Tja«, sagte sie. »Unter den Bazhir tragen sonst nur die ›schlechten Frauen‹ keinen Schleier. Ich trug bis zum heutigen Tag keinen, aber einen schlechten Ruf habe ich mir erst heute Abend eingehandelt.«
Jon lachte stillvergnügt in sich hinein und küsste sie. »Ich freue mich das zu hören. Ich habe mir Sorgen um dich gemacht unter all diesen gut aussehenden Männern.«

»War nicht nötig«, sagte sie lächelnd. »Sie respektieren mich als Schamanin und als Kriegerin, aber daran, dass ich eine Frau bin, denken sie die meisten Zeit nicht einmal.«

»Dumm von ihnen«, flüsterte Jonathan. »Das kann ich nicht vergessen – obwohl ich es im Verlauf der letzten Monate versuchte.«

»Daran habe ich nicht gezweifelt«, sagte Alanna mit schleppender Stimme. Sie musste daran denken, wie die Damen am Hof von Tortall den Prinzen in Scharen umringten.

Eine Weile lagen sie schweigend im Dunkeln, dachte nach und waren es zufrieden, sich in den Armen zu halten. »Jon?«, sagte Alanna dann.

»Ich plane das Amt der *Stimme der Stämme* zu übernehmen.« Er streichelte ihr übers Haar.

Alanna setzte sich auf. »Woher wusstest du, dass ich dich genau das fragen wollte?«

Sie spürte, wie er die Achseln zuckte. »Ich wusste es eben.« Langsam legte sie sich wieder hin. »Ali Mukhtab sagte, die Zeremonie sei gefährlich.«

»Ich brauche die Macht, die mir dieses Amt bringt. Die Bazhir sind ein unglaubliches Volk, Alanna. Ihre Geschichte ist so alt wie die unsrige, nein, älter. Und wir verlieren zu viele Männer an sie. Es wird für alle besser sein, wenn sie sich zu Tortall bekennen, anstatt unsere Heere in unserem eigenen Land in Trab zu halten.«

»Ich bin glücklich bei ihnen«, bekannte Alanna. »Ich werde froh sein, wenn sie keinen Krieg mehr führen gegen unsere Soldaten.«

»Bist du so zufrieden, dass du nicht mehr in Betracht ziehst von hier fortzugehen?«

Alanna wurde misstrauisch. Sie erstarrte. »Bevor ich wegkann, muss ich Kara und Kourrem durch das Schamanenritual führen. Warum?«
»Ich hatte gehofft, dass du heimkommst, wenn das erledigt ist.«
»Ich bezweifle, dass sich der Skandal, den es nach meinem Zweikampf mit Herzog Roger gab, schon gelegt hat«, erinnerte sie ihn.
Er brachte sie zum Schweigen, indem er ihr eine Hand auf die Lippen legte. »Komm mit als meine Verlobte!«
Das Wort lag zwischen ihnen und wurde größer und immer größer. Schließlich stieß Alanna hervor: »Ich kann nicht, Jon.«
»Wieso denn nicht?«
»Weil ich einen Skandal verursacht habe. Ich tötete deinen Vetter. Sechs Jahre lang war ich als Junge verkleidet –«.
»*Ich* wusste fast die ganze Zeit Bescheid.«
»Du solltest eine Prinzessin heiraten, die dir Macht bringt und Gold«, fuhr sie fort. »Das ist deine Pflicht. Und eine Jungfrau müsstest du wählen.«
»Du warst Jungfrau, als wir das erste Mal zusammen schliefen.«
»Bloß weiß das keiner außer dir!«, rief sie aufgebracht. Als ihr einfiel, wie dünn die Zeltwände waren, senkte sie die Stimme. »Sie werden sagen, ich sei hinter deinem Rücken mit einem ganzen Regiment im Bett gewesen.«
»Glaubst du, deine Freunde würden ein derartiges Gerede dulden? Du hast mehr Freunde am Hof, als du denkst. Und was meine Heirat mit einer Frau betrifft, die mir Macht bringt – was ist denn mit dir? Du bist Ritterin und Schamanin der Bazhir. Selbst wenn ich die Tochter eines Bazhir-

Häuptlings heirate, wäre das meinem Status weniger dienlich als eine Heirat mit dir. Außerdem«, fuhr er fort und plötzlich klang seine Stimme hart, »außerdem habe ich es satt, mir über derartige Dinge Sorgen zu machen. Ich will tun, was *mir* Freude macht, und nicht nur das, was für Tortall gut ist. Ich habe mich mein ganzes Leben in Acht genommen, was ich sage und was ich tue, weil ich Angst hatte, ich könnte die Händler, die Gallaner, die Priester oder sonst irgendeinen ärgern. Aber eigentlich müssten die ja Angst haben, dass sie *mich* ärgern – nicht umgekehrt.«

»Willst du mich deshalb heiraten?«, flüsterte sie. »Weil du allen beweisen willst, dass es dir egal ist, was sie von dir halten?«

Er ließ sich Zeit mit seiner Antwort; dann sagte er sehr leise: »Ich dachte, du liebst mich, Alanna.«

»Das tue ich auch!«, flüsterte sie ungestüm. »Das tue ich auch. Aber –«. Was er gesagt hatte, der Groll in seiner Stimme, beunruhigte sie. Und wie konnte sie ihm erklären, wie schön es war, sich keine Sorgen mehr machen zu müssen um Verschwörungen und Verschwörer am Hof? Sich nicht mehr vorsehen zu müssen, wie sie sich benahm und was sie sagte – abgesehen davon, dass sie sich natürlich Mühe gab ihre neuen Stammesgenossen nicht vor den Kopf zu stoßen? Zum ersten Mal konnte sie sich voll und ganz als Alanna geben, wobei sie immer noch lernte, wer diese Alanna überhaupt war.

»Heirate mich, Liebling!«, flüsterte er. »Ich liebe dich. Ich will, dass du meine Frau wirst.«

Es war zu viel auf einmal. »Lass mich darüber nachdenken!«, bat sie. »Ich liebe dich wirklich, Jon. Ich brauche nur Zeit.«

»Also gut.« Er klang belustigt. *Ich möchte mal wissen, was daran so komisch ist,* überlegte sich Alanna beim Einschlafen.

Wie gewöhnlich stand sie im Morgengrauen auf. Jon schlief noch. Leise kleidete sie sich an und betrat den Teil ihres Zeltes, der als Tempel diente. Myles, der ebenso frisch aussah wie sonst auch am Morgen (was nicht viel besagte), war schon da. Alanna umarmte ihren alten Freund und drückte ihn an sich. Dann traten sie zusammen hinaus in die Sonne. Sie zeigte ihm das Dorf und führte ihn sogar auf den Hügel, wo sie mit ihren Lehrlingen zusammen den Plünderern entgegengetreten war und wo Ishak sein Schicksal ereilt hatte. Jonathans Heiratsantrag erwähnte sie nicht, denn halb und halb hoffte sie, Jon möge sich die Sache noch einmal anders überlegen, falls ihn keiner darauf ansprach.

»Warum bist du gekommen?«, erkundigte sie sich, als sie den Hang wieder hinabstiegen.

»Ich dachte, es sei gut für Jonathan, wenn ihm einer Gesellschaft leistet.«

»Du bist immer so vernünftig.« Alanna lachte. Sie winkte Mari zu, die gerade die Wände ihres Zeltes öffnete, um die Morgenluft einzulassen. »Mari Fahrar«, erklärte sie Myles. »Die beste Weberin des Stammes. Sie unterrichtet mich.«

Myles lachte glucksend. In seinen grünbraunen Augen tanzte der Schalk. »Frauenarbeit, Herr Ritter?«

Alanna wurde rot. »Ich will nicht unwissend sein.«

Myles legte ihr den Arm um die Schulter und zog sie an sich. »Du hast Mut, wenn du bekennst, dass es Dinge gibt, die du nicht weißt, und wenn du etwas dagegen unternimmst.«

»Das ist ja alles schön und gut. Aber ich stelle mich grässlich ungeschickt an beim Weben.«
»Soviel ich weiß, macht Übung den Meister«, sagte er. Er schmunzelte immer noch. »Alanna, in Wirklichkeit gibt es zwei Gründe für mein Kommen.«
»Oh? Du leistest Jon Gesellschaft – und was noch?«
Myles zupfte sich nachdenklich am Bart. »Ich habe über deine Lage nachgedacht, jetzt, wo Thom am Hof ist und du dich herumtreibst.« Er legte ihr die Hände auf die Schultern. »Ich glaube, du weißt, dass ich dich schon immer sehr gern mochte.«
Sie lächelte. »Unter meinen Bekannten bist du der einzige, der mir meine Lüge über mein wahres Geschlecht verziehen hat.«
»Vergiss nicht, dass ich es schon lange wusste, bevor du es mir sagtest. Hör her! Thom lebt gut am Hof –«.
»Das steht ihm zu«, verteidigte Alanna ihren Bruder eifrig. »Er ist Lord von Trebond. Jahrelang hat er wie ein Priester gelebt.«
»Das Recht dazu will ich ihm nicht absprechen. *Du* bist es, um die ich mich sorge. Wenn du weiterhin auf Reisen bist, brauchst du Geld, um in Gasthäusern zu übernachten, um Bestechungsgelder zu bezahlen – du brauchst gar nicht die Stirn zu runzeln. Manche Nationen benutzen die Bestechungsgelder, um ihre Staatskasse aufzustocken. So, und nun denke mal über das Problem nach, das *ich* habe: Jünger werde ich nicht, ich bin ledig und ein Einzelgänger dazu. Es ist unwahrscheinlich, dass ich noch heiraten und Kinder bekommen werde. *Du* warst wie eine Tochter für mich – manchmal sogar wie ein Sohn.« Er zwinkerte. »Ich will dich zu meiner Erbin machen.«

Alanna öffnete den Mund zu einer Antwort, doch brachte sie keinen Ton hervor. Die Kehle war ihr eng geworden; in ihren Augen brannten Tränen. Er klopfte ihr auf die Schultern und trat zurück. »Du brauchst nicht gleich zu antworten.«
»Ich kann nicht ablehnen«, flüsterte sie und umarmte ihn ungestüm. »Myles, wie soll ich dir das jemals danken?«
Myles wuschelte ihr durchs Haar. »Red keinen Unsinn! Nachdem du dich jahrelang an deines Bruders Statt um Trebond gekümmert hast, kriege ich dafür eine Erbin, die Ländereien zu verwalten weiß.«
»Mit Corams Hilfe«, erinnerte sie ihn.
»Mit Corams Hilfe. Aber die wichtigen Entscheidungen trafst du. Und ich weiß, dass dir die Baronie Olau ebenso am Herzen liegt wie mir.« Er rieb sich die Hände. »Wie wär's mit was zu essen, nachdem die Sache jetzt entschieden ist?«

Alanna wusch gerade das Frühstücksgeschirr ab, als Farda zu ihr kam. »Ich hätte gern unter vier Augen mit dir gesprochen. Und ich glaube, dass du anderweitig gebraucht wirst, sobald ich fertig bin.«
Alanna sagte Umar Komm Bescheid, dem ältesten und angesehensten der Schamanen, die nun die »Zauberschule« abhielten.
Als er nickte, verließ sie ihr Zelt, in dem sich die von auswärts kommenden Schamanen, Lehrlinge, Jonathan und Myles tummelten. Farda führte sie in ihr eigenes Zelt, wo sie ihr einen Becher Tee in die Hand drückte.
»Es geht um die *Stimme der Stämme*«, sagte sie übergangslos. Ihr unansehnliches Gesicht war bekümmert. »Er ist

krank. Ich weiß nicht genug, um sagen zu können, was er hat, aber dass es ihm schlecht geht, ist mir klar. Er hat mich versprechen lassen dir nichts zu verraten, doch kann ich nicht länger schweigen.«

Alanna runzelte die Stirn. Auch ihr war in letzter Zeit aufgefallen, wie blass Ali Mukhtab war. Aber sie war immer nur abends mit ihm zusammengetroffen und hatte das flackernde Licht der Fackeln und des Feuers dafür verantwortlich gemacht. »Ich brauche meine Heilertasche«, murmelte sie. Farda reichte sie ihr schweigend; sie musste eines der Mädchen danach geschickt haben. »Warum kommst du ausgerechnet zu *mir?* Gewiss könnte einer der Schamanen, die sich hier zu Besuch aufhalten –«.

Farda richtete sich gekränkt auf. »Du bist die Schamanin des Stammes. Soll ich unseren Gästen sagen, unsere Schamanin sei nicht gut genug für die *Stimme der Stämme?«*

Alanna lächelte. »Tut mir Leid, dass ich fragte.«

Ali Mukhtab zog eine Grimasse, als sie sein Zelt betraten. »Keine Frau, nicht einmal Farda, kann den Mund halten«, schimpfte er. Er war fahl und schwitzte, als er sich auf sein Lager zurücksinken ließ.

Alanna kniete sich neben ihn und öffnete die Tuchtasche, in der sie ihre Heilutensilien aufbewahrte. »Farda hat richtig gehandelt. Sei still!«

Die Untersuchung war kurz. Sie brauchte nur mit ihrer Gabe in ihn zu greifen. Dort, in seiner Brust verwurzelt, war der Tod – schwarz, hässlich und verwüstend.

Als sie sich auf ihre Fersen zurücksetzte, war ihr Gesicht so fahl wie das seine. »Du wusstest schon eine ganze Weile Bescheid«, beschuldigte sie ihn. »Unmöglich, dass du es nicht wusstest.«

»Der *Stimme* ist es gegeben, ihr eigenes Ende zu sehen«, stimmte er zu.

»Warum hast du dich nicht darum gekümmert?«, fragte sie. Ihr war ganz elend vor Kummer. Sie mochte Ali Mukhtab. »Zu Anfang hätte dieses Leiden sogar von einem vollkommen unerfahrenen Schamanen geheilt werden können –«.

»Meine Zeit ist gekommen«, antwortete die *Stimme* müde. »Ich werde nicht dagegen ankämpfen.«

»Wenn du es getan hättest, wärst du heute gesund.«

Er lächelte. »Arme Frau-die-wie-ein-Mann-reitet. Du weißt so viel und doch weißt du gar nichts.«

»Ich kann nur noch wenig tun«, erklärte sie ihm leise. »Die Krankheit ist zu weit fortgeschritten.« Sie nahm seine Hand. Durch ihre Tränen hindurch nahm sie ihn nur noch verschwommen wahr. »Es tut mir so Leid, Ali Mukhtab.«

Als Antwort drückte er ihr die Hand. »Kannst du mir mit den Schmerzen helfen? Ich muss Prinz Jonathan unsere Gesetze lehren.«

Sie nickte. Bedächtig griff sie mit ihrer Gabe nach ihm und ließ das violettfarbene Feuer durch ihre vereinten Hände in seinen Körper fließen.

Die Falten in seinem Gesicht glätteten sich; er schlief ein. Alanna schüttelte den Kopf, um ihre Benommenheit zu verscheuchen, und machte sich daran, in einem kleinen Gefäß Kräuter zu mischen. Sie sah zu Farda auf. »Wenn er erwacht, gießt du ihm aus einer Prise davon Tee auf!«, flüsterte sie. »Aber nimm nicht mehr – es ist sehr stark. Und jeden Morgen braucht er mich, damit ich meinen Zauber spreche.«

Als sie zur Tür ging, hielt Farda sie auf. »Wie lange noch?«,

fragte die Hebamme. Ihre dunklen Augen waren groß vor Trauer.
Alanna zuckte die Achseln. Sie war müde. Die Last, die sie zu tragen hatte, war zu schwer für sie. »Wenn ich nichts Unnatürliches tue, hat er noch einen Monat«, sagte sie unverblümt und trat hinaus in den strahlenden Sonnenschein. Falls irgendeiner sah, wie sie sich die nassen Augen wischte, konnte sie es auf das grelle Licht schieben.

Schon ein paar Tage nach Jonathans Ankunft begannen die neuen Gäste einzutreffen. Es waren Häuptlinge und Stammesführer der Bazhir – diejenigen, die die Gesetze machten und dafür sorgten, dass sie eingehalten wurden. Jedermann war klar, das sie gekommen waren, um sich den Mann anzusehen, der das Amt der *Stimme der Stämme* übernehmen wollte.
Ebenfalls klar war, dass sie unglücklich waren über das, was sie sahen: den Sohn des verhassten Königs aus dem Norden, der nicht dem Volk der Bazhir angehörte.
Wirkliche Probleme gab es erst, als Amman Kemail, Häuptling vom Stamm des Sonnenuntergangsdrachen, zu ihnen stieß. Alanna bemerkte, wie er Jonathan und Ali Mukhtab tagsüber folgte, und der Instinkt, den sie für derartige Dinge besaß, sagte ihr, dass sich da etwas zusammenbraute. Sie erkannte den nachdenklichen Blick, mit dem Kemail Jonathan musterte, während dieser Mukhtabs Fragen beantwortete, die sich auf die Gesetze der Bazhir bezogen. Es sah aus, als würde Amman Kemail den Prinzen wiegen und für zu leicht befinden. Noch weniger gefiel ihr die Art und Weise, wie andere Männer Kemail beiseite zogen, um mit ihm zu reden. Offensichtlich betrachtete man diesen

großen, muskulösen Häuptling als Anführer und seine Ankunft ermutigte viele der übrigen Bazhir ihre Zweifel an Ali Mukhtabs Wahl zu äußern.

»Es wird Ärger geben«, sagte Alanna zu Jonathan, als sie sich vor dem Abendessen wuschen. »Mit Amman Kemail. Wetten?«

Jon reckte sich hoch. Er war gekränkt, das sah man ihm an. »Willst du andeuten, dass ich nicht selbst auf mich aufpassen kann? Ich wäre dir dankbar, wenn du dir in Erinnerung zurückriefest, dass ich schon zum Ritter geschlagen wurde, als du noch Knappe warst – *mein* Knappe!«

»Was ist denn neuerdings mit dir los?«, rief Alanna gereizt. »Entschuldigt bitte vielmals, Eure Königliche Hoheit! Mir war nicht bewusst, dass ich dein Können in der mannhaften Kunst der Selbstverteidigung in Frage stellte. Ich war dumm genug mich um dein Wohlergehen zu sorgen! Vergib mir! Gestatte es deiner untertänigen Dienerin, dich daran zu erinnern, dass mit diesen Leuten nicht zu spaßen ist!« Sie schleuderte ihr Handtuch weg und stapfte nach draußen, wobei sie die Zähne so fest zusammenbiss, dass ihr der Kiefer schmerzte.

Jon war schon seit seiner Ankunft empfindlich. Fast sah es so aus, als wolle er sich selbst und ihr irgendetwas beweisen. Das gefiel ihr nicht. Im Palast hatten sie sich, so schien es damals, nur ihre Leidenschaft beweisen müssen. *Dieser* Teil ihrer Liebe hatte sich nicht gewandelt, doch wenn Jon jetzt redete, hätte sie manchmal Lust gehabt sich die Ohren zuzuhalten und seine Stimme auszusperren.

Wer von uns beiden hat sich verändert?, fragte sie sich, als sie sich zu den Bazhir-Männern setzte. *Und warum, im Namen der Mutter?*

Einen Augenblick oder zwei später nahm Jon seinen Platz neben Ali Mukhtab ein. Er warf Alanna einen Blick zu und schüttelte lächelnd den Kopf. *Als wäre ich ein halsstarriges Kind, das einen kleinen Wutanfall gekriegt hat,* sagte sie sich. Sie sah zu Immertreu hinüber, der sich eben vor ihr niederließ und wild mit dem Schwanz zuckte. Also war er ebenso wie sie auf irgendwelche Schwierigkeiten gefasst.

Amman Kemail wartete, bis die Frauen begannen Essen herumzureichen. Gerade bot Ali Mukhtab Jonathan ein Stück seines Brots an, als sich der Häuptling vom Stamm der Sonnenuntergangsdrachen erhob und auf den Prinzen deutete.

»Ich werde kein Brot brechen mit dem Sohn des nordischen Königs!«

Die wenigen Gespräche, die im Gange waren, versiegten. Myles, der neben Alanna saß, flüsterte: »Hätte ich mir denken können.«

Langsam sah Ali Mukhtab zu dem stehenden Mann auf. »Hast du eine Klage vorzubringen, Amman Kemail?«

»Er ist keiner von uns. Er hat sich nicht das Recht verdient in Frieden mit uns zu sitzen oder Brot aus der Hand der *Stimme der Stämme* entgegenzunehmen. Soll er sich vor unser aller Augen in einem Zweikampf beweisen!«

»Jonathan, Sohn des nordischen Königs, wurde zum Zweikampf herausgefordert«, sagte Ali Mukhtab tonlos. »Wer hat etwas dagegen einzuwenden?«

Bevor sich Alanna erheben konnte, packten Kara und Kourrem sie bei den Schultern. Immertreu hüpfte auf ihren Schoß.

»Denk doch nach!«, zischte Myles. Rasch fuhr er fort: »Sie akzeptieren ihn nicht einmal als Krieger, geschweige denn als *Stimme.* Wenn du eingreifst, werden sie sich für alle Zeiten fragen, ob er andere für sich kämpfen lässt. Er war schon Ritter, als der Krieg gegen Tusain stattfand. Also ist er kein Junge, der noch nie Blut gesehen hat!«

»Außerhalb der Palasthöfe hat er noch nie von Mann zu Mann gekämpft!«, flüsterte Alanna zitternd.

»Georg Cooper hat nicht nur dich ausgebildet, sondern auch ihn! Benutze mal deinen gesunden Menschenverstand, Alanna!«

Sie wusste, Myles hatte Recht. Das half ihr jedoch nicht, als sie zusah, wie sich Jon fertig machte. Mit bleichem und starrem Gesicht zog er seinen Waffenrock, sein Hemd und seine Stiefel aus. Coram hielt ihm das Messer, während er mit seinen Lockerungsübungen begann. Auch Amman Kemail entkleidete sich bis aufs Lendentuch. Sein dunkles Gesicht war entschlossen. Von der Muskulatur her waren sich die beiden ebenbürtig, doch war der Bazhir ein paar Zoll größer als Jon.

Alanna löste sich aus Karas und Kourrems Griff, ging hinüber zum Prinzen und kauerte sich neben ihn. »Denk daran, was du hier erreichen willst!«, flüsterte sie. Den Streit von vorher hatte sie vergessen. »Die Bazhir sind streng, wenn es um ihre Ehre geht. Bring keine Schande über Kemail!«

Lächelnd sah er zu ihr hoch. »Und was ist, wenn ich Schande über *mich* bringe?«

Sie erwiderte sein Lächeln. »Dazu ist es bisher noch nicht gekommen, Prinz. Verzeih, wenn ich das sage, aber *jetzt* ist vielleicht nicht der richtige Augenblick damit anzufangen.«

Er fasste nach ihrer Hand und küsste sie. »Du machst dir

zu viel Sorgen, Lady Alanna.« Er stand auf und nahm von Coram mit dankendem Nicken sein Messer entgegen. Beide Männer waren bereit; Ali Mukhtab gab Signal zu beginnen.

Amman Kemail stürzte sich vorwärts und zog mit seinem Messer eine klaffende, blutende Wunde über Jonathans Brust hinunter. Der Prinz taumelte zurück; noch einmal machte der Bazhir einen Ausfall. Alanna schloss die Augen. Als ein überraschtes Murmeln erklang, schaute sie wieder hin. Kemails linker Arm hing nutzlos herunter, aus der Wunde an seiner Schulter tropfte Blut. Jonathan umkreiste ihn geduckt.

Der Bazhir griff erneut an. Alanna blinzelte. Jonathan machte einen Satz rückwärts, einen zweiten vorwärts und traf so fest mit dem Fuß auf Kemails Brust, dass dieser krachend zu Boden stürzte. Kraftlos rappelte er sich wieder hoch, gerade als Jon von neuem auf ihn stürzte. Mit dem Messerknauf beschwert fuhr die rechte Faust des Prinzen vor, so schnell, dass Alanna nicht folgen konnte. Der Schlag landete genau auf dem Kinn des Bazhir. Dieser fiel nieder und blieb bewusstlos liegen.

Ali Mukhtab trat nach vorn. »Es steht Euch frei, ihn zu töten«, sagte er mit undurchdringlicher Stimme. Die umstehenden Männer – die Gäste ebenso wie die Stammesmitglieder – waren still. »Ihr habt gewonnen. Es ist Euer gutes Recht.«

Jonathan schüttelte den Kopf. »Amman Kemail hat ehrlich seine Zweifel geäußert. Wäre ich an seiner Stelle, hätte ich dasselbe getan. Ich kann keinen Mann töten, nur weil er mich nicht mag, doch ich kann hoffen, dass er sich anders besinnt, wenn er mich besser kennt.«

Männer traten vor und trugen den immer noch bewusstlosen Häuptling aus dem Kreis und in sein Zelt. Jene, die zurückblieben, betrachteten Jonathan nachdenklich.
Coram kam mit einem Handtuch angeeilt. Kara reichte Alanna ihre Heilertasche und sie machte sich daran, Jons Brustwunde zu versorgen, auf der das Blut schon gerann.
»Wie habe ich mich gehalten?«, fragte Jon schwer atmend, als er den Wasserschlauch entgegennahm, den ihm Kourrem reichte.
»Wo hast du gelernt so zu kämpfen? Zu treten und zu schlagen, wie du es tatst?«, erkundigte sich Alanna und rieb Salbe in den klaffenden Schnitt. »Das hat dir Georg nicht beigebracht.«
Jonathan lächelte. »Ungefähr einen Monat nach deiner Abreise kam ein Shang-Krieger in den Palast, der sich ›Wolf‹ nannte. Bei ihm habe ich gelernt. Bloß hätte ich nie gedacht, dass mir das, was er mir beibrachte, so nützlich werden könnte.«
»Die Shang-Krieger sind durchtrieben«, sagte Coram. »Aber dieser Wolf hat seine Sache gut gemacht.«
»Was ist ein Shang-Krieger?«, flüsterte Kara Alanna zu.
»Sie werden schon von Kind auf zum Kämpfen ausgebildet«, antwortete Myles. »Sie gehen mit allen Arten von Waffen um, als hätten sie diese schon bei der Geburt in der Hand gehalten. Doch ihre gefährlichsten Waffen sind die bloßen Hände und Füße. Männer und Frauen –«.
»Frauen auch?«, stieß Kourrem überrascht hervor.
»Nicht viele Frauen überstehen die Lebensweise der Shang, aber jene, denen es gelingt, sind so legendär wie die Männer«, entgegnete Myles. »Wie ich schon sagte, legen sie großen Wert auf persönliche Ehre und Geschicklichkeit,

suchen unentwegt nach neuen Herausforderungen und bleiben nie lange am gleichen Ort.«
»Wie Alanna«, sagte Kara.
»Ganz ähnlich«, stimmte Myles mit einem kleinen Lächeln zu.
Alanna verband den Prinzen zu Ende. Es war eigenartig, zuzuhören, wie Myles den Mädchen Dinge erklärte. Auf ganz ähnliche Weise hatte er früher auch sie unterrichtet. Gerade verschloss sie die Binde mit ein paar Stichen, als Ali Mukhtab zu ihnen herüberkam.
»Ihr habt Euch Euren Platz unter den Bazhir verdient, Jonathan von Conté«, sagte er förmlich. »Wollt Ihr nun einer von uns werden?«
Jonathan nickte und erhob sich. »Was muss ich tun?«
Alanna, Myles und die anderen sahen zu, wie Jonathan die Zeremonie durchlief, die ihn mit den Bazhir und der Wüste verbinden würde. Nur einem Narren wäre nicht aufgefallen, dass die Bazhir über Jonathans Aufnahme weniger Freude zeigten, als es die Mitglieder vom Stamm des Blutigen Falken getan hatten, als Alanna eine der ihren geworden war. Es herrschte Stille, als Ali Mukhtab an seinem eigenen Arm und dem Jonathans einen Schnitt zog, und anschließend fand auch kein Festmahl statt.
»Dich haben sie willkommen geheißen, nicht wahr?«, fragte Jon, als sie im Bett lagen.
»Ja«, flüsterte Alanna.
»Sie sind immer noch nicht überzeugt, dass ich eine gute *Stimme der Stämme* abgeben werde. Ich muss es einfach durch die Tat beweisen.« Er zog Alanna an sich. »Ich weiß, dass es in letzter Zeit ein bisschen schwierig war, mit mir auszukommen«, gestand er. »Mein ganzes Leben lang war

ich eingeengt und habe mich korrekt verhalten, und das geht mir seit einiger Zeit auf die Nerven. Ich will ausbrechen und all die Dinge tun, die ich nicht tun darf. Vermutlich werde ich sie nie tun und im Augenblick kämpfe ich gegen den Wunsch an. Kannst du das verstehen?«

»Nein«, entgegnete Alanna freimütig. »Ich habe mein ganzes Leben damit verbracht, dass ich zu vermeiden versuchte mich in einer derartigen Falle einfangen zu lassen.«

»Tja, meine reizende Löwin, in diese Falle wurde ich hineingeboren. Vermutlich werde ich die Ruhelosigkeit überwinden. Ich will wirklich ein guter König und eine gute *Stimme der Stämme* werden.«

»Dann wird es dir auch gelingen«, versicherte sie ihm. »Daran zweifle ich keinen Augenblick.«

Nach Jonathans Aufnahmezeremonie verbrachte Alanna nur noch wenig Zeit mit Kara und Kourrem. Sie überließ es den im Dorf weilenden Schamanen, die beiden zu unterrichten. Zweimal täglich stattete sie nun Ali Mukhtab einen Besuch ab und jedes Mal verspürte sie anschließend Erschöpfung und Übelkeit. Nur Farda und der Kranke wussten, was sie tat. In ihrer Freizeit und spätabends, wenn Jon von Mukhtab eingewiesen wurde, sprach sie mit Myles und ließ sich berichten, was sie über die Baronie Olau erfahren musste.

Endlich eröffnete ihr Myles, nun wisse sie alles über seine Ländereien. »Falls du nichts dagegen hast, würde ich dich gern hier adoptieren. Die Zeremonie der Bazhir ist einfach und völlig rechtsgültig.« Er lachte vergnügt in sich hinein. »Ich glaube, deine Wüstenfreunde wären glücklich, wenn du einen Vater bekämst, selbst einen so wenig respektablen wie mich.«

Alanna umarmte ihn. Ihr fiel auf, dass es ihr jedes Mal leichter fiel, ihn zu umarmen. Das war einer der vielen Punkte, wo man es als Mädchen viel schöner hatte; von Jungen wurde erwartet, dass sie ihre Gefühle nicht offen zeigten. »Es stimmt überhaupt nicht, dass du nicht respektabel bist. Na ja, höchstens ein bisschen. Wenn du dich bloß besser kleiden würdest. Du könntest es dir ja schließlich leisten.« Sie hatte entdeckt, dass Myles viel reicher war, als sie es sich hätte träumen lassen, was an seinem wenig edelmännischen Interesse am Handel lag.

»Mir ist es aber bequem so«, wandte der Ritter ein. Verschmitzt fügte er hinzu: »Wenn du Jon heiraten würdest, müsste ich mich natürlich von Zeit zu Zeit mal fein machen.«

Immertreu stieß ein leises Miauen aus, als Alanna ihren Freund anstarrte. »Woher weißt du das?«

»Ich bin doch nicht blind. Auf dem ganzen Weg hierher hat er vor sich hin gebrütet. Und wenn er das gerade nicht tat, dann sprach er darüber, warum sich ein Prinz verheiratet.«

»Oh.« Alanna nestelte an ihrem Glutstein herum. »Ich sagte ihm, ich wolle es mir überlegen.«

»Weshalb?«

»Ich bin nicht sicher, ob er mich aus den richtigen Gründen heiraten will. Er scheint wütend zu sein, dass man von ihm als Prinz erwartet sich auf eine bestimmte Art und Weise zu benehmen. Er nennt es ›eine Falle, in die er hineingeboren wurde‹.« Alanna hob Immertreu hoch und drapierte ihn sich um die Schultern. »Ich mache ihm keinen Vorwurf daraus, dass er rebellieren will – das ist einer der Gründe, warum *ich* den Hof verließ. Aber die Vorstellung, dass er seine Rebellion durch eine Heirat mit mir beweisen will, behagt mir nicht. Das macht mich zu einer Sache, zu einem Beweis dafür, dass er tun kann, was er will. Ich möchte aber lieber eine *Person* bleiben.«

»Er liebt dich. Das ist sicher«, sagte Myles.

Sie seufzte. »Ich weiß. Aber ich frage mich, ob er mir einen Antrag gemacht hätte, wenn er nicht so – kribbelig wäre. Und noch was, Myles. Es hat mir noch nie gefallen, wenn mich die Leute beobachteten und laufend über mich redeten, selbst wenn sie nette Dinge über mich sagten. Außerdem habe ich es immer noch nicht gelernt, mit der Tatsache zu leben, dass ich Roger getötet habe.« Sie zuckte zusammen, als ihr der Kater die Nase ins Ohr stupste. »Mir gefällt es hier. Die Bazhir akzeptieren mich. Mit ihnen zusammen bin ich *ich*. Na ja, so weit es mir als Schamanin und Kriegerin und wenn ich die Leute hier nicht vor den Kopf stoßen will möglich ist, *ich* zu sein.«

»Liebst du Jon?«

Alanna kraulte Immertreu zwischen den Ohren. Ihre violetten Augen waren traurig. »Die Liebe ist wunderschön, aber sie ist nicht genug, um uns für eine jahrelange Ehe zusammenzuhalten. Ich bin nicht sicher, ob ich bereit bin; ich bin nicht sicher, ob Jon bereit ist. Aber ich *muss* sicher sein, wenn ich König Roalds Erben heiraten will.« Sie lächelte. »Ja, ich liebe ihn. Das ist ja das Problem.«

Myles stand auf und legte ihr eine Hand auf die Schulter. »Der einzige Rat, den ich dir geben kann, ist dich mit Bedacht zu entscheiden. Wenn du so unsicher bist, wäre es nicht richtig, schon jetzt zu heiraten. Ein ›Nein‹ kann immer noch zu einem ›Ja‹ werden, aber es ist sehr schwierig, aus einem ›Ja‹ ein ›Nein‹ zu machen. Komm, lächle! Jetzt gehen wir nachsehen, was deine Lehrlinge treiben.«

Die Lehrlinge waren leicht zu finden. Alle Schamanen im Dorf, dazu Jonathan, Ali Mukhtab, Farda und Halef Seif hatten sich um den Brunnen versammelt. Auf dem freien Platz vor Ali Mukhtabs Zelt stand Kara. Ihre Schleier flatterten, als sie vor sich einen wirbelnden Staubtrichter in die Luft aufsteigen ließ. Alanna strahlte vor Stolz. Seit damals, als dieses Bazhir-Mädchen nicht in der Lage gewesen war die Winde zu kontrollieren, die es herbeirief, hatte es gewaltige Fortschritte gemacht.
Dann trat Kourrem mit einem Stück Garn in der Hand nach vorn. Ihre Lippen bewegten sich, während sie einen komplizierten Knoten knüpfte. Der Wirbelsturm, der langsam zum Himmel emporgewachsen war, hielt inne. An seinen Seiten rieselte der Staub herab und wurde wieder nach oben gesogen. Lächelnd knüpfte Kourrem einen zweiten, festeren Knoten. Jetzt fiel der Staub in sich zusammen und herunter auf die Erde.
Die Schamanen spendeten den beiden lachenden und hinter ihren Schleiern errötenden Mädchen Beifall.
»Sie wissen ebenso viel wie jeder Schamane«, erklärte Umar Komm Alanna. »Wir müssen demnächst ihre Aufnahmezeremonie abhalten.«
Alanna runzelte die Stirn. »Sie sind noch so jung. Ich befürchte, dass sie Probleme haben werden, wenn ich weggehe von hier.«
Der alte Mann lachte glucksend. »Du sorgst dich um sie, wie sich eine Wüstenhenne um ihre Küken sorgt«, sagte er. »Aber du hast Recht. Ein Schamane, der zu jung ist, kann einen Stamm ins Elend führen. Ich glaube, Mahman Fadul würde gern der oberste Schamane unseres Dorfes werden.« Er nickte zu dem jungen Mann hinüber, der mit ihm ge-

kommen war, einem gut aussehenden Burschen, der Alanna bewundernd anzustarren pflegte. »Wenn du willst, bleibe ich hier beim Stamm des Blutigen Falken und passe auf deine Küken auf, Frau-die-wie-ein-Mann-reitet. Während die Mädchen für den Stamm sorgen, kann ich die Schamanenschule überwachen.«
Alanna knabberte an ihrem Daumen. »Ich fürchte, man könnte mir vorwerfen, ich ließe meinen Posten im Stich.«
Umar Komm schüttelte den Kopf. »Keiner erwartet von dir, dass du für den Rest deines Lebens bei uns bleibst. Dass du so lange hier verweiltest, ist eine Ehre für unser Volk. Und du kannst ja jederzeit wiederkommen.«
Alanna war, als habe man ihr eine schwere Last von den Schultern genommen. »Wenn es so ist, nehme ich dein Angebot mit Freuden an«, sagte sie. »In fünf Tagen ist Vollmond – dann können wir die Aufnahmezeremonie der Mädchen abhalten.«
»Ausgezeichnet.« Umar Komm nickte. »Ich werde die Frauen des Stammes anweisen ein Festmahl vorzubereiten, an das wir noch lange denken werden.« Einen Augenblick lang schwieg er, dann zog er sie beiseite. »Wie krank ist die *Stimme der Stämme?*«
Alanna warf einen Blick zu Ali Mukhtab hinüber. Er stützte sich auf einen langen Stab und unter der Sonnenbräune war sein Gesicht grau. »Warum fragst du?«
»Die Schamanen tuscheln untereinander. Wir haben Augen und können sehen. Er wird sterben, habe ich Recht?«
Alanna nickte.
»Unser Volk schöpft langsam Verdacht. Er wirkt alt, wenn wir Zwiesprache mit ihm halten. Und müde. Sein Bewusstsein ist diszipliniert, er lässt nichts anderes durchdringen,

aber wenn du gedankliche Verbindung mit ihm aufgenommen hättest, als er noch im besten Alter war –«.
»Ich habe noch nie mit der *Stimme* auf gedanklichem Weg Zwiesprache gehalten«, bekannte sie.
Umar Komm lächelte. »Natürlich nicht. Du hast Angst davor, du könntest dich verlieren, wenn du dich einem anderen hingibst – auch wenn du dich in Liebe hingibst wie deinem nordischen Prinzen.«
»Weiß denn hier jeder über meine Angelegenheiten Bescheid?«, erkundigte sie sich scharf.
Gerade noch rechtzeitig dachte sie daran, ihre Stimme im Zaum zu halten.
»Die Bazhir haben einen klaren Blick«, entgegnete der Schamane. »Und die Edlen aus dem Norden lieben dich alle beide, jeder auf seine Art. Es wäre eine schöne Sache für unser Volk, wenn sich die Frau-die-wie-ein-Mann-reitet mit der *Stimme der Stämme* verehelichte.«
»Und wenn nicht?«, fragte sie ruhig.
Er sah überrascht aus. »Nun ja, dann bist du immer noch die Frau-die-wie-ein-Mann-reitet und er immer noch die *Stimme.* Natürlich nur, falls er den Ritus überlebt.«
Alanna bat darum, sich entfernen zu dürfen, da sie sah, dass Ali Mukhtab nach drinnen gehen und sich hinlegen musste. *Ja, richtig,* dachte sie sich. *Falls.*

An diesem Abend nahm Halef Seif sie nach dem Essen beiseite. »Sir Myles von Olau sagte mir, er hege den Wunsch dich als Erbin in seinem Zelt aufzunehmen«, sagte er. Alanna nickte. Ein Lächeln erhellte das Gesicht des Häuptlings. »Ich komme mir komisch vor, wenn ich sage, dass er dich zu seiner Tochter machen will, denn in unserem Volk kann eine Tochter nicht alles erben, was der Vater besitzt. Er sagte mir, ihr wärt schon seit langem Freunde.«

»Alles, was ich über die Bazhir wusste, bevor ich herkam, hat er mich gelehrt«, sagte sie. »Überhaupt hat er mir im Verlauf meiner Jugend viele nützliche Dinge beigebracht. Ich fühle mich geehrt, dass er mich an Kindes statt annehmen will.«

»Viele eigenartige Dinge sind dir seit deiner Geburt zugestoßen«, sinnierte Halef. »Dass du nun, wo du erwachsen bist, einen Vater findest, ist nicht seltsamer als alles andere. Wünschst du, dass die Zeremonie heute Abend abgehalten wird?«

»Heute Abend?«

»Warum warten? Du hast deinen Stamm um dich und deinen Prinzen, der dir seinen Segen geben wird –«.

Alanna schluckte den Kloß hinunter, der sich in ihrem Hals gebildet hatte. »Ja, tatsächlich, warum nicht heute Abend?«, sagte sie tapfer. »Äh – wird es ablaufen wie damals, als ich in den Stamm aufgenommen wurde?«

»Genau so«, bestätigte er, während er sie wieder in den Lichtkreis führte, der das Feuer umgab. Alanna sah die Narbe an ihrem Handgelenk an, die noch von ihrer Aufnahmezeremonie stammte, und verzog das Gesicht. Sie war eitel genug nicht noch mehr Narben zu wollen, als sie schon hatte, aber vernünftig genug, um zu wissen, dass sie sich bei dem Leben, das sie sich ausgesucht hatte, vermutlich noch viele weitere einhandeln würde. Halef Seif hob die Hände, damit alle aufmerkten. Myles erhob sich und klopfte sich das Hinterteil seiner Kniehose ab.

»Heute Abend wünscht der Nordländer namens Myles von Olau, Freund der Bazhir, Alanna vom Stamm des Blutigen

Falken als Tochter und Erbin in sein Zelt zu rufen.« Er wartete, bis das überraschte Gemurmel verstummte, bevor er weitersprach. »Nach unserem Gesetz muss dieser Ritus von sieben Männern bezeugt werden. Wer will Zeuge sein?«

Alanna errötete, als sich fast alle Männer des Stammes meldeten. Halef Seif wählte Ali Mukhtab, Jonathan, Coram, Umar Komm, Gammal, den Schmied –

»Halef Seif!«, sagte Alanna nervös. Der Häuptling sah sie an. »Ich möchte, dass meine Lehrlinge als Zeugen auftreten.«

Wieder erhob sich ein Murmeln. Das Gesetz erlaubte es nicht, dass sich Frauen an Zeremonien wie dieser aktiv beteiligten. Alanna biss die Zähne zusammen. Als Schamaninnen würden die Mädchen an allen Aktivitäten des Stammes teilnehmen müssen. Kara und Kourrem hielten sich im Hintergrund, doch die Männer schoben sie nach vorn, bis sie bei den anderen Zeugen standen. Halef Seif erhitzte seine Messerklinge im großen Feuer.

»Kremple deinen Ärmel hoch und lächle!«, flüsterte Myles, der dasselbe tat. Alanna rollte ihren rechten Ärmel hoch und überlegte sich, dass es nicht das Gleiche war wie eine im Kampf erhaltene Wunde, wo es oft lange dauerte, bis man überhaupt merkte, dass man verletzt war, und wo die Erregung als schmerzstillende Droge wirkte. Jetzt blieb ihr nichts anderes übrig als sich zusammenzureißen, während Halef Seif zuerst an Myles' und dann an ihrem Handgelenk einen leichten Schnitt zog und beide Wunden zusammenpresste, sobald das Blut zu fließen begann. Wieder verspürte Alanna eine eigentümliche, verbindende Magie, als Halef Seif befahl: »Werdet eins miteinander, werdet eins mit den Bazhir und mit der Wüste, die wir lieben.« Die vermischten Blutstropfen fielen und versickerten im Sand, während die Männer des Stammes jubelten.

»Na, war es so schlimm?«, fragte Myles, als ihnen Farda Binden anlegte. Alanna zog eine Grimasse und sah zu, wie die Zeugen die rechtsgültigen Dokumente unterschrieben, die Myles aus Corus mitgebracht hatte. Dann wurde ihr klar, dass sie jetzt einen Vater hatte, der sie liebte. Sie lachte, während ihr gleichzeitig die Tränen über die Wangen liefen.

Später traf Jonathan sie dabei an, wie sie wieder einmal mit dem Kristallschwert kämpfte und ein weiteres Stück des Bösen aus seinem Innersten herauszwang. Lächelnd sah sie zu ihm hoch, als er ihr mit einem kühlen Tuch den Schweiß von der Stirn wischte. »Ich glaube, jedes Mal, wenn ich das mache, wird meine Gabe stärker«, sagte sie schwer atmend. Er warf ihr einen zweifelnden Blick zu. »Ermüdet es dich immer so?« Als sie nicht antwortete, fügte er leise hinzu: »Oder ermüdet es dich, weil du dich damit verausgabst, Ali Mukhtab am Leben zu halten?«

»Ich muss es tun, wenn du die *Stimme* werden sollst«, entgegnete sie und drehte das Schwert zwischen ihren Händen. »Du willst es – und er will es. Ich glaube, jetzt kannst du es in die Hand nehmen.« Sie bot ihm das Kristallschwert an. »Es ist nicht mehr so böse wie damals, als ich es Ibn Nazzir abnahm.«

Er griff danach. Als er die Macht spürte, zog er die Augenbrauen hoch. »Es muss schrecklich gewesen sein.«

Sie zuckte die Achseln. »Wenn ich bloß wüsste, was Herzog Roger damit zu tun hatte.«

Er reichte ihr das Schwert mit dem Heft voraus. Alanna steckte es wieder in die Scheide. »Ich habe mich bei Myles danach erkundigt«, erklärte Jonathan. »Er erinnerte mich an etwas – wusstest du, dass Roger früher einmal ein berühmter Amateur-Silberschmied war?«
Sie starrte ihn mit großen Augen an. »Nein.«
»Er machte Waffenhefte, Schmuckanhänger – ich glaube, er entwarf auch seinen Zauberstab selbst. Vermutlich ist das Heft dieses Schwertes ebenfalls seine Arbeit.«
»Und die Klinge?«, wollte sie wissen.
Er lächelte grimmig. »Ich habe mir Rogers Bücher und Papiere angesehen, zumindest die, die ich finden konnte. Ich weiß jetzt mehr über ihn als damals bei seinem Tod. Ja, Liebste, ich glaube, dass auch die Klinge seine Arbeit ist. Ich wollte, du könntest wieder Blitzschlag tragen.«
»Ich auch. Mir bleibt nichts anderes übrig als weiterhin nach einem Weg zu suchen mein eigenes Schwert zu flicken.« Sie seufzte, legte die Waffe weg und ließ zu, dass er ihr von dem Kissen hochhalf, auf dem sie saß. Sie hatte vor dem Altar gearbeitet; jetzt führte er sie nach hinten zum Schlafquartier.
»Alanna?«, fragte er, als sie sich für die Nacht fertig machte. »Trägst du noch immer das Amulett, das dir Frau Cooper gab, damit du nicht schwanger wirst?«
Sie zeigte es ihm, wie es halb verdeckt an der gleichen Kette mit dem Glutstein hing. »Ich lege es nie ab.«
»Ich hoffe doch, dass du es abnehmen wirst, wenn wir verheiratet sind«, sagte er gähnend.
Vorerst will ich noch keine Kinder!, wurde ihr klar und etwas wie Panik packte sie. Sie beherrschte sich und sagte trocken: »Noch sind wir nicht verheiratet, mein Prinz.«

Er lachte schläfrig. »Natürlich nicht, meine schöne Löwin. Komm ins Bett!«

Am Tag vor dem Vollmond weckte Alanna Kara und Kourrem schon vor Morgengrauen und ritt allein mit ihnen zur nächsten Oase.

Nachdem sie Gebete für die beiden gesprochen hatte, schickte sie die Mädchen ins kalte Wasser zur rituellen Reinigung, die sie schweigend vollzogen. Keine durfte reden, bis das Ritual am Abend vollzogen war. Keine durfte Magie anwenden oder, abgesehen vom Ankleiden, irgendwelche Arbeiten verrichten. Still kehrten sie ins Lager und zu Alannas Zelt zurück, wo sie sich vor den Altar knieten. Zwei Augenpaare wandten sich der Lampe zu, die dort brannte; Augenblicke später waren Kara und Kourrem in einer leichten Trance versunken. So würden sie stundenlang verharren und über das Leben nachdenken, das sie aufzunehmen im Begriff waren.

Gerade ging die Sonne auf, als Alanna Ali Mukhtabs Zelt betrat. Er war schon wach und nahm eben von Farda eine Tasse Tee entgegen.

»Also haben deine Küken das Ritual begonnen.« Alanna verzog das Gesicht, als sie ihre Heilertasche öffnete. Umar Komms Bezeichnung für ihre Lehrlinge war inzwischen im ganzen Stamm bekannt. »Wie fühlst du dich dabei?«, erkundigte sich Ali Mukhtab weiter.

»Als müsste ich die komplette Ritterprüfung noch einmal durchstehen«, bekannte sie, während sie nach seinem Puls tastete. »Wie hast du geschlafen?«

»Erwartest du von mir, dass ich sage: ›Wie ein neugeborenes Kind‹?« Humor blitzte in seinen zu großen Augen.

Selbst dem blindesten Stammesmitglied fiel inzwischen auf, wie sehr er an Gewicht verloren hatte und wie grau seine Haut war.
»Ich erwarte von dir, dass du mir das Vertrauen erweist mich nicht zu belügen.« Sie legte beide Hände auf seinen Arm, holte tief Luft und machte sich bereit noch einmal die Schmerzen zurückzudrängen. Jedes Mal wurde es schwieriger, für sie und für ihn.
Als sie ihn losließ, schwankte sie rückwärts und wäre gefallen, hätte Farda sie nicht aufgefangen. Sie fühlte sich schwindlig, ihr war übel. So ging es ihr jetzt jedes Mal, wenn sie den Zauber sprach, was sie dreimal täglich tat. Sie nahm das Tuch, das ihr Farda reichte, und wischte sich die Stirn. Schon sanken Mukhtabs Augenlider herunter.
»Wie lange muss Jonathan noch lernen?«, krächzte sie. Ihre Stimme war ebenso kraftlos wie ihr übriger Körper. »Wann wird er bereit sein?«
Sie musste ihr Ohr an den Mund des sterbenden Mannes legen, um zu hören, was er sagte. »Bei Neumond. In vierzehn Tagen.«
»Was ist, wenn er versagt?« Der Gedanke war entsetzlich. Wenn Jon versagte, musste er sterben und Ali Mukhtab –
Die *Stimme* rang sich ein Lächeln ab. »Dann werde ich meinen Tod erwarten. Alanna –«.
»Ja?«
»Auch Akhnan Ibn Nazzir überlebte den Schamanenritus. Deine Küken werden es gut machen.«

Das Licht des Vollmonds tauchte den Wüstensand in ein gespenstisches Weiß. *Ein passender Rahmen für eine Initiation, nehme ich an,* überlegte Alanna, als Umar Komm die

Liste der Götter verlas, denen die Bazhir Ehre erwiesen. Umringt von Zauberfeuern, die in Alannas Violett und in Umar Komms Blaugrün glühten, knieten die Mädchen im Sand. Beide Lehrlinge wirkten müde, aber ruhig. Alanna war stolz auf sie. *Die beiden werden gut sein für den Stamm,* sagte sie sich. *Sogar, wenn sie ihre Gesichtsschleier anbehalten wollen.*

Umar Komm kam mit den Namen der Götter zu Ende und nickte Alanna zu. Sie streckte die Hände nach den Mädchen aus, wobei ihr bewusst war, dass all jene zuschauten, die in den letzten Tagen beim Stamm des Blutigen Falken eingetroffen waren. Zwischen Alanna und ihren Lehrlingen lag klar und deutlich der Feuerkreis. »Wenn ihr reinen Herzens und starken Willens seid, so kommt!«, forderte sie mit den Worten, die sie am selben Tag von Umar Komm und den anderen Schamanen gelernt hatte.

Kara erhob sich. Einen Augenblick lang wankte sie, als sie sah, dass die magischen Flammen höher loderten als ihr Haupt. Dann nahm ihr Mund einen entschlossenen Zug an und sie durchschritt den Ring. Kourrem folgte, ohne zu zögern. Alanna und Umar ließen Lichterwände aufsteigen und wieder forderte Alanna die Lehrlinge auf: »Wenn ihr tun wollt, was die Götter von euch verlangen, so kommt!« Gemeinsam durchschritten die Mädchen das Licht. Einen Moment lang wurde Kara langsamer, blieb fast stehen, doch dann traten beide auf der anderen Seite hervor. Nun schufen Alanna und Umar Komm vor den Füßen der Mädchen einen tiefen Graben in der Erde. Zum dritten Mal befahl Alanna: »Wenn ihr eure Pflicht tun wollt für euer Volk und euren Stamm, so kommt!«

Diese Aufgabe war die schwerste, denn sie erforderte ein

Höchstmaß an Willenskraft. Nur wenige Zauberer erhoben sich vom Boden, denn es kostete zu viel Energie, auch nur eine kleine Strecke auf diese Art und Weise zurückzulegen. Ausgelaugt wie sie war von der Anstrengung, Ali Mukhtab am Leben zu halten, hatte Alanna ihre Zweifel, ob sie selbst es geschafft hätte.

Kourrem zögerte und mühte sich ihren Willen zu stärken. Es war ihr verboten, Garn zu benutzen oder Steine zu bewegen, um den Graben zu füllen. Sie musste hinüberfliegen. Kara biss sich auf die Unterlippe, trat vor und schwebte überaus langsam über den Graben hinweg. Fast war sie auf der anderen Seite angelangt, als Kourrem angeflogen kam und sie einholte. Am Ziel stürzten beide erschöpft zu Boden. Erst als Kourrem von Umar Komm und Kara von Alanna aufgehoben wurde, rührten sie sich wieder.

»Nun seid ihr Schamaninnen der Bazhir«, sagte Alanna.

»Willkommen in unserer Bruderschaft.« Umar Komm lächelte.

7
Die Stimme der Stämme

Am nächsten Morgen übergab Alanna ihre Pflichten an Kara und Kourrem. »Auf diese Weise«, erklärte sie, »weiß jeder, dass ihr mit meiner Billigung und meiner Unterstützung wirkt. Habt ihr entschieden, wer von euch oberste Schamanin sein will? Wenn ihr euch über etwas nicht einigen könnt, muss eine von euch die Macht haben die endgültige Entscheidung zu treffen.«
Einen Augenblick lang musterten sich die beiden Mädchen argwöhnisch. Alanna wusste, dass sie ihnen einen schwierigen Entschluss abverlangte, doch wusste sie auch, dass die beiden ihn fassen mussten und nicht sie selbst.
»Kourrem«, sagte Kara. »Sie tut sich nicht so schwer wie ich Entscheidungen zu treffen. Und sie kann sich unter den Männern besser behaupten.«
Alanna legte den Arm um die Schultern des größeren Mädchens und zog es an sich. »Wenn es nötig wäre, könntest du dich unter den Männern ebenfalls behaupten, Kara.« Sie warf Kourrem einen Blick zu. »Findest du, dass sie Recht hat?«
Kourrem zuckte die Achseln und lächelte ironisch. »Ich weiß nicht, ob sie Recht hat oder nicht, aber vermutlich bin ich jetzt oberste Schamanin. Sowieso müssen wir uns gegenseitig helfen, wenn wir alles schaffen wollen.«
Alanna hob ihre Heilertasche auf. »Ich sage Halef Seif und Ali Mukhtab Bescheid«, verkündete sie. »Vorerst solltet ihr eure Studien bei den anderen Schamanen fortführen, schlage ich vor.«
In den nächsten zwei Wochen verbrachte Alanna einen Großteil ihrer Zeit mit Ali Mukhtab. Er wurde zusehends schwächer, bestand nur noch aus Haut und Knochen, sein Gesicht war grau, seine Augen glanzlos. Doch irgendwie

fand er die Kraft Jonathan zu unterrichten. Stundenlang dröhnte seine eintönige Stimme, während er sich verbissen mühte den Prinzen in die vielen Gesetze der Bazhir einzuweisen.

In dieser Zeit arbeitete Jonathan schwerer, als ihn Alanna jemals hatte arbeiten sehen – einerseits, um seine Studien zu meistern, andererseits, um die Bazhir-Häuptlinge und -Gesetzesgeber für sich einzunehmen. Gründlich und entschlossen suchte er alle Männer der Reihe nach auf, sprach mit ihnen und entlockte ihnen mit einer Diplomatie, von der Alanna nicht gewusst hatte, dass er sie besaß, ihre Ansichten. Dies waren die Augenblicke, in denen Jonathan am lebendigsten und glücklichsten wirkte. Während der übrigen Zeit war er ruhelos und gereizt, und sobald er mit Alanna allein war, jammerte er über den Sand, die Hitze und seinen Unterricht bei Ali Mukhtab. Er fragte sie nicht, ob sie sich nun entschlossen habe ihn zu heiraten. Darüber war sie froh.

Nur einmal verlor er in aller Öffentlichkeit die Fassung. Als sie nach ihrem morgendlichen Zauberspruch das Zelt der *Stimme* verließ, fand sie draußen den Prinzen vor, der auf sie wartete. Seinen finsteren Blick kannte sie in letzter Zeit nur allzu gut.

»Komm, wir reiten aus!«, sagte er übergangslos. Ihre Erschöpfung und ihre Blässe schien er nicht zu bemerken. »Ich will für eine Weile weg von hier.«

Sie starrte ihn an. »Jon, das geht nicht. Er ist jetzt bereit für deine Unterweisung.«

»Das ist mir egal«, fauchte der Prinz. »Ich werde unterwiesen, seit ich den Fuß in dieses Dorf gesetzt habe. Ich reite aus.« Damit wandte er sich ab. Sie packte seinen Arm.

»Über deine Langeweile oder was auch immer kannst du reden, so viel du willst, solange du mit mir allein bist«, zischte sie. »Aber der Mann da drinnen klammert sich an seinem Leben fest, weil *du* wissen musst, was er dir beizubringen hat. Ich würde es begrüßen, wenn du aufhören könntest dich wie ein verzogener Balg aufzuführen. Sofern du die Macht der *Stimme* willst, musst du lernen, was dich die *Stimme* zu lehren hat!«

»Ich habe ihn nicht darum gebeten, mich auszuwählen!«, flüsterte Jonathan hitzig und schob seine breiten Schultern zwischen sie und die starrenden Stammesleute. Die Bazhir waren überrascht sie im Streit zu sehen, auch wenn sie nicht hören konnten, worum es dabei ging.

»Aber du bist willens zu nehmen, was er dir anbietet!«, flüsterte sie zurück. »Ausgerechnet du müsstest doch am besten wissen, dass alles seinen Preis hat. Und sag mir bloß nicht, du seiest müde diesen Preis zu bezahlen! Dies ist weder die rechte Zeit noch der rechte Ort dafür!« Sie starrte ihn an, bis er wegsah. Ohne ein weiteres Wort betrat er Mukhtabs Zelt. An diesem Abend überschlug Jonathan sich fast vor Zärtlichkeiten und Entschuldigungen. Alannas Wut schwand. Sie liebte ihn aus ganzem Herzen. Aber ihn heiraten?

Am nächsten Abend aß sie allein mit Myles in dem Zelt, das ihr zugeteilt worden war, nachdem sie das größere Kara und Kourrem überlassen hatte. Nach dem Mahl fasste sie sich ein Herz und fragte ihren Adoptivvater um Rat.

»Myles, was geschieht, wenn sich Jon verehelicht?«

Der Ritter warf ihr einen scharfen Blick zu. »Die erste Pflicht einer jeden Edelfrau ist es, ihrem Gatten einen Nachkommen zu schenken. Die Erbfolge muss gewährleistet sein, vornehmlich dann, wenn es um einen Thron geht. Das gilt vor allem für die Frau, die Jonathan heiratet. Sollte dem König etwas zustoßen – die Götter mögen es verhüten – *und* Jon, so ist aus der Linie derer von Conté kein naher Verwandter mehr übrig. Roger hätte die Erbfolge angetreten, wäre er am Leben geblieben – das hatte er ja auch geplant, ich weiß! –, aber nachdem er nun tot ist, ist keiner mehr da. Seinen Vater verlor er, als er noch ein Junge war, seine Mutter starb bei seiner Geburt.«

»Wie meine«, wisperte Alanna.

Myles nickte. »Es ist traurig, doch geschieht es häufig. Rogers einziger naher Verwandter war der König. Die Contés haben nur selten große Familien«, fügte er mit einem Seufzer hinzu. »Jetzt gibt es nur noch Vettern und Basen vierten Grades. Wenn Jon stirbt, ohne einen Erben zu hinterlassen, gibt es in Tortall einen Bürgerkrieg.«

Alanna wusste nichts zu entgegnen. Myles hatte sie in ihren Befürchtungen bestärkt. Sie kämpfte gegen die Panik an, die in ihr aufstieg. *Ich bin noch nicht bereit Kinder zu kriegen,* dachte sie.

»Was?«, sagte sie dann. Myles hatte etwas gefragt.

»Ich wollte wissen, ob du Jon dein Jawort gabst.«

»Ich habe mich noch nicht entschlossen.«

»Nein?« Myles war augenscheinlich überrascht. »Daran, wie er sich benahm, meinte ich ablesen zu können, dass du ihm zugesagt hast.«

»Im Ernst?«

»Ich sehe euch häufig genug beisammen. Wenn er sich deiner nicht sicher wäre, hätte ich angenommen, er verwende mehr Zeit darauf, dir den Hof zu machen, dich für sich zu gewinnen. Nun, vielleicht irre ich mich. Allwissend bin ich nicht.« Myles hob Immertreu hoch, setzte ihn sich auf den Schoß und kraulte ihn mit sanften Fingern hinter den Ohren. »Wieso hast du dich noch nicht entschieden, falls die Frage gestattet ist?«

»Weißt du noch, dass ich sagte, Jon wolle mich möglicherweise aus den falschen Gründen heiraten?« Myles nickte. »Tja, nichts von dem, was inzwischen passiert ist, hat mich vom Gegenteil überzeugt. Ich weiß, dass er hart arbeitet, dass er sich darauf vorbereitet, das Amt der *Stimme* zu übernehmen, und dass er sich müht die Männer für sich zu gewinnen. Aber wenn er sich nicht gerade mit den Stammesangehörigen befasst, kommt er mir vor – nun ja – wie ein verzogener Balg. Den Eindruck hatte ich im Palast eigentlich nie. Irgendwie ist natürlich jeder Prinz ein bisschen verzogen. Wärst du's nicht auch, wenn dich die Leute unentwegt umschmeichelten?«

»Ich glaube, in diese Gefahr käme keiner von uns beiden«, sagte Myles feierlich und in seinen Augen tanzte der Schalk.

»Möglich, dass ihn Verantwortung zur Ruhe bringt«, räumte Alanna seufzend ein. »Ich glaube keinesfalls, dass er ein schlechter Mensch ist, nein, ich glaube, er ist sogar ein sehr guter. Aber in letzter Zeit weiß ich nicht so recht, ob ich ihn sonderlich leiden mag. Ich sage mir unentwegt, dass er darüber hinwegkommen wird, aber was ist, wenn nicht?«

»Viele junge Frauen würden alles dafür geben, eine solche Chance zu bekommen wie du.« Myles war unmöglich anzusehen, was er dachte.

»Ich nicht«, sagte Alanna gereizt und spielte an ihrem Glutstein herum. »Ich bin glücklich, seit ich hier bin, und das gefällt mir. Ich will es nicht aufgeben. Ich will nicht gesittet sein, wie das von der Frau eines Edlen erwartet wird. Der König und die Königin würden versuchen mir auszureden mich bequem zu kleiden. Möglicherweise würden sie sogar versuchen mich vom Heilen abzuhalten. Ich könnte nicht mehr hingehen, wo ich will. Keine Risiken mehr, keine Abenteuer.« Sie errötete. »Ich liebe Jon, aber da sind zu viele Fragen, die ich noch beantworten muss. Drängen lasse ich mich nicht. Ich bin nicht sicher, ob ich bereit bin für die Ehe, selbst wenn er es ist.«

Mit Staunen sah sie, dass in den Augen ihres Adoptivvaters der Stolz lag. »Wenige sind klug genug sich klarzumachen, dass sie möglicherweise noch nicht bereit sind für ein derartiges Wagnis. Zu viele stürzen sich in die Ehe, nur um zu entdecken, dass sie wenig wissen über das, worauf sie sich eingelassen haben. Mit Freude sehe ich, dass du dir die Sache gut überlegst. Übrigens – ich traf Georg Cooper, bevor ich Corus verließ.«

»Wie ging es ihm?« Alanna fragte sich, wieso Myles auf den König der Diebe zu sprechen kam.

»Er bat mich dir auszurichten, er zöge für ein Weilchen nach Caynnhafen. Es scheint, als machten ihm die Schurken dort Ärger, also plant er sie wieder in die Reihe zu bringen.« Myles zog aus einer versteckten Tasche einen verknitterten Zettel, auf den Georg als Adresse »Haus Azik, Hundegasse« gekritzelt hatte. »Er hofft, du wirst ihn besuchen kommen, falls es deine Pflichten hier zulassen.«

Alanna faltete den Zettel zusammen. Ihr Herz machte einen Satz. Georg wieder zu sehen! Dann fiel ihr Jonathan ein. Als zukünftige Braut des Prinzen wäre sie möglicherweise nie mehr in der Lage Georg allein zu treffen.

»Ich bezweifle, dass ich ihn besuchen kann«, sagte sie und erhob sich. »Entschuldige mich, Myles. Ich will Mondlicht Bewegung verschaffen.«

Hastig ging sie zum Pferdepferch und sattelte die Stute. Ihren gesunden Menschenverstand ignorierte sie. Zwar hatten sich die Männer aus den Hügeln seit Ishaks letztem Kampf nicht mehr in die Nähe des Stammesgebiets gewagt, doch war es gut möglich, dass sie nur auf eine Gelegenheit warteten sich einen einzelnen Reiter zu schnappen. Es wäre vernünftiger gewesen, einen Begleiter mitzunehmen.

Allein hielt sie auf die offene Wüste zu. Sie wünschte sich, es wäre möglich, so hart und so schnell zu reiten, dass man Probleme und Kummer hinter sich ließ.

Frei sein – wirklich frei, dachte sie, als sie Mondlicht zum Galopp antrieb. *Sich nie um irgendetwas oder irgendeinen sorgen müssen, hingehen können, wo man will, ohne auf irgendwelche Leute Rücksicht zu nehmen . . . In Corus habe ich Roger und alle anderen mit mir herumgetragen und genauso trage ich jetzt den ganzen Stamm, seit ich Akhnan Ibn Nazzir tötete. Ich wollte, ich selbst wäre die Einzige, die ich mit mir tragen muss –*

Hufgetrappel erschallte hinter ihr. Sie ließ Mondlicht herumwirbeln und riss blitzschnell das Kristallschwert aus der Scheide. Dann, als sie Coram und seinen kastanienbraunen Wallach entdeckte, lächelte sie kläglich.

Ich glaube, wenn ich keinen hätte außer mir, wäre ich auch nicht glücklich, dachte sie seufzend und wartete, bis Coram sie eingeholt hatte.

Alanna begann in Ali Mukhtabs Zelt zu schlafen, damit sie

ständig mit ihrer Gabe und ihren Heilmitteln zur Verfügung stand, um seine schwindende Kraft zu unterstützen. Am letzten Tag vor Neumond schickte Mukhtab Jonathan weg, damit er sich ausruhte und Kraft sammelte. Der Unterricht war abgeschlossen; nur noch der Ritus stand aus. Nachdem Alanna alle anderen verscheucht hatte, versetzte sie Ali Mukhtab in einen tiefen Schlummer, weil sie hoffte ihm dadurch zusätzliche Kraft für die am Abend stattfindende schwere Prüfung zu geben.

Draußen im Dorf lag eine lautlose Spannung in der Luft. Für die Stammesleute war die Wahl einer *Stimme* wichtiger als die Krönung eines Königs. Die *Stimme der Stämme* war den Bazhir Priester, Vater und Richter zugleich. Halef Seif hatte Alanna erklärt, dass derjenige, der das Amt der *Stimme* innehatte, nie ohne das Einverständnis eines Großteils seines Volkes handelte. Das Wissen um die Gedanken und die Gefühle seiner Leute war eine zu große Last für ihn, als dass er auch nur in Betracht gezogen hätte ihnen Trotz zu bieten. Dieses Wissen bestärkte Alanna in ihrer Überzeugung, dass sie niemals während jener Augenblicke bei Abenddämmerung mit der *Stimme* Zwiesprache halten wollte. Sie hatte schon Mühe genug sich selbst zu verstehen; sie wollte nicht, dass ein anderer um ihre Gedanken und ihre Probleme wusste – selbst wenn dieser andere so objektiv war, wie es von der *Stimme* vorausgesetzt wurde. Während der Stamm zu Abend aß (am Feuer fand keine Zeremonie statt), ging Alanna zu Jonathan. Der Prinz hatte gefastet; nun sah er bleich und entschlossen aus in seinem weißen Burnus.

»Ich wollte dir Glück wünschen«, erklärte sie. Sie wusste nicht so recht, wie sie mit ihm reden sollte. Er bereitete sich darauf vor, eine Last zu übernehmen, die sie um jeden Preis abgelehnt hätte. Einen Moment lang sah er sie an, als kenne er sie nicht. Dann erhob er sich und breitete die Arme aus. »Sag mir, dass du mich liebst«, bat er und versuchte zu lächeln. »Ich brauche Ermutigung.«

Sie rannte in seine Arme und drückte ihn ebenso fest an sich wie er sie. »Natürlich liebe ich dich«, sagte sie. »So viel steht fest.«

Er sagte nichts und hielt sie so eng an sich gepresst, dass ihr die Rippen schmerzten. Schließlich wagte sie zu sagen: »Jon? Warum willst du die *Stimme* werden? Du bist schon jetzt ruhelos.«

»Ich *muss* die *Stimme* werden«, erwiderte er leise. »Wenn ich es schaffe, wenn ich das Oberhaupt der Bazhir werde, dürfte es nur noch wenige Geheimnisse der menschlichen Seele geben, die mir unverständlich sind. Die Bazhir unterscheiden sich nicht sonderlich von uns. Wenn ich sie kenne, wenn ich weiß, wie sie denken, dann weiß ich, wie die meisten Leute denken. Mit diesem Wissen kann ich der größte – der *beste* – Herrscher werden, den es jemals gab.«

»Ist das so wichtig für dich?«

»Es ist das, wozu ich geboren wurde.« Er klang schroff. »Es ist das, was ich tun *werde*. Trotz meiner Ruhelosigkeit. Trotz allem.«

Jonathan und Ali Mukhtab standen auf der Spitze des Berges. Zwischen ihnen brannte ein Feuer, dessen Flammen bis in Hüfthöhe loderten. Aus irgendeinem Grund stand die *Stimme* allein. Keiner war da, um ihn aufzufangen, falls er stürzte. Alanna wartete in einiger Entfernung mit den anderen Schamanen. Es war nicht gestattet, dass sie näher kamen, bevor die Zeremonie vorüber war. Auch war es ihnen untersagt, ihre Zauberkraft zu benutzen.

Immertreu stand auf den Hinterbeinen und stemmte die Vorderpfoten gegen Alannas Schenkel. Ohne die Szene vor sich aus den Augen zu lassen, hob sie ihn hoch, wobei sie sich Mühe gab ihn nicht allzu fest anzupacken. Sie zitterte vor Furcht, denn auf das, was nun geschehen würde, hatte sie nicht den geringsten Einfluss.

Ali Mukhtab hob die Hände und stimmte einen Sprechgesang an. Ganz plötzlich war seine Stimme voller Kraft. Die Sprache war altertümlich, sie stammte noch aus der Zeit, als die Bazhir in steinernen Gebäuden jenseits des Binnenmeers gelebt hatten, und Alanna verstand die Worte nicht. Doch konnte sie die Macht fühlen, die langsam die Luft erfüllte: eine dunkle, brodelnde Kraft, die dem Kristallschwert an ihrer Hüfte antwortende Töne entlockte. Geistesabwesend berührte sie das Heft und befahl ihrem Schwert im Stillen Ruhe zu geben. Das Geräusch ließ nach, doch spürte sie die Waffe immer noch beben.

Ali Mukhtab beendete seinen Sprechgesang, als ein plötzlich aufkommender starker Wind die Gewänder gegen die Gesichter ihrer Besitzer flattern und kleine Staubteufel von der Erde aufsteigen ließ.

»Jonathan von Conté.« Mukhtabs Stimme war leise, dennoch brauste und hallte sie durch die Luft. »Du kommst, ein Fremder aus dem Norden, und suchst eins zu werden mit den Bazhir. Aus welchem Grunde sollten wir dir, Sohn des Tortaller Königs, gestatten diesen heiligsten Kreis unseres Volkes zu betreten?«

An Jonathans Gesichtausdruck konnte Alanna ablesen, dass dies nicht Teil des Rituals war. Der Prinz musste ehrlich antworten, während die Stammesangehörigen und die Besucher lauschten.

Lass es die richtige Antwort sein, flehte Alanna insgeheim die Große Muttergöttin an.

Ein plötzliches Auflodern tauchte die ganze Szene in blauweißes, alle blendendes Licht. Von dem Lichtkreis her, der den Zuschauern die Sicht versperrte, erklang Jonathans Stimme. »Weil ich eure Geschichte kenne und ehre, weil ich eure Gesetze kenne und ehre. Weil ich nicht will, dass die Bazhir von unseren Kriegern gejagt und erschlagen werden, ebenso wenig wie ich will, dass unsere Krieger von den Bazhir gejagt und erschlagen werden.« Ein leises Lachen lief durch die Reihe der Zuschauer, die im Rücken der Schamanen weiter unten am Hang standen. Alanna spürte, wie sich in ihr ein kleiner Knoten der Anspannung löste. Langsam wurde ihr Blick klarer, nun sah sie wenigstens die Umrisse der beiden Männer über sich. Jonathan fuhr fort: »Weil euer Volk und das meine nur gemeinsam stark werden können. Weil –«. Seine Stimme wurde sehr leise. »Weil ich die Menschen – Mann und Frau gleichermaßen – begreifen will.«

Alles war still. Alanna war sicher, jeder müsse ihr lautes Herzklopfen hören. Dann hob Ali Mukhtab von neuem die Hände und der Dolch, den er am Gürtel trug, blitzte in seiner linken Faust.

»Es soll sein, wie es die Götter bestimmen!«, rief er. Ein Donnerschlag brachte die Erde unter ihnen zum Beben, als sich die *Stimme der Stämme* einen langen, klaffenden Schnitt am rechten Unterarm zog. Er war weit länger als jener, den Alanna erhalten hatte, als sie von den Bazhir aufgenommen worden war oder als Myles sie an Kindes statt angenommen hatte. *Gnädige Mutter!*, dachte Alanna entsetzt. *Er darf nicht so viel Blut verlieren!*

Parallel zu der Wunde, die er bei seiner Aufnahme in den Stamm erhalten hatte, fügte sich Jonathan einen ähnlichen Schnitt zu. Immertreu riss sich aus Alannas Griff und jagte den Hügel empor zu den beiden Männern. Alanna wollte ihn zurückrufen, doch Kara hielt ihr die Hand vor den Mund, Kourrem schüttelte warnend den Kopf. Alanna knirschte mit den Zähnen und zwang sich zu bleiben, wo sie war, als Kara die Hand wieder fortnahm. Sofern einer der beiden Männer den Kater sah, der nun neben Mukhtab saß, ließ er sich nichts anmerken. Unverwandt starrten sie sich an, als Ali Mukhtab seinen blutenden Arm über das Feuer hinweg dem Prinzen entgegenstreckte. Jon hob den seinen gleichermaßen und umklammerte den dargebotenen Arm. Dabei näherten sich beide Männer gefährlich den Flammen. Das Feuer zischte, als ihr vermengtes Blut auf die heiße Glut tropfte.

»Zwei wie Einer.« Ali Mukhtabs Stimme war ein brüchiges Krächzen, das Alanna in den Ohren klang. Die in der Luft liegende Macht nahm zu. Kara und Kourrem hielten sich zitternd umschlungen. Umar Komm streckte die Hand aus und packte Alanna an der Schulter. Dankbar für die Berührung legte sie ihre Hand an die des alten Schamanen.

»Zwei wie Einer.« Jonathans Stimme klang leise und stockend, fast als sei er in Trance.

»Zwei wie Einer. Und Viele.« Bei dem klagenden Unterton, der in Ali Mukhtabs Stimme lag, sträubten sich Alanna die Nackenhaare.

»Zwei wie Einer. Und Viele.« Jonathan zitterte unkontrolliert. Das Feuer loderte plötzlich höher als die Köpfe der beiden Männer; Flammen, die sich rasch zu einem Weiß verfärbten, das in den Augen schmerzte, umhüllten sie. Ihre Gewänder begannen zu schwelen. Als spüre er Alannas Drang zu ihnen zu rennen, wurde Umar Komms Griff an ihrer Schulter fester. Vor der Zeremonie hatte er sie gewarnt, sie dürfe weder sprechen noch eingreifen, möge geschehen, was wolle. Die Götter würden Jonathan und Ali Mukhtab beschützen, falls es ihnen bestimmt war, erfolgreich zu sein.

»Einer – wie – Viele!« Ali Mukhtab presste den Schrei heraus, während die blau-weißen Flammen viele Zuschauer zum Wegsehen zwangen. Die Worte donnerten voll Zauberkraft, brachten Alannas Knochen zum Schmerzen und das Kristallschwert zum Beben.

»Einer!« Die Schmerzen machten Jonathan die Zunge schwer, doch er presste die Worte hervor. »Wie – Viele!« Ein Krachen erklang, das die Zuschauer fast taub werden ließ. Einen Moment lang dachte Alanna, sie höre tausende von Stimmen begeistert jubeln. Schlagartig verlöschte das Feuer; Jonathans Schrei durchschnitt das Dunkel. Alanna hörte einen der beiden stürzen. Oder waren es alle zwei? Umar Komm hielt sie nun mit beiden Händen und eine winzige Ecke ihres Verstandes staunte über die Kraft des alten Mannes.

Endlich war alles still. Die Winde verstummten und machten einer Wüstenbrise Platz. Umar Komm lockerte den Griff, mit dem er Alanna hielt; die spürbar in der Luft liegende Macht begann zu schwinden.

»Nun werden wir sehen«, verkündete er und bückte sich nach dem Stab, den er fallen lassen hatte, um Alanna festzuhalten.

»Kommt!«, befahl er den Schamanen und gemeinsam gingen sie zur Hügelspitze. Andere traten zu Mukhtab, doch Alanna kniete neben Jon und suchte mit zitternden Fingern nach seinem Puls. Sein Herzschlag war langsam und stark. Sie griff nach seinem Arm. Schon wollte sie von ihrem Gewand einen Stoffstreifen abreißen, um ihn als Binde zu benutzen, da hielt sie inne. Zwei Narben, die eine rötlich, die andere blau getönt, liefen vom Ellbogen bis zum Handgelenk des Prinzen hinunter. Die blaue Narbe fühlte sich warm an – weit wärmer, als Jons Körperwärme sie hätte machen können. Alanna schauderte. Eine ebensolche Narbe hatte Ali Mukhtab am rechten Arm.

Sie sah zu Umar Komm hoch. »Es geht ihm gut.« Dann wandte sie den Blick den anderen Schamanen zu, die gerade Ali Mukhtab hochhoben. »Was ist mit der *Stimme?*«, flüsterte sie. Sie wusste die Wahrheit, noch während sie fragte.

Jonathan rührte sich, setzte sich auf, rieb die blaue Narbe. »Ich bin die *Stimme der Stämme*«, sagte er mit rauer Stimme. »Ali Mukhtab, der die *Stimme* war, ging von uns. Ich bleibe.« Er stützte sich auf Alannas Schulter und erhob sich, während weiter unten die Zuschauer jubelten, bis ihnen die Kehlen schmerzten. Männer traten vor und ergriffen Mukhtabs Körper. Alanna wischte die Tränen fort, die ihr über die Wangen liefen.

»Er ist nicht verschwunden«, sagte Jonathan. »Er ist hier, in mir. Alle sind sie hier, alle *Stimmen.*« Er blickte einen nahebei stehenden Mann an. »Es wird nicht so schlimm werden, Amman Kemail. Weise bin ich nicht, aber ich kann jederzeit noch dazulernen.«

Der kräftige Häuptling lächelte dünn. »Im Augenblick deines Werdens waren wir alle bei dir –«. Sein Blick wanderte rasch zu Alanna und wieder zurück. »Alle, außer der Frau-die-wie-ein-Mann-reitet. Du wirst genügen, Jonathan von Conté.«

Sie fassten sich an den Armen. »Wenn ich Erfolg haben werde, dann habe ich es den Bazhir zu verdanken, nicht mir«, entgegnete Jon.

Halef Seif näherte sich. Er verbeugte sich tief vor dem Prinzen, der nun ihre *Stimme* geworden war. »Es wird Zeit, dass unsere Leute in angemessener Form ihrem Jubel Ausdruck geben«, sagte der Häuptling vom Stamm des Blutigen Falken. »Ali Mukhtab ist von seinen Qualen erlöst, die *Stimme der Stämme* besteht weiter. Lasst uns seine verlassene Hülle verbrennen und ihn mit unserer Liebe zu den Göttern senden! Kommt hinab ins Dorf! Wir werden Ali Mukhtabs gedenken und auf unsere Hoffnung trinken, dass Frieden herrschen möge.«

»Wie war es?«, fragte Alanna Jon. Zusammengekuschelt lagen sie da. Immertreu ruhte zwischen ihnen auf den Decken, frühmorgendliche Sonnenstrahlen fielen durch den Zelteingang herein.

Eine lange Weile sagte er nichts.

»Es war das Schlimmste, was ich jemals erlebte«, sagte er schließlich. »Sogar schlimmer als der Ort zwischen Leben und Tod, damals, als du mich vom Schwitzfieber heiltest. Schlimmer als der Kampf gegen die Ysandir in der Schwarzen Stadt. Es war, als ob –«. Er holte tief Luft. »Als ob tausende von Menschen in meinem Kopf schrien und jeder wollte zuerst gehört werden. Als wäre ich jeder einzelne dieser Menschen, nur schmerzte alles Schlimme, was jeder von ihnen erlebt hatte, noch mehr, weil der Schmerz vervielfältigt wurde. Ich lebte die Leben aller *Stimmen*. Es gab vierhundertfünfzehn von uns, Alanna. Und ich sah meinen eigenen Tod. Ich war eine Kette und alle Glieder versuchten sich auseinander zu zerren. Für eine Weile verlor ich Jonathan, ich war alles, nur nicht er.«

»Kein Wunder, dass du geschrien hast«, flüsterte sie und zog ihn so nah an sich, wie es der zwischen ihnen liegende Kater zuließ.

»Aber die Dinge, die ich *sehen* konnte!« Er hatte Alanna nun vergessen, gab sich seinen Erinnerungen hin. »Ich sah die Zauberkraft, die Immertreu an Ali Mukhtab weitergab, um ihn am Leben zu halten. Ich sah die Paläste, die wir einst besaßen jenseits des Binnenmeers. Ich sah uns vor den Ysandir fliehen und Persopolis bauen. Ich spürte den Wind in unseren Gesichtern, als wir über den Sand ritten, frei und ohne König. Ich sah die Götter, die zuschauten, wie wir lebten. Die Muttergöttin ist wunderschön«, sagte er und seine saphirblauen Augen glänzten vor ehrfürchtiger Scheu. »Die perfekteste aller Frauen und doch ist sie keine Frau. Mithros war so hell, der Dunkelgott so finster und doch strahlte er Frieden aus. Ich könnte es niemals wieder tun. Aber ich werde nie vergessen, dass ich *Einer* bin und *Viele*. Wenn mein Leben zu eng wird, werde ich fühlen, dass ich keine Freiheit besitze, kann ich in mich blicken und ein anderer sein. Ich kann an einen anderen Ort gehen.« Er drehte sich um und küsste sie zärtlich, dann fügte hinzu: »Alanna, zum ersten Mal, seit ich meinen Namen erhielt, bin ich frei.«

Als sie am nächsten Morgen Jonathans Zelt verließ, fand sie Halef Seif auf dem Rand des Dorfbrunnens sitzend vor, als

warte er auf jemanden. Er erhob sich und folgte ihr, als sie zum Pferch ging, dort sah er zu, wie sie Kämme hervorholte und Mondlicht zu striegeln begann. Endlich sprach er. »Die *Stimme der Stämme* muss bald in seine Heimat zurück.«
Alanna bückte sich zu den Sprunggelenken ihrer Stute hinunter. »Er hatte Glück, dass er überhaupt so lange wegbleiben konnte«, ächzte sie von dort.
»Es wird gut sein, eine *Stimme* zu haben, die der Sohn des nordischen Königs ist, ebenso wie es gut ist, die Frau-die-wie-ein-Mann-reitet zur Schamanin zu haben.«
Alanna starrte den Häuptling unter Mondlichts Hals hervor wütend an. »So förmlich warst du nicht mehr mit mir, seit ich dem Stamm beitrat«, beschuldigte sie ihn. »Was willst du damit sagen, Halef Seif?« Als er zögerte, fügte sie hinzu: »Ich hätte gedacht, du wärst der Erste, der ehrlich ist mit mir.«
»Willst du den Stamm nun verlassen?«, fragte er. »Willst du mit ihm zurückkehren, um in seinem Haus zu leben als seine Frau?«
Alanna schluckte mühsam. Sie hatte um Ehrlichkeit gebeten und nun bekam sie die Rechnung präsentiert. »Ich weiß nicht«, bekannte sie und machte sich am Schweif ihrer Stute zu schaffen. »Ich habe es mir überlegt, doch kam ich bisher zu keinem Entschluss.«
»Er befahl ihm für heute seine Pferde zu richten«, sagte der Häuptling unerbitterlich. »Gewiss erwartet er von dir, dass du ihn begleitest, wenn du ihn ehelichen willst.« Als er Alanna erbleichen sah, fügte er hinzu: »Er befahl, dass auch dein Ross gerichtet wird.«
Alanna wurde langsam ärgerlich. »Dazu hatte er kein Recht. Ich habe ihm noch keine Antwort gegeben.«

»Vielleicht glaubt er zu wissen, wie deine Antwort ausfallen wird?«
Alanna legte ihre Kämme weg. »Am besten rede ich mit ihm.« Sie schlüpfte unter dem Strick durch, der um den Pferch gezogen war, und sah zu Halef Seif hinauf. »Dass mir keiner Mondlicht reisefertig macht, bevor *ich* es sage!«
Sie stapfte davon. Unterwegs sagte sie sich, Jonathan sei erschöpft und habe vermutlich vergessen sie zu fragen, ob sie mitkommen wollte oder nicht. Dabei fiel ihr ein, dass er nicht einmal erwähnt hatte, dass er heute aufbrechen wollte.
Ruhig Blut, ermahnte sie sich, als sie das Zelt des Prinzen betrat. *Dass er die Stimme ist, hat die weniger wichtigen Dinge in seinem Kopf verdrängt, und noch viel länger hier zu bleiben kann er nicht wagen.*
Jonathan beriet sich gerade mit Myles und Coram. Schon packte ein Junge des Stammes seine Sachen. Der Prinz lächelte ihr entgegen. »Liebste, ich habe Kara und Kourrem angewiesen für dich zu packen. Wenn wir nach der Dämmerung aufbrechen, sollten uns einige kühle Stunden zum Reiten bleiben –«.
»Kann ich dich unter vier Augen sprechen, Jonathan? Ich bin sicher, Coram und Myles werden uns entschuldigen.«
Coram, der ihre finstere Miene sah, ließ sich nicht weiter bitten und verschwand. Myles schaute von Alanna zu Jon. Es war offensichtlich, dass er sich Sorgen machte. »Keine Angst, Myles«, versicherte ihm der Prinz. »In einer Stunde oder so sind wir bereit.«
Myles blieb neben Alanna stehen. »Sag nichts, was du vielleicht bereuen könntest!«, mahnte er.
»Mache ich nicht!« Alanna griff nach dem Glutstein an ihrer

Kehle und sagte sich, was sie eben gehört hatte, müsse auf einem Missverständnis beruhen, das sich bereinigen ließ. Myles seufzte, ging hinaus und schloss den Zelteingang hinter sich.

»Du erwähntest nicht, dass du heute abreisen willst«, sagte Alanna kurz angebunden. Da sie sich anstrengen musste nicht die Beherrschung zu verlieren, klang ihre Stimme abgehackt.

»Ich dachte, du wüsstest es.« Jonathan rollte eine Karte zusammen, ohne sie anzusehen. »Wenn ich nicht mit Myles, sondern mit einem anderen unterwegs gewesen wäre, hätten meine Eltern inzwischen die ganze Gegend auf den Kopf gestellt, um nach mir zu suchen. Ich muss zurück.«

»Ich habe nicht gesagt, dass ich mit dir nach Corus zurückkehren will, und du hast mich nicht befragt, bevor du Leute anwiesest für mich zu packen.«

»Ich nahm an, wir wollten mit den Vorbereitungen für unsere Hochzeit beginnen. Ich dachte nicht, dass du noch warten wolltest.«

»Ich habe dir mein Jawort noch nicht gegeben«, erinnerte ihn Alanna verbissen.

Überrascht sah er sie an. »Aber – ich weiß doch, wie du für mich fühlst.«

»Mit dir verheiratet zu sein ist eine große Verantwortung. Ich brauche mehr Zeit, um es mir zu überlegen.«

»Mehr Zeit?«

Nicht zu glauben, er findet die Angelegenheit amüsant, dachte Alanna. Sie wurde immer wütender.

»Im Ernst. Nach all diesen Jahren dürfte deine Antwort ja wohl klar sein.«

Sie hatte so fest die Zähne zusammengebissen, dass ihr der Kiefer weh tat, als sie den Mund öffnete.
»Mir nicht.«
Jonathan knallte das aufgerollte Pergament auf den Tisch. Er war mit seiner Geduld fast am Ende. »Hör auf, Alanna! Ich habe deiner mädchenhaften Scheu nun lange genug Rechnung getragen –«.
»Meiner *mädchenhaften Scheu?«*, schrie sie. »*Wann* habe ich jemals mädchenhafte Scheu an den Tag gelegt?«
»Halt deine Stimme im Zaum!«, schnauzte er. »Willst du, dass dich der ganze Stamm hört? Was ist denn überhaupt in dich gefahren? Ich dachte, es wäre alles abgemacht.«
»Ich sagte dir, dass ich Zeit zum Nachdenken brauche!« Zwar war ihre Stimme jetzt leiser, doch offenbarten ihre blitzenden violetten Augen, dass sie noch ebenso wütend war wie zuvor.
Jonathan lächelte männlich überlegen. »Das sagen alle Frauen, wenn ein Mann um ihre Hand anhält.«
»Wirklich?«, fauchte Alanna. »Vermutlich bist du Experte, was Heiratsanträge betrifft!«
»Zumindest ebenso sehr wie du«, fauchte er zurück.
»Wenn ich sage, ich will Zeit zum Nachdenken, *dann will ich Zeit zum Nachdenken!«*
Jonathan seufzte müde. »Na gut, du hast Zeit zum Nachdenken gehabt. Wie lautet deine Antwort?«
»Dass ich noch *mehr* Zeit zum Nachdenken brauche!«
Jon starrte sie einen Augenblick an; Farbe stieg ihm in die Wangen. »Lächerlich!«, rief er. »Gut, ich hätte daran denken sollen, dass du es nicht magst, wenn man Pläne macht, ohne dir Gelegenheit zu geben, dich dazu zu äußern, aber ich dachte, alles sei geregelt –«.

»Ist es nicht! Wie kannst du es wagen, mein Einverständnis als selbstverständlich vorauszusetzen?«
»Nun, du hast mir ganz gewiss keinen Grund zur Annahme gegeben, dass du ablehnen könntest. Oder irre ich mich?«, erkundigte er sich mit zornig geballten Fäusten. »Überleg es dir gut, bevor du mich noch mehr reizt, Alanna von Trebond! Es gibt Frauen, die alles tun würden, um mich zu heiraten –«.
»Warum hast du dann nicht eine von denen gefragt?«, sagte Alanna. »Weißt du, was dein Problem ist, Jonathan? Du wurdest von all diesen feinen Damen am Hof verwöhnt und deshalb kamst du überhaupt nicht auf die Idee, ich könnte Nein sagen!«
»Und wen willst du nehmen, wenn nicht mich, Frau-die-wie-ein-Mann-reitet?«, verlangte er zu wissen. »Vermutlich ist Georg Cooper eher nach deinem Geschmack –«.
»Georg?«, stieß sie hervor. Die neue Richtung, aus der Jons Attacke kam, überraschte sie.
»Hältst du mich für blind? Ich habe gesehen, wie er dich anschaut!«
»Was ist mit all den Frauen im Palast und damit, wie die dich anschauen?«, erkundigte sich Alanna. »Und dass du mit einigen von ihnen ein Verhältnis hattest, weiß ich wohl. Sie haben aus dir einen eingebildeten –«.
»Zumindest sind es *Frauen*, Lady Alanna!«, sagte er. »Und sie wissen, wie man sich als Frau zu benehmen hat!«
Schweigen dehnte sich zwischen ihnen aus, während sich Alanna mühsam davon zurückhielt, ihm entweder eine Ohrfeige zu geben oder in Tränen auszubrechen. Schließlich zischte sie: »Ich *weigere* mich dich zu heiraten.«
Jonathan war inzwischen weiß vor Wut. »Und *ich* glaube,

dass ich gerade noch mal Glück hatte, bevor es zu einer Katastrophe gekommen wäre!«

»Da hast du ohne jeglichen Zweifel Recht!«, erwiderte sie scharf. »Such dir eine, die fraulicher ist als ich, Jonathan von Conté!« Damit stürzte sie aus dem Zelt.

Kara und Kourrem waren beim Packen und sahen erstaunt auf, als Alanna in ihr eigenes Zelt marschiert kam. »Ich bleibe hier!«, schnauzte sie. »Und wenn nächstes Mal einer sagt, ich ginge weg, dann fragt ihr erst mal mich!«

Sie verbeugten sich und eilten mit über den Gesichtsschleiern weit aufgerissenen Augen aus dem Zelt. Alanna warf sich auf die Schlafmatte und ließ ihren wütenden Tränen freien Lauf. Die Tränen machten einem langen, erschöpften Schlaf Platz. Als sie erwachte, war es dunkel. Jonathan und Myles waren fort.

»Jonathan!« Königin Lianne winkte ihren Sohn zu sich. Jonathan gehorchte und versuchte die Runzeln zu glätten, die sich seit seiner Rückkehr aus der Wüste vor mehr als einer Woche auf seiner Stirn eingegraben hatten. Er hörte, wie die Höflinge gerade eben über seine ungewöhnlich schlechte Laune tuschelten.

Sollen sie doch reden, dachte er grimmig, als er sich vor dem Thron seiner Mutter verbeugte. *Was kümmert es denn mich?*

Seine Mutter bedeutete einer gertenschlanken Blondine näher zu treten. »Prinz Jonathan«, sagte die Königin, als sich die Blonde zu einem tiefen Knicks niedersinken ließ. »Darf ich dich mit Prinzessin Josiane bekannt machen? Josiane ist die zweite Tochter des Königs der Kupferinseln. Sie ist gekommen, um eine Weile bei uns zu bleiben. Ihre

Mutter und ich waren als Mädchen gute Freundinnen. Josiane, mein Sohn Jonathan.«

Josiane verharrte in ihrem Knicks und blickte zu ihm auf. Ihre blauen Augen waren riesig vor Bewunderung. »Prinz Jonathan«, sagte sie mit sanfter, leicht belegter Stimme. »Es ist eine Ehre, den Mann zu treffen, der so tapfer im Krieg gegen Tusain gekämpft hat.«

Jonathan ergriff Josiane bei der Hand, zog sie hoch und küsste ihr leicht die Fingerspitzen. »Damals war ich noch ein Junge, Prinzessin«, erinnerte er sie. Sie sagte nichts. Ihr voller Mund verzog sich zu einem Lächeln.

»Hättet Ihr Lust mit mir zu tanzen?«, fragte er dann.

»Liebend gern.« Anmutig ging sie neben ihm hinaus auf die Tanzfläche. Mit Befriedigung stellte er fest, dass sie groß war (ihr Scheitel lag auf gleicher Höhe mit seinen Augen), schlank und pfirsichhäutig. *Ganz passabel,* dachte er mit grimmiger Genugtuung. *Sie wird mir helfen diesem – diesem weiblichen Wesen im Süden zu beweisen, dass ich nie mehr etwas mit ihm zu tun haben will!*

8
Der König der Diebe

Haus Azik, das in der Hundegasse der Stadt Caynnhafen lag, war eine der vielen großen, durch hohe Mauern voneinander getrennten Residenzen. Es sah aus wie das Heim eines respektablen Kaufmanns.

»Dass 'ne Trebond mal so weit kommen würde sich mit Dieben einzulassen, und zwar mit dem schlimmsten von allen –«, knurrte Coram, als sie an der Klingelschnur zog.

»Dieser *Dieb* ist mein bester Freund«, erinnerte ihn Alanna scharf. »Und *er* nimmt mich jedenfalls nicht als selbstverständlich hin.«

Nach ihrem Streit mit Jon hatte sie versucht sich auf Stammesangelegenheiten zu konzentrieren, doch unentwegt waren ihre Gedanken abgeschweift. Es war Corams Entschluss gewesen, sie zu begleiten, als sie sich schließlich entschieden hatte Georg zu besuchen. Es wäre ihr recht gewesen, wenn sich Coram auch gleichzeitig dazu entschlossen hätte, den Mund zu halten. Er hatte ihre Freundschaft mit Georg nie gebilligt.

Ein braunäugiger, brünetter junger Mann lugte aus der Pförtnertür und schrie auf. Marek Flinkmesser, Georgs stellvertretender Anführer und immer währender Rivale, sperrte das große Tor auf und ließ sie ein. »Rasch!«, zischte er. »Bevor man euch erkennt!«

Im Hof stiegen Alanna und Coram von den Pferden. Marek verriegelte das Tor, dann ergriff er Alannas Hand. Sein scharf geschnittenes, schönes Gesicht leuchtete vor Freude. »Für mich ist's immer noch ein Schock, dich ohne flach gepressten Busen zu sehen«, erklärte er und ignorierte Corams warnendes Knurren. »Freut mich außerordentlich, dass du hier auftauchst, wo doch Seine Majestät unentwegt schmollt und uns allen das Leben schwer macht.« Er führte

sie ins Haus. »Wieso bist du so braun gebrannt?«, erkundigte er sich unterwegs.
»Wir waren in der Wüste. Wir sind nun Bazhir«, erklärte sie ihm.
Marek schüttelte den Kopf. »Du lässt dir aber auch immer was Neues einfallen –«.
»Gäste?« Eine dralle Rothaarige trat aus dem Schatten am hinteren Ende der Eingangshalle. »Wer kommt zu dieser frühen Stunde?« Als sie Alanna sah, lachte sie. »Willkommen, Kleine. Mein Vetter wird sich freuen dich zu sehen.«
Ein harter Ellbogen bohrte sich schmerzhaft in Alannas Rippen. »Stell mich vor!«, knurrte Coram seiner Herrin und Ritterin ins Ohr.
Grinsend sagte Alanna: »Rispah, das ist Coram Smythesson. Coram war mein erster Lehrer; jetzt ist er mein Begleiter. Rispah ist Georgs Kusine und Königin über die Damen des Schurkenrings«, fügte sie verschmitzt hinzu.
Coram beugte sich über Rispahs Hand. »Wie könnt ich 'ne schlechte Meinung haben vom Schurkenring, wenn solche Mädels dazugehören?«
Rispah lächelte. »Freut mich, dass so ein kräftiger Soldat wie du keine schlechte Meinung von uns hat«, entgegnete sie. Ihre sonst raue Stimme klang wie ein Schnurren.
Schockiert machte sich Alanna klar, dass die beiden flirteten. Noch überraschter war sie, als ihr plötzlich auffiel, was für ein gut aussehendes Mannsbild Coram war, trotz Bauch und allem. *Er ist ja auch noch gar nicht so alt,* fiel ihr ein. *Höchstens um die vierzig. Viele Soldaten warten so lange und heiraten erst, wenn es sie nicht mehr in den Füßen juckt –*
Als Coram spürte, dass ihn Alanna und Immertreu interes-

siert musterten, ließ er leicht errötend Rispahs Hand fahren.

Jetzt ist er eher einverstanden mit deinem Besuch hier, kommentierte Immertreu von seinem Hochsitz auf Alannas Schulter aus.

Droben knallte eine Tür. Eine männliche Stimme brüllte: »Rispah! Ich hatte Befehl gegeben, man solle mir mit meinem Frühstück Pläne vom Zunfthaus der Händler hochschicken –«.

»Vetter, du hast Besuch!«, rief Rispah und zwinkerte Alanna zu. »Ziemlich noble Gäste, wenn ich mich nicht irre!«

Alanna setzte Immertreu auf dem Boden ab. Sie war unsicher und kam sich komisch vor. Was war, wenn Georg nichts mehr mit ihr zu tun haben wollte?

Der hoch gewachsene Dieb kam die Treppe heruntergeeilt, packte sie, wirbelte sie herum und lachte. »Und ich hab gedacht, du hättest mich vergessen«, sagte er und stellte sie wieder auf die Füße. »Seht sie euch nur an! Braun gebrannt und gesund und in den Gewändern der Bazhir –«.

Alanna sah in seine freundlichen, haselnussbraunen Augen hinauf und brach in Tränen aus.

Rispah ergriff lächelnd Corams Arm. »Komm, ich zeig dir eure Zimmer«, sagte sie. »Wir werden dafür sorgen, dass du und Lady Alanna alles haben, was ihr braucht.«

Nach einem besorgten Blick zu Alanna hinüber, die in Georgs Hemd hineinschluchzte, schüttelte Coram den Kopf und ging hinter Rispah her.

Der König der Diebe sah zu Immertreu hinunter, der sie von seinem Sitzplatz am Boden her mit purpurfarbenen Augen, ohne zu blinzeln, beobachtete.

»Du auch«, sagte er und wies mit dem Daumen in die Richtung, die Coram und Rispah eingeschlagen hatten. »Verschwinde!«
Sie wird dir nichts erzählen, bemerkte Immertreu und gehorchte.
»Nein?«, fragte Georg Alanna, die versuchte sich die Augen am Ärmel ihres Burnus abzuwischen. Er zog ein mächtiges Taschentuch aus der Hosentasche und hielt es an ihre kleine Nase.
»Schnäuz dich!«, befahl er.
Alanna nahm ihm das Taschentuch ab, putzte sich die Nase und wischte sich das tränenüberströmte Gesicht ab. »Seit wann verstehst du, was Immertreu sagt?«, fragte sie mit immer noch tränenerstickter Stimme.
»Ich verstehe ihn nur, wenn er will, dass ich ihn verstehe. So, und weshalb weinst du?« Als sie den Kopf schüttelte, bohrte er weiter. »Ist was vorgefallen, solang du in der Wüste warst?«
»Ja«, sagte sie widerstrebend, »aber es hatte nichts mit den Bazhir zu tun. *Die* behandeln mich mit Respekt.«
Georgs Augen weiteten sich. »Du hast dich mit Jonathan gezankt.«
»Ich will nicht darüber reden.«
»Als er bereit war gen Süden aufzubrechen, hat er 'ne Andeutung gemacht, er wolle um dich anhalten.« Georgs Gesicht wurde hoffnungsvoll. »Heißt das, dass du seinen Antrag abgelehnt hast?«
»Ich will *wirklich* nicht darüber reden.« Sie klang verzweifelt.
Georg nahm sie ein zweites Mal in die Arme und zerquetschte sie dabei fast. »Sollst du auch nicht«, flüsterte er.

»Komm! Frühstücke mit mir und berichte, wie die Bazhir-Stämme sind«
Schniefend trat Alanna zurück, als er sie losließ. Dann ging sie hinter ihm her nach oben. »Ich kann nicht glauben, dass du nicht genauestens Bescheid weißt über sie«, beschuldigte sie ihn. »Du hast doch sonst überall Augen und Ohren. Außerdem haben dir doch bestimmt Langfinger und sein Freund einen kompletten Bericht geliefert.«
Georg feixte und geleitete sie in seine Privatgemächer. »Mach dir bloß keinen Vorwurf daraus, dass ich mir Sorgen mache um dich! Außerdem haben die Burschen nichts gesehen, was wert gewesen wäre berichtet zu werden.«
»Also gut.« Alanna seufzte, als er die Tür schloss. »Was willst du wissen?«

Es war eine ungewöhnliche Gruppe, die Georg im Haus Azik um sich versammelt hatte. Abgesehen von Rispah und Marek waren noch drei weitere Schurken aus Corus da: Zwei große und muskulöse Brüder namens Orem und Shem und ein kleiner, beweglicher Mann namens Ercole. Dann war da noch ein weiterer Bursche, den Alanna nicht kannte. Er hieß Joesh, war dunkel und gut aussehend, schlank, mit breiten Schultern und einem Gang, der Alanna mit ihrem geübten Blick zeigte, dass dieser Joesh über eine fast perfekte Balance verfügte. Sie hatte keine Ahnung, was er hier zu suchen hatte. Die anderen Männer, ebenso wie Harra, Rispahs füllige Freundin, waren da, um Georg dabei behilflich zu sein, mit der Gehorsamsverweigerung der Caynnhafener Diebe fertig zu werden.
»Ich weiß nicht, woran es liegt«, erklärte Georg an diesem Abend, als sie vor dem Feuer saßen und sich unterhielten,

»aber ganz plötzlich bilden sich die Burschen hier ein, sie könnten sich mehr nehmen als nur ihren Anteil und auch das, was für die Stadt und meine Leute bestimmt ist, für sich behalten. Als ich sie sanft an ihre Verpflichtungen mir gegenüber erinnerte, da sagten sie doch glatt, sie wollten mich nicht mehr haben als Herrscher.« Er schüttelte den Kopf. »Also kam ich auf dem schnellsten Weg her, um mich mal um ihre Bandenchefs und Rädelsführer zu kümmern.«
Alanna, die genau wusste, dass Georg die Ohren – und manchmal auch alles Übrige – derer sammelte, die sich seinen Befehlen widersetzten, versteckte ein Lächeln hinter der Hand. Für Diebe hatte sie so oder so nicht viel übrig, und schon gar nichts für solche, die Georg unterschätzten.
»Wenn sich inzwischen alles geklärt hat, wieso bist du dann noch hier?«
»Ich dachte mir, ich sollte herausfinden, ob noch mehr Unzufriedenheit aufzuspüren ist«, entgegnete er. »Außerdem wollte ich diesen Schurken zeigen, dass ich existiere und wie ich arbeite. Möglich, dass ich von meinen Leuten in den anderen Städten Tortalls zu weit weg bin, wenn ich mich sonst immer in der Hauptstadt aufhalte.« Er sah sie offen an. »Jetzt gibt es nicht mehr viel, was mich hier zurückhalten könnte.«
»Hör auf, Georg«, flüsterte sie. Ihr war unbehaglich zu Mute.
»Na gut, mach ich«, sagte er liebenswürdig. Schweigen dehnte sich zwischen ihnen aus, bis Alanna es brach.
»Wer ist dieser Mann namens Joesh? Ist er neu? Ich erinnere mich nicht an ihn.«
Georg grinste, als er es sich in seinem tiefen Sessel bequemer machte. »Joesh? Das ist kein Schurke. Er nennt sich ›der

Falke‹, kommt aus Shang und ist ein Freund Rispahs. Ich vertraue ihm, dass er Stillschweigen wahrt, sonst wäre er nicht hier.«

Alanna fuhr zusammen und setzte sich aufrecht. »Ein Shang-Krieger?« Im Gegensatz zu Jon hatte sie nie Gelegenheit gehabt einen dieser berühmten Kämpfer in Aktion zu sehen. Jedes Mal, wenn einer von ihnen dem Palast einen kurzen Besuch abgestattet hatte, war sie unterwegs gewesen oder hatte sich ihren Pflichten widmen müssen. Sich wirklich und wahrhaftig mit einem Mann zu messen, der sich schon von Kindesbeinen an im Kämpfen übte . . .

Als Georg den nachdenklichen Schimmer in ihren Augen sah, schüttelte er den Kopf. »Nein, Mädchen, du wirst ihn nicht herausfordern. Nicht unter meinem Dach. Ich hab keine Lust mitzuerleben, wie du aus Versehen getötet wirst. Diese Shang-Burschen sind um einiges schneller als der beste Ritter, den es jemals gab, das kannst du mir glauben. Außerdem will ich, dass du dich von deinem Leben als Ritterin ausruhst, solange du hier bist.«

»Seit ich eine wurde, habe ich nichts anderes getan als mich davon auszuruhen«, bemerkte Alanna bitter, als sie in ihren Stuhl zurücksank. »Vermutlich roste ich langsam ein.«

»Du nicht, Mädchen«, lachte Georg. »Nie im Leben.«

Es war Alanna nicht vergönnt herauszufinden, ob sie so gut war wie Joesh, denn als sie sich am Morgen erhob, war »der Falke« fort. Georg gab ihr keine Erklärung ab, wieso der Mann verschwunden war, aber vermutlich hatte er ihn selbst dazu aufgefordert. Sie verspürte ein leichtes Bedauern über die verpasste Gelegenheit, doch grämte sie sich nicht weiter. Das Leben im Haus Azik war erholsam und

Gedanken daran, Fremde zum Zweikampf herauszufordern, passten nicht hierher. Georg und seine Leute überschlugen sich fast ihr und Coram den Aufenthalt so kurzweilig wie möglich zu machen. Alanna behandelten sie mit einer Fürsorge und Rücksicht, die sie niemals erfahren hatte – weder als Page noch als Knappe und auch nicht als Frau-die-wie-ein-Mann-reitet.

An einem frischen Herbsttag ging Rispah mit ihr auf den Markt von Caynnhafen, wo Alanna mit einem Teil der Gelder, die ihr Sir Myles zu ihrem Unterhalt schickte, zwei Kleider, Damenunterwäsche, Schuhe und einen schönen Schal erstand. Jonathans höhnische Bemerkung, ihr mangle es an Weiblichkeit, war ein Stachel, der sich fest gebohrt hatte. Georgs Blick, als sie in einem weichen, violettfarbenen Wollkleid erschien, trug viel dazu bei, diese Wunde zu heilen.

Allen voran versuchte Georg ihr jeden Wunsch und jede Laune von den Augen abzulesen. Er nahm sich die Zeit sie am Strand spazieren zu führen, lange Abende mit ihr am Schachbrett zu verbringen oder einfach nur zu reden. Zuvor, in Corus, hatten sie alle beide unter den prüfenden Blicken der Palast- und Stadtbewohner gelebt. Es war eigenartig, nun, da nur die anderen Hausbewohner wussten, dass sie sich in Caynnhafen aufhielten, plötzlich allein zusammen zu sein. Falls Georg sie, wie schon zuvor, wieder umwarb, so ging er sehr behutsam dabei vor.

»Ich wollte, er zeigte nicht ganz so viel Zartgefühl, falls er mir tatsächlich den Hof macht«, vertraute sie eines Abends Immertreu an, nachdem der Dieb sie in ihr Schlafgemach gebracht hatte. »Aber vielleicht macht er mir ja auch gar nicht den Hof. Vielleicht ist er ebenfalls der Meinung, ich sei nicht fraulich genug.« Ohne Vorwarnung kullerte ihr eine Träne über die Wange. Sie zog die Nase hoch.

Du bemitleidest dich, entgegnete Immertreu ohne jegliches Mitgefühl. *Du hast Jonathan dazu herausgefordert, dass er diese Dinge sagte. Du weißt doch, wie stolz er ist. Hättest du ihn nicht dazu getrieben, so wäre er vermutlich nie auf den Gedanken gekommen, du seiest nicht fraulich.*

Alanna wurde knallrot vor Wut. Sie warf ihrem Kater ein Kissen nach, doch traf sie weit daneben. »Du bist ebenso ekelhaft wie Coram!«, brüllte sie. Wo sie war, hatte sie komplett vergessen. »Wenn ich an allem schuld bin, wieso macht ihr euch dann die Mühe bei mir zu bleiben? Wieso verschwindet ihr nicht und lasst Jonathan eure Ratschläge zugute kommen? Ich bin sicher, er wüsste sie viel eher zu schätzen als ich!« Sie griff nach der Türklinke, um hinauszustürmen und die Tür hinter sich zuzuknallen, doch dann blieb sie abrupt stehen. Die Tür war offen, im Türrahmen lehnte Georg. Die muskulösen Arme hatte er vor der breiten Brust übereinander geschlagen.

»Es gehört sich nicht, zu lauschen!«, schnauzte sie.

»Das bezweifle ich nicht«, stimmte er mit sanfter Stimme zu. »Andererseits – wenn du nur ein winziges bisschen lauter gebrüllt hättest, würde Jonathan selber gehört haben, dass er hier in Caynnhafen zwei unerwartete Verbündete hat.« Er streckte die Hand aus und berührte sie sacht an der Wange. »Mädchen – willst du mir nicht sagen, was in der Wüste passiert ist?«

Alanna wich vor seiner Berührung zurück. Ungewollt liefen ihr Tränen übers Gesicht. »Ich kann nicht, Georg«, wisperte sie. »Verlang es nicht von mir – bitte!«

Er seufzte. »Na gut.« Er drehte sich um und ging davon,

wobei seine Füße auf dem steinernen Boden keinerlei Geräusche machten. Alanna schloss die Tür und weinte sich in den Schlaf.
Am nächsten Morgen durchbrach sie die Gewohnheit, die sie als Page angenommen hatte, schlief lange und erwachte erst kurz vor Mittag. Immer noch müde und mit trüben Augen tapste sie nach unten. Als sie Georgs Stimme aus seinem Arbeitszimmer hörte, drehte sie der Küche den Rücken zu. Sie wollte ihm heimzahlen, dass er sie gestern belauscht hatte. Also schlich sie zu einer Stelle, wo sie alles mithören konnte.
»Bildschön ist sie also«, bemerkte Georg gerade nachdenklich.
»Eine von diesen großen, wohlgeformten Blondinen«, erwiderte Marek begeistert. »Königlich. Mit Lippen, die der Göttin selbst gehören könnten.«
»Weißt du gewiss, dass der Prinz sie ebenso schätzt wie sie ihn?« Das tiefe Knurren kam von Coram. Alanna fuhr überrascht zusammen. Wieso war Coram mit dabei, wenn Georg und Marek eine Besprechung abhielten?
»Ja doch, er verbringt den lieben langen Tag mit ihr und er behandelt sie, als wär er mit ihr verlobt«, war Mareks Antwort. Jetzt begriff Alanna, von wem die Rede sein musste. Sie legte die Hand an ihre plötzlich schmerzende Kehle. »Der König und die Königin scheinen einverstanden zu sein. Wenn Prinzessin Josiane nicht mit ihm zusammen ist, stecken sie und die Königin die Köpfe zusammen. Zweifellos machen sie Pläne für die Hochzeit.«
»Aber um ihre Hand hat er noch nicht angehalten«, warf Georg ein.
»Am Tag, als ich hierher zurückkam, stiegen die Wetten. Bis

dahin waren sie ausgeglichen, aber jetzt stehen sie zu ihren Gunsten«, antwortete Marek. »Stefan in den Palastställen sagte, Josiane hätt den Prinzen nicht besser belagern können, wenn er ein Schloss und sie der General über alle königlichen Heere wär. Kaum sei er von der geheimnisvollen Reise zurückgekommen, da hätt man sie ihm vorgestellt und seitdem wär er nicht mehr von ihrer Seite gewichen.«

»Das sollten wir dem Mädchen verheimlichen«, sagte Coram sorgenvoll. »Sie ist halb irre seit dem Streit mit ihm. Ich mag gar nicht dran denken, was sie täte, wenn sie es wüsste.«

Alanna biss sich auf die zitternden Lippen und schlich sich von der Tür fort. Also hatte Jonathan Ersatz gefunden, und zwar ziemlich schnell. Sie rannte auf die Terrasse hinaus, wo sie aufs Meer hinunterstarrte. Während *sie* Trübsal blies, ihren Freunden das Leben schwer machte und eine Entschuldigung in Betracht zog, tanzte und flirtete *er* mit einer unbekannten, aber bildschönen Prinzessin. Also war es ihm gar nicht ernst gewesen mit seinem Heiratsantrag und sie hatte sich aufgeführt wie eine Närrin.

»Wie viel hast du gehört?« Georg trat mit ernster Miene auf die Terrasse.

Alanna warf ihm ein gekünstelt-fröhliches Lächeln zu. »Was ich gehört habe? Hätte ich irgendetwas hören sollen?«

Er legte den Arm um ihre Schultern. »Mädchen, ich bin weder blind noch dumm. Du hast mitgehört, wie Coram, Marek und ich uns über Jons neueste Eroberung unterhielten. Ich kann spüren, wenn du in der Nähe bist, wusstest du das? Das ist der einzige Blick, den mich meine Sehergabe auf dich werfen lässt.«

Alanna schreckte verdutzt aus ihren trüben Gedanken hoch. »Ich hatte ganz vergessen, dass du die Sehergabe hast.«
»Was dich oder irgendeinen anderen betrifft, der die Zaubergabe hat, ist sie so gut wie nutzlos, weil ihr durch einen undurchdringlichen Schleier geschützt seid. Sowieso ist meine Sehergabe nicht so stark wie die meiner Mutter. Trotzdem kann ich spüren, wenn du in der Nähe bist, also wusste ich, dass du lauschst.« Als sie nichts sagte, fuhr er fort: »Erzählst du mir *jetzt*, was sich zwischen dir und Jon in der Wüste zugetragen hat?«
Alanna ließ die Schultern hängen. Sie ließ es mit sich geschehen, dass er sie zu einem Sitz auf der Terrassenmauer schob. Er setzte sich neben sie. Als sie leise sagte: »Wir haben uns gestritten«, zog er sie mit dem Arm, der immer noch auf ihren Schultern lag, zu sich heran. Langsam, stockend erzählte sie ihm die Sache bis ins Kleinste, ohne sich zu schonen. »Vielleicht habe ich einen falschen Stolz an den Tag gelegt«, gestand sie, als sie fertig war. »Vielleicht hätte es mir nicht geschadet, wenn ich mitgekommen wäre, ohne ein Theater zu veranstalten, nur weil er mich nicht erst fragte. Mir gefiel es nicht, was er sagte, aber verjagen wollte ich ihn auch nicht.«
»Da sprichst du mit dem falschen Mann.« Georgs Stimme war sonderbar heiser. Zum ersten Mal, seit sie angefangen hatte zu reden, sah Alanna auf und begegnete seinem Blick. Der Dieb drehte sie zu sich um und legte ihr seine großen Hände auf die Schultern. »Ich bin froh, dass er dir gezeigt hat, was für eine stolze, undankbare Bande die Edlen sind, dass sie nur an sich selbst denken und sonst an keinen.«

»Ich bin auch eine Edle«, flüsterte sie. Es gelang ihr nicht, seinem hungrigen Blick auszuweichen.
»Nein. Du bist mein süßes Mädchen und die einzige Frau, die ich mir jemals wünschen könnte.« Er zog sie an sich und küsste sie. Einen Augenblick lang setzte sich Alanna überrascht zur Wehr, dann entspannte sie sich, genoss den Kuss und das Gefühl des Beschütztseins, das ihr die enge Umarmung gab. Georg wich zurück und musterte sie eingehend. »Abgesehen von Prinz Jonathan schwimmen noch eine Menge Fische im Meer herum«, erklärte er ihr mit sanfter Stimme. »Und dieser besondere Fisch hier liebt dich mit seinem ganzen schurkischen Herzen.«
Alanna kuschelte sich an ihn und hob wieder ihr Gesicht. »Das freut mich«, sagte sie ehrlich. »Im Augenblick kann ich Liebe gebrauchen. Gib mir noch einen Kuss, bitte!«
»Oh nein«, sagte Georg und holte mühsam Luft. »Wenn ich dich jetzt noch mal küsse, dann führt eins zum anderen und für ein derartiges Treiben ist hier nicht der rechte Platz.«
»Dann bring mich an einen Platz, der sich eignet!«, schlug sie vor. Als er zögerte, fügte sie hinzu: »Ich weiß, was ich tue, Georg. Und es ist nicht nur, weil Jon eine andere gefunden hat. Dies hier hätte schon lange zwischen uns passieren sollen.«
Er stand auf und räusperte sich. »Also gut.« Plötzlich lachte er. »Dann komm mit, Liebling.«

Falls Coram auffiel, dass sie ihre Sachen in Georgs Zimmer geschafft hatte, hielt er entweder komplett den Mund oder aber er unterhielt sich nur mit Rispah darüber. Offensichtlich schien er sich zu freuen, dass Alanna ihren Zorn und ihr Selbstmitleid überwunden hatte. Als Rispah die junge

Ritterin das erste Mal dabei erwischte, wie sie Georgs Gemächer verließ, schenkte sie ihr ein breites Lächeln. Die Diebe sagten kein einziges Wort. Lediglich die Stimmung wandelte sich im Haus Azik: Die Leute pfiffen bei ihrer Arbeit, Marek scherzte mit den Mägden, Rispah und Coram betrugen sich wie verliebte Siebzehnjährige.

Nur eines trübte jene Herbstwochen im Haus in der Hundegasse: ein anwachsendes Gefühl der Macht, das von Corus her ausgestrahlt wurde. Anfangs ignorierte es Alanna, da sie annahm, es sei eine Begleiterscheinung ihrer Depressionen. Doch das Gefühl hielt an, bis sie schließlich mit Georg darüber sprach. Er rief ihr ins Gedächtnis zurück, dass Thom der Einzige in Corus war, der eine derartige Macht um sich versammeln konnte. Also schickte sie ihrem Zwillingsbruder eine Nachricht um die andere. Falls die Magie nicht von Thom stammte, würde er wissen, wer (oder was) dafür verantwortlich war. Doch der junge Zauberer antwortete nie auf ihre Briefe. Als sie zwei Tage vor dem Fest der Toten versuchte sich in dem Feuer, das in Georgs offenem Kamin brannte, mit Thom in Verbindung zu setzen, fand sie lediglich eine sich zusammenziehende Wolke, in die sie nicht eindringen konnte.

»Was siehst du?«, fragte Georg leise, während sie in die purpurfarbenen Flammen starrte.

Magie, antwortete Immertreu, als Alanna kein Anzeichen gab Georgs Frage gehört zu haben. *Rund um die Stadt herum. Ob sie nun von Thom ausgeht oder nicht – jedenfalls gibt es keine Möglichkeit, zu ihm durchzukommen.*

Georg warf dem Kater einen Blick zu und zog eine Grimasse. Er konnte sich nicht daran gewöhnen, dass er Immertreu gelegentlich verstand, gelegentlich aber auch nicht. »Gibt es irgendeinen Weg, rauszukriegen, ob es zu üblem Zwecke ist?«

»Ich spüre nichts Böses darin.« Alanna klang, als dächte sie laut nach. »Und Thom wäre nicht gerade begeistert, wenn ich in die Stadt geritten käme und eines seiner Experimente unterbräche.«

Wenn es das ist, worum es geht, kommentierte Immertreu.

Alanna starrte noch eine Weile in die Flammen. Plötzlich schüttelte sie den Kopf, damit er wieder klar wurde, klatschte in die Hände und beendete den Zauber mit dem Befehl: »So soll es sein!«

»Willst du abwarten?«, fragte Georg mit einem liebevollen Blick. Alanna nickte. Er reichte die Hand hinunter und half ihr auf die Beine. »Dann mach es dir lieber gemütlich, während du wartest!«, sagte er grinsend, hob sie hoch und ließ sie aufs Bett plumpsen.

Das Fest der Toten dämmerte kalt und stürmisch herauf. Die Wellen donnerten gegen die Klippen unterm Haus, der Wind blies alles fort, was nicht niet- und nagelfest war. Als sich Alanna erhob, war Georg fort. Er war geschäftlich in die Hauptstadt gerufen worden. Auf dem Zettel, den er hinterließ, hieß es, er hoffe bis zum Einbruch der Dunkelheit zurück zu sein, würde er jedoch zu lange aufgehalten, wolle er im Tanzenden Täubchen in Corus bleiben, statt den Rückritt im Dunkeln zu riskieren. Sie solle nicht aufbleiben, um auf ihn zu warten, und Sorgen solle sie sich auch keine machen. Wenn sie brav sei, wolle er ihr eine Überraschung mitbringen – und es handle sich *nicht* um Diebesgut! Über die letzte Bemerkung musste Alanna lächeln. Diesen Scherz hatte Georg bei vielen Geschenken

gemacht, die er ihr und Jon in den Jahren ihrer Bekanntschaft überreicht hatte. Einen Moment lang wurde sie bitter beim Gedanken an Jon, aber bald darauf war sie wieder guten Mutes. Georg liebte sie ganz offensichtlich und sie hatte auf seine Liebe reagiert wie eine Blume, die sich in der Sonne öffnet. Niemals zuvor hatte man sie verhätschelt und wie etwas Kostbares behandelt. Jon war immer mit ihr umgegangen wie mit einem Kameraden, außer wenn sie miteinander schliefen. Gewöhnlich mochte sie die Art und Weise, wie er sich ihr gegenüber verhielt, doch ein kleiner, verräterischer Teil von ihr sehnte sich nach der liebenswürdigen Aufmerksamkeit, die er Edelfrauen schenkte. Nun brachte ihr Georg diese Aufmerksamkeit entgegen, gleichzeitig aber behandelte er sie wie einen Kameraden. Die Mischung gefiel ihr.
Gegen Mittag wurde sie plötzlich zum Umfallen müde. Sie schaffte es gerade noch bis in ihr Bett, bevor sie in einen tiefen, traumlosen Schlaf versank.
Als sie erwachte, war es stockfinster und draußen vor den Fensterläden heulte der Sturm. Sie streckte die Hand aus und befahl den Kerzen im Leuchter neben ihrem Bett sich zu entzünden. Seit sie Schamanin der Bazhir geworden war, tat sie das, ohne darüber nachzudenken. Doch keine der Kerzen entzündete sich. Als sie in sich blickte und nach ihrer Gabe suchte, fand sie nur noch eine winzige Spur von Magie. Erst da entdeckte sie, dass der Glutstein mit wachsender Dringlichkeit flackerte; das Kristallschwert summte in seiner Scheide wie schon seit Wochen nicht mehr.
Während sie schlief, war etwas gekommen und hatte ihre Gabe fortgesaugt.
Sie entzündete ihre Kerzen mit einem Span aus der unter

Asche begrabenen Glut, dann machte sie sich auf den Weg in die Bibliothek. Sie hatte sich schon lange vorgenommen einen Blick in die dicken Wälzer über Magie zu werfen, die dort standen. Jetzt schien ihr der richtige Augenblick gekommen.
Immertreu war nirgends zu entdecken, als sie durch die stillen Gänge tapste. Marek und die anderen Männer waren mit Georg unterwegs, Rispah und Coram hielten sich vermutlich in Rispahs Gemächern auf, Harra, Rispahs Freundin, ging früh zu Bett. Die Mägde und Diener waren für die Nacht nach Hause gegangen. Alanna kam sich einsam und verlassen und von allem abgetrennt vor. Eigentlich hätte sie sich ja aufregen müssen, weil irgendjemand ihre Gabe angezapft hatte, doch gelang es ihr nicht.
Es war fast Mitternacht, als sie den letzten Band zuklappte und sich müde die Augen rieb. Wie sie vermutet hatte, war ihr Zwillingsbruder der Einzige, der genügend Macht besaß und ihr nahe genug stand – was Voraussetzung war, wenn einer ihre Gabe anzapfen wollte. Eigentlich hätte sie eine Wut auf ihn haben müssen, doch waren ihre Gefühle wie abgestorben. Außerdem wurde sie wieder müde.
Plötzlich hörte sie – und hörte doch nicht – ein Donnern, ein Krachen, das selbst ihre betäubten Sinne vor Schreck zum Beben brachte. Das Kristallschwert kreischte auf und verstummte. Irgendwo stieß Immertreu einen qualvollen Schrei aus. Sekunden später sprang die Tür auf, der Kater machte einen Satz und landete auf Alannas Brust. Sie beruhigte ihn, streichelte ihm das Fell, hielt seinen zitternden Körper eng an sich gepresst. Es dauerte eine volle Stunde, bis er sich so weit entspannte, dass er ihre Bluse losließ und sich auf ihrem Schoß niederließ.

Was es auch immer gewesen sein mag, es ist vorbei, miaute er kläglich und gähnte. *Er hat den Zauberspruch gesprochen, für den er diese ganze Macht brauchte.*
Alanna brachte ihn zurück in ihr Schlafzimmer. Sonst rührte sich keiner im Haus, also waren sie und Immertreu die Einzigen, die in der Lage waren zu spüren, was da vor sich ging. »Am besten vergessen wir die Angelegenheit«, riet sie dem Kater, als sie das Kristallschwert an seinen Haken hängte. »Ich bezweifle, dass uns Thom eine Erklärung abgeben wird.«
Aber als Georg am nächsten Tag zurückkam, brachte er zu ihrer Überraschung einen kurzen Brief von dem jungen Zauberer mit. Er schrieb:

Liebste Alanna, vielleicht hätte ich dir diesen Brief schon früher schreiben sollen, aber erst als dein Freund Georg eine Erklärung forderte, wurde mir klar, dass du von meiner gegenwärtigen Arbeit betroffen sein könntest. Am Fest der Toten will ich einige Experimente machen – alle sehr obskur und esoterisch und ohne irgendeine Bedeutung für jeden, der nicht gerade Zaubermeister ist, das verspreche ich dir. Diese Arbeit ist äußerst delikat und verlangt eine Menge Macht. Um die zu kriegen, werde ich dich anzapfen, da du ja nie mehr als einen kleinen Teil deiner Gabe benutzt. Ich weiß, du wirst nichts dagegen haben. Bitte verzeih mir, falls ich dir irgendwelche Unannehmlichkeiten oder Sorgen bereitet habe.

Dein dich liebender Bruder
Thom

»Also *ich* hab was dagegen!«, schimpfte Georg, als sie ihn

davon unterrichtete. »Ich konnte die Stadt beben fühlen, als er seine tollen ›Experimente‹ machte! Nimmt dein Zwillingsbruder denn keinerlei Rücksicht auf uns einfachere Leute?«

Alanna hatte ihrem Bruder an diesem Morgen einen wutentbrannten Brief geschrieben, in dem dasselbe stand. Jetzt lächelte sie und schüttelte den Kopf. »In den Mithran-Klöstern hat er gelernt geheimnistuerisch zu werden. Wenn er sich nicht mal die Mühe macht, mich vorher zu konsultieren, kümmern ihn ganz gewiss die anderen Leute nicht, die ebenfalls eine Gabe besitzen. Wir wollten dankbar sein, dass er lediglich Experimente macht anstatt wirklichen Schaden anzurichten.«

In dem Brief, den ihr Thom auf ihre wütende Nachricht hin noch vor Ende der Woche schickte, entschuldigte er sich lang und breit. Da sich ihre Gabe allmählich wieder erholte, beschloss Alanna die Sache auf sich beruhen zu lassen. Sie bezweifelte, dass Thom ihre Magie jemals wieder ohne ihre Einwilligung ausborgen würde. Offensichtlich hatten seine Experimente am Fest der Toten ansonsten keine üblen Folgen gehabt.

Den ersten Schnee, der Anfang Dezember fiel, begrüßte Alanna mit Bestürzung. Georg lachte, als sie ihre warme Kleidung auspackte und sich mit mehreren Schichten aus Seide und Wolle bedeckte. Sie quittierte seine Hänselei mit einem Schulterzucken, denn derartige Späße hatte sie sich jahrelang von ihren Freunden gefallen lassen müssen. Jetzt vermisste sie die Wüste mehr denn je; die seltenen Briefe von Halef Seif verstärkten ihr Heimweh noch. Georg, der sah, was mit ihr los war, strengte sich mächtig an sich Dinge einfallen zu lassen, die ihr die Zeit vertrieben und sie ablenkten. Doch in der Woche nach dem Ende des Mittwinterfests verbrachte sie einen ganzen Tag damit, in der Bibliothek über Landkarten zu brüten.

»Du hast doch wohl nicht im Sinn von hier abzureisen?«, fragte Georg, als sie sich zum Abendbrot setzten. Coram und Rispah hatten sich zu ihnen gesellt. Beide warfen Alanna nun besorgte Blicke zu.

Die junge Ritterin lief rot an und zuckte die Achseln. »Du kannst ja mitkommen.«

Georg zog eine Augenbraue hoch.

»Ich? In die Wüste?«

»Vermutlich ginge das nicht«, gab Alanna trübsinnig zu, während die neue Hausangestellte Suppe in ihre Schale schöpfte. »Aber es ist so *kalt* hier. Außerdem werde ich ruhelos.«

Gerade hob sie den Löffel zum Mund, als Immertreu, kreischend und sich wie rasend gebärdend, einen Satz auf den Tisch machte, dass Alannas Suppenschale in hohem Bogen davonflog. Aus dem Glutstein loderte weißes Feuer auf. Georg riss Alanna zurück. Coram stieß seine eigene Schale weg, Rispah rannte hinter der fliehenden Dienstbotin her. Schon nach Sekunden kam sie wieder und zerrte die entsetzte Frau in einem Griff mit sich, der ihrer Gefangenen keinerlei unvorsichtige Bewegung gestattete.

Alanna streckte die Hand aus. Eine Welle von purpurfarbenem Feuer ging über die Teller auf dem Tisch hinweg. Sie sah aus, als müsse ihr gleich übel werden, als sie zu Georg aufschaute. »Alle Speisen sind vergiftet.«

Georg warf einen Blick zu Rispah hinüber, die mit verkniffenem Gesicht das sich heftig zur Wehr setzende Dienstmädchen festhielt. »Ich glaube, wir werden ein bisschen mehr erfahren, wenn das edle Fräulein nicht dabei ist«, erklärte sie ihrem Vetter.

»Ihr werdet mich brauchen«, meinte Coram. Er warf Alanna einen Blick zu. »Du wartest in der Bibliothek.«

Alanna erhob keinen Einspruch, als Rispah, Coram und Georg die protestierende Dienstbotin aus dem Zimmer führten. Stattdessen ging sie in die Küche und befragte die Köchin, die gerade im Begriff war für die Nacht nach Hause zu gehen. Von ihr erfuhr sie, dass die Angestellte, die erst seit zwei Wochen hier im Haus arbeitete, aus Corus kam. Angeblich wohnte sie bei einem Onkel, doch vermutete die Köchin, dass sie weitere Gelder aus einem Wirtshaus bezog, wo sie männliche Gäste unterhielt. Trotzdem, sie hatte ihre Arbeit ordentlich und still erledigt. Im Winter war es sowieso schwierig in Caynnhafen, gute Arbeitskräfte zu finden.

»Eine einzige Frage noch«, sagte Alanna, »dann lasse ich dich von Marek oder einem der anderen mit dem Karren heimbringen. Hatte sie einen Brief vom Schurkenring aus Corus, in dem stand, man könne ihr gefahrlos Georgs Aufwartung anvertrauen?«

Die Köchin war entrüstet, dass man ihr zutraute, sie könne jemand ins Haus lassen, der nicht überprüft worden war. Aus dem Haushaltsbuch zog sie den schmierigen Zettel, den das Dienstmädchen mitgebracht hatte. Dort stand, die Frau sei zuverlässig. Unterschrieben hatte einer, der sich »Kralle« nannte.

Orem brachte die Köchin heim. Alanna war inzwischen ernsthaft am Grübeln. Es schien ihr wahrscheinlich, dass das Gift auf Georg gemünzt gewesen war. Seit Herzog Roger und Ibn Nazzir tot waren, hatte sie nämlich keine Feinde mehr, die ihr nach dem Leben trachteten.

»Wer ist dieser Bursche namens Kralle?«, erkundigte sie sich, als Georg eine Stunde später müde und schwitzend in die Bibliothek kam.

Der Dieb zog eine Grimasse und schenkte sich ein Glas Branntwein ein.

»Einer der neuen jungen Männer in der Stadt. So hässlich wie ein Ziegenbock – ihm fehlt ein Auge, außerdem hat er lilafarbene Narben im Gesicht, weil ihm mal einer Säure übergeschüttet hat. Wieso?«

Alanna reichte ihm den Zettel, mit dem sich die verhinderte Mörderin Zugang zum Haus verschafft hatte. Sie musterte das bewegte Gesicht des Diebes, während er las. »Hat die Dienstmagd geredet?«

»Hm? Ach, die. Sie hat lediglich gesagt, ein Mann habe ihr das Gift und das Geld gegeben.« Er legte den Zettel weg und rieb sich müde das Gesicht. »Es war zu schnell aus mit ihr.«

»Magie?«

Georg schüttelte den Kopf, während er sich in seinen ausladenden Ledersessel sinken ließ. »Zumindest habe ich keine ›gesehen‹. Sie hatte ’nen Talisman um den Hals, und als wir ihr den abnahmen, starb sie.« Er kramte in der Tasche seines Waffenrocks und zog ein kleines, rundes, an einer Kette hängendes Medaillon hervor. »Da. Sieh es dir an!«

Alanna berührte es. Augenblicklich spürte sie das Böse; ihr Glutstein blitzte heftig auf. Sie riss die Hand fort. »Wirf es ins Feuer!«

Georg gehorchte verdutzt. Der Talisman zischte und schmolz. »Warum?«

»Es wurde mit irgendeinem Gift behandelt.« Alanna tränkte Georgs Taschentuch mit Branntwein und streckte es tropfnass ihrem Freund hin. »Reib dir die Hände damit ab, schnell! Haben Coram oder Rispah es berührt?«

Er gehorchte und zog die Nase kraus, als er die Branntweindämpfe einatmete. »Nein, nur ich.«

»Zieh deinen Waffenrock aus und wirf ihn ins Feuer! Das Ding hatte keine Zauberkraft. Es war mit einem Gift behandelt, das von den Feuerblumen – sie wachsen in den Südhügeln – stammt. Farda, die Hebamme vom Stamm des Blutigen Falken, erzählte mir davon.«

»Wie wirkt es?«, erkundigte sich Georg.

»Man muss lange damit Kontakt haben, außer man trinkt es oder es dringt durch eine Hautverletzung ein oder so. Solange man den Kontakt aufrecht hält, ist alles in Ordnung. Aber sobald das Gift aufgebraucht ist oder wenn einer die Quelle entfernt –«.

»Dann stirbt man«, murmelte Georg nachdenklich, der eben zusah, wie sein Waffenrock in Flammen aufging. »Und wenn man es im Essen verpasst kriegt, dann hätte man nicht die geringste Ahnung.« Erschrocken sah er sie an. »*War* es in unserem Essen?«

Sie schüttelte den Kopf. »Der Glutstein hätte mich gewarnt oder vielleicht sogar Immertreu.« Sie blickte auf den Kater hinunter, der sich vor dem Feuer zusammengekringelt hatte. Er gähnte und schlug sich den zuckenden Schwanz vors Gesicht, was hieß, dass er nicht gestört werden wollte.

»Also war es dieser Kerl namens Kralle.« Georg seufzte und

goss sich ein zweites Glas Branntwein ein. »Vielleicht mithilfe einer Kräuterfrau.«
»Was hast du vor?«
Er zuckte die Achseln. »Was soll ich schon vorhaben, Mädchen? Ich muss nach Corus zurück, um zu sehen, was dieser Bursche treibt.« Er stellte sein Glas weg und zog Alanna an sich. »Komm mit mir!«
Erschrocken wich sie zurück. »Nach Corus? Georg, das geht nicht!«
»Irgendwann musst du Jonathan gegenübertreten«, erklärte er.
»Aber nicht jetzt! Georg, warum willst du schon wieder in die Stadt hetzen? Komm mit mir in den Süden! Sollen sich doch die Diebe einen anderen suchen, der über sie herrscht.«
Georg schüttelte den Kopf. »Ich kann sie nicht verlassen, solange meine Stellung so geschwächt ist, Alanna. Burschen, die sich einen Namen machen wollen, werden mich bis ans Ende meiner Tage jagen und mich zu töten versuchen. Außerdem – woher soll ich wissen, ob dieser Kralle meine Leute auch gut behandelt? Ich trage ebenso viel Verantwortung für sie wie König Roald für sein Volk und du für die deinen in Trebond.«
Alanna ballte die Fäuste. »Und ich kann nicht nach Corus zurück. Wenn ich mit dir zusammenbleibe, erkennt man mich früher oder später. Der Skandal würde Myles schaden, da er ja jetzt mein Adoptivvater ist. Und wenn ich in den Palast gehe, werden sie mir in den Ohren liegen, ich müsse mich wie eine Dame kleiden, mich verehelichen und vergessen, dass ich jemals meinen Schild errang.«
Georg seufzte. »Das war's dann also. Ich kann meinem

Schurkenring nicht den Rücken zukehren, du kannst nicht aufhören mit deiner Suche nach Abenteuern.« Er nahm ihre Hand. »Komm ins Bett! Wenn ich morgen losreiten will nach Corus, müssen wir uns erst noch ausgiebig voneinander verabschieden.«

Als sich Alanna eine Woche nach Georgs Aufbruch nach Corus auf den Weg Richtung Süden machte, kam Coram mit. »Rispah wird auf mich warten«, knurrte er, als ihn Alanna befragte. »Wir haben ein Abkommen getroffen. Ihr ist klar, dass du bestimmt was Idiotisches anstellst, wenn ich nicht bei dir bin. Lass mich alten Kerl also jetzt in Ruhe, ja?«

Alanna ließ ihre Fragerei. Sie war froh, dass sie einen Begleiter hatte für den langen Ritt zurück zu den Zelten vom Stamm des Blutigen Falken.

9
Im Tanzenden Täubchen

Es war schon fast dunkel, als Georg, Marek und Ercole bei den Stadttoren von Corus angelangten. Gerade noch rechtzeitig schafften sie es; hinter ihnen wurde das große Tor geschlossen und zur Nacht verriegelt. Reisende, die jetzt noch eintrafen, würden die Stadt entweder zu Fuß betreten oder zu einem unweit gelegenen Gasthaus zurückkehren müssen, bis die Tore bei Morgendämmerung wieder geöffnet wurden. Alle drei Männer waren müde. Bei ihrem Ritt von Caynnhafen her, der gewöhnlich nur einen halben Tag in Anspruch nahm, hatten sie gegen peitschenden Wind und Hagel ankämpfen müssen.

»Wir sind schon müheloser gereist, Majestät«, bemerkte Ercole, als sie ihre Gäule in die lange Gasse lenkten, die hinter der Schenke Zum Tanzenden Täubchen lag. »Und wärmer auch.«

Es war viel dunkler in der Gasse als auf den fackelbeleuchteten Hauptstraßen. Georg fühlte sich unbehaglich. Abrupt zügelte er seine Fuchsstute und ließ den Blick schweifen. Als Marek und Ercole bemerkten, wie vorsichtig sich ihr Herr verhielt, starrten auch sie ins Dunkel und machten ihre langen Stöcke bereit. Nur Georg wagte es, offen ein Schwert zu tragen, denn das war dem gemeinen Volk von Tortall nicht gestattet.

Georg ließ seine Stute zollweise vorwärts gehen, bis er einen in die Gasse hineinragenden Mauervorsprung entdeckte. Grimmig lächelnd versetzte er der Stute einen Tritt, dass sie einen Satz machte. Dadurch sprang der auf dem Mauervorsprung postierte Mann eine Sekunde zu spät ab und landete hinter Georg auf der Erde. Aus Seitengassen und Türeingängen strömten weitere maskierte Männer; einen überrannte er, dann wirbelte er herum und schnapp-

te sich einen zweiten, der gerade nach seinem Sattel griff. Mit einem raschen Blick überzeugte er sich, dass Marek und Ercole noch auf ihren Gäulen hockten, obwohl die Kerle ihr Möglichstes taten die beiden herunterzuzerren.
Georgs Stute bäumte sich auf. Der Mann, der eben versuchte die Sattelgurte zu durchtrennen, flog in hohem Bogen davon. Der Dieb feixte – nicht einmal die, denen er von all seinen Leuten am meisten traute, wussten, dass er sein Lieblingspferd dazu ausgebildet hatte, zu kämpfen, wie es das Streitross eines jeden Edlen und auch Alannas Mondlicht taten. Die Stute, die er Schönheit nannte, machte Bocksprünge und suchte mit rollenden Augen nach dem Nächsten, der dumm genug war sich in die Reichweite ihrer Hufe zu begeben.
Marek stieß einen Schrei aus und griff nach seiner Schulter, wo sich auf der hellen Jacke eine dunkle Blume entfaltete. Von seinem verwundeten Kumpan abgelenkt, sah Georg den Mann auf dem Mauervorsprung erst, als dieser heruntersprang und auf seinem Rücken landete.
Sie rauften um das Messer, das der andere hielt; Georg benutzte alle seine Tricks, um den Feind abzuwerfen. Der Angreifer war stark, stärker als Georg, aber er hatte vergessen, wie unglaublich schnell der Schurkenkönig war. Georg drehte sich in eine Stellung, bei der ihm ein rasender Schmerz durch den Rücken fuhr, und bekam eine Hand frei. Mit einer raschen Bewegung des Handgelenks hielt er sein Messer in der Hand, das er im Ärmel versteckt trug, und stach blitzschnell zu. Der Mann keuchte, fiel herunter und rollte in den Schnee.
Als wäre sein Tod ein Signal, wichen die anderen zurück und liefen davon. Georg hätte sie verfolgt, doch erinnerte

ihn Ercole an Mareks Verletzung. Der jüngere Mann hing vornübergesunken in seinem Sattel; Blut lief an seinem Arm hinunter und in den Schneematsch am Boden.
Ercole wischte seine Messer am Ärmel ab und steckte sie zurück in die am Gürtel befestigten Scheiden. »Die Kerle haben keinen Ton von sich gegeben, Majestät. Nicht ein einziges Wort.«
»Zweifellos deshalb, damit wir nicht erraten konnten, wer sie waren.« Georg hievte Marek hoch und zum ersten Mal wünschte er sich, er wäre wie Alanna in der Lage mit Zauberkraft für Beleuchtung zu sorgen. »Schaffst du es bis an einen sicheren Ort, Bursche?«
Marek grinste kläglich. Sein gut geschnittenes Gesicht war fahl in dem schwachen Licht, das aus den Häusern und Einkaufsläden fiel. »Seit Jahren hab ich versucht dir deine Herrschaft streitig zu machen und jetzt müssen wir gemeinsam gegen einen kämpfen, der dir den Thron abluchsen will!«
»Hältst du noch eine Weile durch?«
»Jawohl.« Marek gab sich einen Ruck und setzte sich aufrecht. »Führ den Weg an, Majestät!«
Georg nahm die Zügel von Mareks Gaul und lief eine zweite Gasse hinunter. Er überlegte scharf. Bis er wusste, wer der Feind war, mit dem er es zu tun hatte, war das Tanzende Täubchen kein sicherer Unterschlupf, weder für ihn noch für diejenigen, die ihm am nächsten standen. Darauf vertrauend, dass ihm seine Feinde nicht auch dort eine Falle aufgebaut hatten, brachte er Marek und Ercole hinter das von einer Mauer umgebene Haus seiner Mutter. Der Schneehaufen, der vor dem kleinen, verriegelten Tor lag, beruhigte ihn. Hier war in letzter Zeit keiner gegangen.

Also stieg er vom Pferd, nahm seinen Schlüssel, entriegelte das Doppelschloss und brachte dann Marek und Ercole hinein. Der junge Mann war vornübergesunken. Ercole hielt ihn mit einer Hand fest, damit er nicht von seinem Gaul stürzte.
»Da drüben sind die Ställe«, erklärte Georg leise, als er Marek vom Pferd gleiten ließ. »Falls sich da drinnen keine weiteren Gäste verstecken, sind wir in Sicherheit.«
»Bring den Burschen ins Haus!«, riet Ercole. »Er blutet immer noch gewaltig.«
Ein zweites Paar Schlüssel verschaffte Georg Zutritt zur Küche seiner Mutter. Auf dem Herd stand ein Wasserkessel, doch der Raum war dunkel. Vorsichtig legte der König der Diebe Marek auf eine Bank neben dem Tisch, dann schlich er hinaus. All seine Sinne waren hellwach. Im Erdgeschoss brannte nirgends Licht – *komisch, dabei ist es noch nicht mal Zeit fürs Abendbrot,* dachte er. Dann erstarrte er, drückte sich gegen die Wand und verbarg sich im Schatten der Treppe, die zum oberen Stockwerk führte. Eine Frau kam herunter, doch es war nicht seine Mutter.
Mit einer raschen Bewegung hatte er sie gepackt und hielt ihr seine mächtige Hand vor den Mund. »Keinen Ton!«, riet er ihr. »Sag mir, was du in Frau Coopers Haus zu suchen hast!«
Er nahm die Hand fort, woraufhin die Frau mühsam Atem holte. »Sie ist krank. Ich bin Heilerin. Ich wohne hier, bis es ihr besser geht.«
Als sie sich zu Georg umdrehte, flammten ihre braunen Augen entrüstet auf. »Hast du mir einen Schrecken eingejagt, Georg Cooper! Was soll das bedeuten, dass du dich ins Haus deiner Mutter stiehlst wie ein Dieb?«

Jetzt erkannte er sie. Er grinste. »Ich *bin* ein Dieb, Frau Kuri.« Als sie entsetzt nach Luft schnappte, fügte er hinzu: »Was fehlt denn meiner Mutter?«

»Ich weiß nicht. Seit dem Fest der Toten ist sie so schwach wie ein neugeborenes Kätzchen. Erst jetzt kommt sie langsam wieder zu Kräften.«

Georg warf einen Blick nach oben. »Ich sehe nach ihr, sobald ich kann. Aber zuerst hab ich ebenfalls einen Patienten, der versorgt werden muss.«

Kuri schüttelte bekümmert den Kopf, als er sie zu Marek brachte. Sie ging mit dem Verwundeten um, als sei er federleicht, stützte ihn gegen ihre Schulter und führte ihn mühelos fort. »Mach mir die Tür zum Behandlungszimmer auf!« Georg gehorchte und zündete die Lampen an, während Kuri Marek behutsam auf den langen Tisch legte. »Ich brauche kochendes Wasser. Mach dich nützlich!«, kommandierte sie und schnitt an Mareks Schulter die Jacke fort. In der Küche, wo sich Ercole gerade die Hände wärmte, stellte Georg den Wasserkessel auf. Dann erklärte er dem älteren Mann die Lage, befahl ihm Frau Kuris Befehle auszuführen und rannte nach oben ins Schlafzimmer seiner Mutter.

Eleni Cooper musterte ihren Sohn mit wachem Blick. »Ich dachte mir schon, dass ich dich im Haus spüre. Hast du die arme Kuri zu Tode erschreckt?«

»Mir schien sie nicht sonderlich erschüttert. Was ist passiert? Als ich kurz vor dem Fest der Toten hier war, ging es dir noch gut.«

»Ich versuchte jemandes Magie zu ergründen, dabei bin ich zu tief vorgedrungen. Die aufgebauten Schutzmauern waren überaus stark.«

»Thom!«, fauchte Georg. »Beim Dunkelgott, wenn er dir mit seinen hoch geschätzten ›Experimenten‹ geschadet hat, Mutter –«.

»Lady Alannas Bruder? Hätte ich mir ja denken können. Zur Zeit hat nur *er* so viel Macht.« Sie schüttelte den Kopf. »Wenn ich bloß wüsste, was er im Schilde führt.« Sie seufzte und wandte ihre Aufmerksamkeit wieder Georg zu. »Und was tust du zu dieser Stunde hier? Ich dachte, ihr wärt unzertrennlich, du und Lady Alanna.«

Er schüttelte den Kopf und sah weg. »Wir haben uns getrennt, Mutter – sie geht auf Abenteuersuche, während ich –«.

»Das Haus hier wird nun schon seit fünf Wochen überwacht.« Wie schon immer las sie seine Gedanken. »Ein Mann, der seinen Namen nicht nennen wollte, versuchte das Mädchen auszuhorchen, das zum Putzen kommt. Doch hat sie ihre Befehle und redet nicht, wenn ich es nicht will.«

Georg hörte Frau Kuris energische Schritte auf der Treppe. »Sobald ich mich vergewissert habe, dass es Marek gut geht, geh ich noch mal aus.«

»Der junge Marek ist verwundet?« Sie hatte ihn nie kennen gelernt, aber Georg hatte sie oft mit den Geschichten von Mareks Versuchen, sich den Schurkenthron anzueignen, unterhalten.

»Er wird überleben«, verkündete Kuri, die Frau Coopers Frage von draußen gehört hatte. »Er hat jedoch eine Menge Blut verloren. Ich habe ihn in einem der kleinen Ruhezimmer untergebracht.«

»Aber er wird wieder gesund?« Erst jetzt trat seine Sorge um den Mann zu Tage, der seit langem sein Rivale und gelegentlich sein Freund war.

»Er wird überleben und dir weiterhin Ärger machen, da bin ich ganz sicher.«
Georg nickte erleichert. »Mutter, ich brauche Unterkunft für mich und einen anderen meiner Männer. Nur für heute Nacht. Morgen suchen wir uns eine andere Bleibe.«
»Selbstverständlich.« Seine Mutter klang heiter, doch ihr Blick war besorgt. »Georg –«.
»Ich bin ein Schurke, dagegen komme ich nicht an, Mutter«, sagte er. »Und das ist der Preis, den ich dafür bezahlen muss.« Er küsste sie auf die Wange. Zu Frau Kuri gewandt sagte er: »Ich nehme Ercole mit. Wir machen uns die Tür schon selber auf, wenn wir wiederkommen.«
»Davon bin ich überzeugt«, entgegnete die Heilerin scharf. Georg tätschelte ihr lachend die Wange, bevor er im Erdgeschoss nach Ercole suchte.
Sie standen schon draußen vor der Mauer und hatten die Türen hinter sich verriegelt, als Ercole fragte: »Wo gehen wir denn überhaupt hin?«
»Ins Tanzende Täubchen«, sagte Georg grimmig, bevor er sich einen Wollschal übers Kinn zog. Ercole fluchte ausgiebig und folgte.

Damals, als Alanna noch der Knappe Alan war und sich darauf vorbereitete, Ritter zu werden, verbrachte sie recht viel Zeit in der Schenke Zum Tanzenden Täubchen. Hier war Georgs Hauptquartier, der Königspalast der Gauner, die sich dem Schurkenring verschrieben hatten, und hier versammelten sie sich, wenn sie nicht ihrer Diebesarbeit nachgingen. Es gab zahlreiche Ein- und Ausgänge, von denen manche keinem außer Georg und dem alten Solom, dem Kneipenwirt, bekannt waren. Durch eine dieser Geheimtüren traten nun Georg und Ercole ein. Sie landeten in dem dunklen Flur unter der Treppe, die zu den oberen Stockwerken führte. Von dort aus, im Schutz der Dunkelheit, konnten sie den ganzen Schankraum überblicken. Er war brechend voll mit Dieben, Prostituierten, Blumenverkäuferinnen, Hehlern, Fälschern, Hausierern, Wahrsagerinnen, Heilern, Magiern mit kleinen Zaubergaben, Händlern, die geheime Geschäfte tätigten, spitzbübischen Priestern und sogar ein oder zwei Edelleuten.

Solom und seine Mägde eilten geschäftig hin und her und brachten Speisen und Getränke herbei. Währenddessen hielten sie wachsam den Tisch vor dem großen Kamin im Auge, an dem Georg gewöhnlich saß.

Georg lächelte grimmig. Fast alle im Schankraum wirkten still und verschreckt. Wenn *er* am Feuer hockte, herrschte so ein Krach, dass man seine eigenen Gedanken nicht hören konnte. Jetzt kamen die lautesten Geräusche von Solom und seinen Mägden.

An Georgs Tisch saß der Mann namens Kralle, allerdings nicht auf Georgs »Thron«, wie dem König der Diebe auffiel. Er wandte den beiden Männern im Flur den Rücken zu. Nur seine engsten Freunde – drei brutale Kerle, die Georg nicht im Rücken hätte haben wollen – saßen bei ihm. Georg suchte den Raum nach seinen eigenen »Höflingen« ab. Dabei entdeckte er den Gelehrten, der betrunken und in sich zusammengesunken auf der anderen Seite der Feuerstelle hockte. Langfinger war nirgends zu sehen. Rispah war noch in Caynnhafen, doch hinten im Schankraum saßen Orem und Shem und würfelten.

Georg vergewisserte sich, dass jedes der sechs Messer, die er bei sich trug, bereit war. Dann nickte er Ercole zu, trat mit dem älteren Mann auf den Fersen ins Licht und tippte Kralle auf die Schulter. »Dank dir, dass du mir meinen Platz warm gehalten hast, Freund«, sagte er schleppend mit seiner süßesten Stimme.

Kralle fuhr hoch und warf dabei seinen Humpen um. Dunkles Bier lief unbeachtet über seine Kniehose, während er zu Georg hochstarrte. »Aber – du –«.

»Ich weiß, ich hab gesagt, dass ich noch 'ne Weile in Caynnhafen bleiben will«, sagte Georg freundlich. »Aber stell dir vor, ich kriegte mächtig Sehnsucht nach all diesen freundlichen Gesichtern und mir wurde langweilig ohne diese Bande, die mich in Trab hält.« Orem und Shem hatten sich bei der Vordertür aufgestellt, wo sie mit gezogenen Messern Wache hielten. Zwei andere Männer, denen Georg, wie er wusste, trauen konnte, kamen herbei, um den Hinterausgang und Ercoles Rücken zu decken. »Du tropfst«, fügte Georg hinzu und rutschte auf seinen »Thron«, ohne Kralle auch nur eine Sekunde lang aus den Augen zu lassen. Der Mann hatte den Ruf vollkommen überraschend zu reagieren und möglicherweise war er verrückt genug einen sofortigen Angriff auf Georg zu starten.

Kralle starrte Georg eine lange Weile an. Seinem einzigen, fahlen Auge war nicht anzusehen, was in ihm vorging. Schließlich drehte er sich um und sagte barsch zu seinen Kumpanen: »Warum glotzt ihr so? Holt einen Lappen oder irgendwas und putzt diese Schweinerei auf!« Sein Auge drehte sich wieder Georg zu. »Willkommen daheim, Majestät!« Er ignorierte die ungeschickten Versuche eines der Männer ihm das Bier von der Kniehose zu wischen. »Ich hoffe, deine Heimreise verlief ohne Zwischenfälle.«

»Ein bisschen kalt war es.« Kralle hatte seine Entschluss-

kraft eingebüßt, doch war es ratsam, trotzdem kein Risiko einzugehen. Georg nahm von Solom einen Humpen Glühwein entgegen, ohne den alten Mann anzusehen. »War alles ruhig hier?«
»So ruhig wie der Tempel des Dunkelgotts.« Jetzt endlich machte Kralle Anstalten sich zu entfernen. Seine Männer folgten.
»Geh nicht weg!«, sagte Georg mit einer einladenden Geste. »Setz dich her zu mir und erzähl, was sich in den letzten Wochen, die ich in Caynnhafen verbracht hab, so alles zugetragen hat! Es wäre ein wahrer Jammer, wenn ich dort die Probleme aus der Welt geräumt hätte, bloß um festzustellen, dass es dafür hier Stunk gibt.«
Der Einäugige zögerte. Georg hoffte, der Mann möge verrückt genug sein seine Einladung abzulehnen. Das hätte ihm eine ausreichende Entschuldigung gegeben, ihn zu einem Zweikampf herauszufordern. Mit dem Messer hatte Kralle nicht die geringste Chance gegen ihn. Da fuhr Kralle barsch einen seiner Männer an: »Geh und besorge mir einen reinen Stuhl!«
Der Mann gehorchte eiligst.
Kralle redet wie ein Edler, wurde Georg in diesem Augenblick klar.
»Ich lad dich zu 'nem Humpen ein.« Georg lächelte und winkte Solom her. »Ich hab ein Hühnchen zu rupfen mit dir.«
Kralle schüttelte den Kopf, als ihm Solom Wein anbot. Achselzuckend schenkte der Wirt Georgs Krug wieder voll. »Was soll ich getan haben, um dir zu missfallen?«, erkundigte sich Kralle. Er tat verblüfft und machte ein unschuldiges Gesicht.

»Du hast 'ne Dienstmagd überprüft und sie für fähig erklärt mir und den meinen in Caynnhafen aufzuwarten. Sie hat versucht mich zu vergiften. Ich denk doch, du hast ihre Vergangenheit durchleuchtet, Meister Kralle, oder wie?«

»Eine Dienstmagd? Ich habe dir keine Dienstmagd geschickt«, entgegnete der andere Dieb.

Georg schob den schmutzigen Zettel über den Tisch, damit ihn Kralle begutachtete. Der Einäugige musterte ihn genau, spitzte den Mund, drehte das Stück Papier im Licht hierhin und dahin. Schließlich schüttelte er den Kopf und gab es wieder zurück. »Wirklich eine ausgezeichnete Fälschung«, sagte er ruhig. »Aber nichtsdestotrotz eine Fälschung. Ich habe diesen Brief niemals geschrieben.«

»Bist du sicher?«, fragte Georg leise. »Denk lieber gut nach, denn es würd mir nicht passen, wenn ich zu 'nem späteren Zeitpunkt das Gegenteil erfahren müsste.«

»Du kannst jeden hier fragen«, bot Kralle an. Dabei deutete er mit einer weit ausholenden Geste auf die gaffenden Zuhörer. »Habe ich jemals eine Dienstmagd in den Hafen geschickt, damit sie dort Seiner Majestät aufwartet?«

Langsam wurden Köpfe geschüttelt. Georg musste feststellen, dass Kralle die perfekte Antwort gefunden hatte, und er konnte nicht anders als den Kerl zu bewundern. Zeugen gab es keine, die Frau war gestorben, ohne ihren Auftraggeber zu nennen, und somit war ihm nichts nachzuweisen.

»Du hast Glück gehabt, Freund Kralle«, erklärte er dem jüngeren Mann. »Vielleicht wirst du immer solches Glück haben: Nämlich unschuldig zu sein an den Verschwörungen der anderen.«

»Das hoffe ich, Majestät«, antwortete Kralle mit einem

winzigen Lächeln. »Ich habe keine Lust mich in erfolglose Unternehmungen verwickeln zu lassen.«

Als der Morgen dämmerte, hatte sich der Schankraum bis auf diejenigen geleert, von denen Georg wusste, dass sie ihm treu waren. Von Kralle hatte er nichts erfahren, obwohl er ihn die ganze Nacht nicht von seiner Seite hatte weichen lassen. Er hatte nichts anderes erwartet. Aber jetzt würde er aus Quellen, denen er vertraute, etwas erfahren.

Der Reihe nach schickte er seine Leute los, damit sie mit anderen Dieben redeten, jene ausfindig machten, die nicht da gewesen waren, und in Erfahrung brachten, *warum* sie ferngeblieben waren. Außerdem sollten sie sich umhören, wer auf Kralles Seite stand und wer nicht. Er schickte seine Leute paarweise los, riet ihnen aber auf der Hut zu sein.

Shem kehrte mit einer Nachricht für Rispah, die besagte, sie solle nach Corus kommen, sobald Alanna und Coram aufgebrochen seien, nach Caynnhafen zurück. Georg brauchte sie, damit sie sich mit den Frauen befasste, die dem Schurkenring angehörten. Ihm gehorchten sie, weil er gut aussah und charmant war, doch Rispah kannte ihre Geheimnisse.

Schließlich war nur noch der Gelehrte übrig. Von der langen Nacht und der Anspannung erschöpft hatte sich sogar Solom nach oben in sein Zimmer verzogen.

»Geh mit Diskretion vor, aber finde mir Sir Myles von Olau!«, befahl Georg dem alten Fälscher. »Ich brauch ihn bei Anbruch der Nacht hier, und zwar verkleidet!«

Der Gelehrte nickte. Er schüttete sich den letzten Rest seines Glühweins hinter die Binde. »Ich weiß, wo ich ihn auftreiben kann. Und, Majestät –«. Georg sah auf. Zu seiner Überraschung entdeckte er, dass der alte Mann Tränen in den

Augen hatte. »Bin ich froh, dass du wieder da bist. Dieser Kralle ist ein übler Bursche.«

Als sich die Tür hinter dem Gelehrten schloss, gestattete sich Georg einen Seufzer, der aus tiefstem Herzen kam. Ercole trat aus dem Schatten. Er sah ebenso müde aus wie sein Herr. »Schlafen wir hier?«

Georg schüttelte den Kopf. »Ich hab nicht vor diesem Kralle meinen Kopf auf 'nem silbernen Tablett zu servieren. Wir verdrücken uns ins Haus meiner Mutter, aber so, dass uns keiner sieht.«

»Und morgen – vielmehr heute – Nacht?«

»Da hab ich einen besseren Unterschlupf im Sinn.« Georg stand auf und schlug Ercole auf die Schulter. »Gehen wir. Ich will sehen, wie es Marek geht.«

Myles lugte durch das Guckloch in der falschen Wand des Schankraums und beobachtete den Mann namens Kralle. Hinter ihm stand wartend Georg. Der alte Solom wollte den genau vor dem Guckloch sitzenden Kralle in ein Gespräch verwickeln, damit Myles seine Stimme hören konnte.

Nach einer kleinen Weile trat der Ritter zurück. Er nickte. Leise führte ihn Georg von dem geheimen Beobachtungsposten weg und nach oben in die Stuben, die er zu friedlicheren Zeiten bewohnte. Dort schenkte er Myles ein Glas Branntwein ein und wartete, bis sich der ältere Mann erfrischt hatte, bevor er fragte: »Nun?«

»Es gibt keinen Zweifel«, entgegnete Alannas Adoptivvater. »Dieser Bursche ist von edler Geburt. Zumindest eine Zeit lang erhielt er eine gute Ausbildung.« Er schüttelte stirnrunzelnd den Kopf. »Das Problem ist, dass ich seine Stimme *kenne.* Ich habe ihn schon mal reden hören und damals war er kein Dieb.« Er hielt Georg sein Glas hin, damit dieser nachfüllte. »Vielleicht hat meine Tochter Recht: Ich sollte mit dieser Sauferei aufhören.«

Georg grinste.

»Ich möchte Euch gratulieren, Herr, dass Ihr Alanna adoptiert habt. Da habt Ihr eine gute Tat begangen.«

»Es war eine gute Tat von Alanna, dass sie es gestattete«, wandte Myles ein. »Wenn sie nur diese Sache mit Jonathan bereinigen könnte. Nichts für ungut, Georg – aber ich vermisse sie wirklich am Hof.«

»So wie ich sie hier vermisse«, versicherte Georg. »Wo wir gerade von meinem Mädchen sprechen – habt Ihr 'ne Ahnung, was ihr heiß geliebter Bruder am Fest der Toten im Schilde führte?« Er erzählte Myles, was seiner Mutter widerfahren war.

Der Ritter seufzte kopfschüttelnd. »Ich weiß, dass viele von denen im Palast, die über die Gabe verfügen, noch tagelang wütend waren auf Thom. Sonderbare Gerüchte kamen mir zu Ohren –«. Er brach einen Moment ab, als wisse er nicht so recht, was er sagen sollte, dann fuhr er fort: »Ich habe Grund zur Annahme, dass Thom sich möglicherweise daran versuchte, die – die Toten auferstehen zu lassen.«

Georg gab sich keine Mühe sein Entsetzen zu verbergen. »Die Toten? Ist der Bursche übergeschnappt? Die Toten sind dazu bestimmt, tot zu bleiben.«

»Ich hörte einige Unterhaltungen mit, die er mit Lady Delia führte«, sprach Myles weiter. »Sie schien ihn zu verhöhnen. Sie sagte, wenn er wirklich der mächtigste Zauberer der Welt sei, könne er die Toten auferwecken, wie es angeblich Kerel der Weise tat. Auch einige junge Leute im Palast wollten durchaus wissen, wie weit Thoms Macht eigentlich reicht. Ich glaube, sie betrachten es als ein Spiel.«

»Ein Spiel?«, flüsterte Georg. »Sie betrachten es als *Spiel*, die Welt auf den Kopf zu stellen und Mächte anzurufen, die kein Mensch anrufen sollte, falls es der Zweck nicht rechtfertigt?«

»Was ich da äußerte, sind meine Vermutungen«, sagte Myles finster. »Vielleicht irre ich mich, Georg. Ich versuchte mit ihm zu reden. Aber ich glaube, ich habe ihn in seinem Stolz verletzt, als ich seine Schwester zu meiner Erbin machte. Er verhöhnte mich mit Halbwahrheiten und irgendwelchen Geschichten; ich bekam nichts Klares zu hören, nicht einmal eine offene Lüge. Ich weiß, dass Ihr mit gewichtigen Dingen beschäftigt seid, doch –«.

»Was könnte wichtiger sein als das, was Ihr da vermutet?«

Ein Lächeln flog über das Gesicht des Ritters. Zum ersten Mal wurde Georg klar, wie besorgt Myles sein musste. Das Lächeln wischte nämlich zehn Jahre seines Alters weg. »Wenn Ihr Thom mal darauf ansprechen würdet? Als das, was Ihr seid – wer Ihr seid –«.

»Und so respektabel, wie ich bin?«, schlug Georg feixend vor.

Myles grinste ebenfalls. »Ja, tatsächlich. Möglicherweise redet Thom offen mit Euch oder er gibt zumindest mehr von der Wahrheit preis.«

»Außerdem habe ich auch ein Hühnchen mit dem Burschen zu rupfen«, erinnerte Georg ihn, da er an das müde Gesicht seiner Mutter denken musste. »Sobald ich die Sache, die sich hier abspielt, im Griff habe, komme ich hoch in den Palast.«

Myles erhob sich und griff nach seinem Umhang. »Und ich werde Nachforschungen über diesen Kerl namens Kralle anstellen«, versprach er. »Solche Verletzungen, wie er sie hat, vor allem die Säurenarben, holt man sich nicht so ohne weiteres. Vor allem nicht, wenn man von edler Geburt ist.«

Georg ergriff Myles' Hand. »Ihr seid ein guter Freund. Seid versichert, dass ich das nicht vergessen werde.«

Nachdem er den Ritter hinausgeleitet hatte, kehrte Georg zurück, um noch einmal im Tanzenden Täubchen Hof zu halten. Wieder blieb er die ganze Nacht, sah jeden, wurde gesehen.

Während der nächsten Tage, als Rispah und Shem zurückkamen und an die Arbeit gingen, liefen stückchenweise die Informationen ein. Kein weiterer Anschlag auf sein Leben wurde unternommen, doch kam ihm ein Raub von wertvollen Juwelen zu Ohren, der nicht mit ihm abgesprochen gewesen war.

Eine Woche nach Rispahs Rückkehr versammelte er in einem geheimen Raum unter den Straßen, die den Marktplatz bildeten, all jene um sich, die ihm nahe standen.

Das Bild, das sich ergab, als die Diebe ihre jeweiligen Eindrücke austauschten, war nicht gerade rosig.

»Er hat sich fast die Hälfte unserer Leute gekapert – teilweise durch Bestechungsgelder, teilweise, indem er sie einschüchterte«, fasste Georg zusammen. »Er muss die Sache schon ewig geplant haben. Vermutlich schon, bevor er nach Corus kam. Er hat mit Leuten wie der Hexe Zorina und Nav, dem Hehler, zusammengearbeitet, um seine Krallen in uns zuschlagen.« Er seufzte. »Wir müssen also behutsam vorgehen, müssen unsere Leute zurückkaufen und die Geheimnisse aus der Welt schaffen, die er gegen sie verwendet.«

»Wieso?«, wollte Marek wissen. »Wieso legen wir ihn nicht einfach um? Dann ist die Angelegenheit erledigt.«

»Weil dann einer seiner Leute kommt und seinen Platz einnimmt«, entgegnete Georg. »Ich will seine ganze Organisation, nicht nur ihn, denn er hat Hilfe und ich will wissen, von wem er sie kriegt. Und ich will wissen, *wer* er ist, warum er mich nicht herausgefordert hat, wie es jeder andere Schurke getan hätte.«

»Und wenn er den Sieg davonträgt?«, wollte Rispah wissen. Ihre braunen Augen waren sorgenvoll.

»Wenn er den Sieg davonträgt, dann verdiene ich es nicht, der Herrscher vom Schurkenring zu sein«, sagte Georg mit verbissener Miene. »Wenn er gewinnt, habe ich keinerlei Gewähr, dass er nicht jeden Einzelnen von uns beim Obersten Richter – oder an noch schlimmerer Stelle – verpfeift. Ich weiß nicht, was er vorhat. Die Stellung, die er augenblicklich einnimmt, erlaubt ihm uns zu beherrschen oder zu zerstören. Hat einer von euch Lust eine Wette einzugehen, welches von beidem er vorziehen wird?« Keiner gab Antwort, was Georg eigentlich auch nicht erwartet hatte. »Also, ihr wisst alle, was ihr zu tun habt und wo ihr eure Fragen stellen müsst. Sobald die Pässe nach Osten passierbar sind, will ich einen losschicken, um zu erfahren, was dieser Kerl namens Kralle in Galla getrieben hat, bevor er zu uns kam.«

Thom, Lord von Trebond und der jüngste Mithran-Zaubermeister überhaupt, schenkte seinem Gast spöttisch lächelnd ein Glas Wein ein. »Du kannst dir nicht vorstellen, wie sehr ich mich freue, dass mich der – Bekannte – meiner

Schwester besuchen kommt«, sagte er. »Vor allem deshalb, weil es dich ja den Kopf kosten kann, wenn du hier im Palast gesehen wirst.«

»Warum sprichst du es nicht offen und ehrlich aus und nennst mich Alannas Geliebten?«, schlug Georg vor. Die in Violett und Gold gehaltene Brokatrobe, die Thom über dem tiefschwarzen Hemd und der Kniehose trug, tat den Augen weh. Das Gold, das er dafür bezahlt hatte, würde einen armen Mann aus dem gemeinen Volk mitsamt seiner Familie ein ganzes Jahr ernähren. »Wie die Dinge stehen, gibt es einiges, worüber ich mich gern mit dir unterhalten hätte. Ich konnte nicht bis zu deinem nächsten Ausflug in die Stadt warten, um dich dort zu treffen.«

»Vor allem, da ich ja nie in die Stadt komme«, stimmte Thom zu. »Also ist Alanna mit dem treuen Coram im Schlepptau in die Wüste zurückgeritten. Wie selbstlos von ihr. Oder hatte sie womöglich Angst, Jonathan könne sie überreden ihre Ablehnung zurückzunehmen? Da hätte sie sich keine Sorgen zu machen brauchen. Er ist zur Zeit sehr mit Prinzessin Josiane beschäftigt.«

Georg starrte Thom an. *Wenn mein Mädchen sich nur Feinde gemacht hätte und keine Freunde,* überlegte er sich, *und wenn es zu viel Angst gehabt hätte, den anderen zu zeigen, dass es trotz seiner Verkleidung und allem Drum und Dran ein menschliches Wesen ist, dann wäre es gut möglich gewesen, dass es sich so entwickelt hätte wie dieses junge Ungeheuer hier. Dieser Bursche besteht nur noch aus zynischem Verstand, keine Spur mehr von Herz.*

»Tja, du bist wirklich ein ekelhafter Kerl geworden, hab ich Recht?«, bemerkte er liebenswürdig. »Ich denke doch, wir sollten uns über dein Treiben am Fest der Toten unterhalten.«

In Thoms violettfarbenen Augen zeigte sich widerwilliger Respekt. »Ich bin sicher, dass ich sowohl dir als auch Alanna erklärte, dass es sich um Experimente handelte.«
Georg machte ein angewidertes Gesicht. »Und *ich* bin sicher, dass es um nichts Derartiges ging. Hast du nicht gespürt, wie meine Mutter deinen Schutzzauber auf die Probe stellte? Oder haben so viele zu erfahren versucht, was du vorhattest, dass du denen, die du halb tot auf der Strecke ließest, keine Beachtung mehr schenktest?«
»Ich spürte, wie jemand meinen Schutz prüfte«, gab Thom zu. »Aber ich war – na ja, in Anspruch genommen. Es tut mir Leid, dass es deine Mutter war, die Schaden nahm. Aber sie hatte kein Recht in einer derartigen Zauberei herumzuschnüffeln. Sie hatte Glück, dass es sie nicht das Leben kostete.«
»Freut mich, dass du so denkst. Und was für Experimente sind so wichtig, dass du einen solchen Zauber verwenden musst, um sie zu schützen?« Als Thom nicht antwortete, drängte Georg: »Wen wolltest du von den Toten auferwecken?«
Thom sprang auf. Sein ironischer Gesichtsausdruck war wie fortgewischt. »Du wagst es, mich zu vernehmen, Georg Cooper?«, schrie er. Der Zorn ging in Wellen von ihm aus. »Deine Beziehung zu meiner Schwester ist hier ohne jegliche Bedeutung. Also komm nicht auf die Idee meine Geduld auf die Probe zu stellen!«
Georg erhob sich. Seine haselnussbraunen Augen waren erbarmungslos. »Wag bloß nicht, mir zu drohen, Bürschchen!«, warnte er mit leiser Stimme. »Das lasse ich mir nicht gefallen.«
»Ich habe dir nichts mehr zu sagen«, knirschte Thom. »Verschwinde!«

»Dann will ich mich also verabschieden«, entgegnete Georg. »Doch brauche ich meine Sehergabe nicht, um zu wissen, dass du Probleme hast, ob du nun ein mächtiger Zauberer bist oder nicht.« Er zögerte und sagte dann ironisch: »Zweifellos werde ich das noch bereuen, doch Alanna zuliebe magst du dich an mich wenden, wenn du in Not bist.«

Thom reckte sich hoch auf. »Ich bin durchaus in der Lage meine Angelegenheiten selbst zu regeln.«

»Zitterst du deshalb so?«, erkundigte sich Georg. »Am besten trinkst du ein Schlückchen Branntwein, damit sich deine Nerven beruhigen, mein Lord. Der Gedanke, es könnte auf dieser unserer Welt etwas geben, dem du mit deinen Fertigkeiten nicht gewachsen bist, wäre mir höchst unangenehm.« Er verbeugte sich spöttisch und ließ Thom allein.

Es gibt rein gar nichts, was ich tun oder sagen könnte, solange ich nicht weiß, was ihn reitet wie die alte Friedhofshexe, sagte sich der Dieb grimmig, als er sich aus dem Palast stahl. *Aber ich verwette jedes meiner Messer, dass er in einer Patsche sitzt, die sich nicht so leicht wieder in Ordnung bringen lässt.*

Georg lächelte. Probleme mit dem Schurkenring, Probleme mit Thom. Die Zukunft sah aufregend aus. Zumindest würde er sich nicht langweilen. Und solange er seine fünf Sinne beisammenhielt – es war schön, wieder in Corus zu sein.

10
Die todgeweihte Zauberin

Irgendwie war es eine Enttäuschung für Alanna, als sie feststellen musste, dass es den Blutigen Falken in ihrer Abwesenheit recht gut ergangen war und dass keinerlei Probleme aufgetaucht waren, die Kara und Kourrem nicht mit Umar Komms Hilfe hätten bewältigen können. Die Mitglieder der Zauberschule lernten gerade die vielen Formen der Feuermagie, in deren Erforschung Alanna nur so weit vorgedrungen war, wie sie für gut befand. Einen Nachmittag lang nahm Alanna die Schamanen in Anspruch, damit sie sich mit Blitzschlag, ihrem Schwert, befassten, das trotz der vielen Zaubersprüche, die sie ausprobiert hatte, noch immer zerbrochen war. Doch ihre Bemühungen, es zu reparieren, blieben erfolglos. Beim letzten Zauber wurden mehrere Zelte umgeblasen und Halef Seif befahl ihnen ihre Versuche einzustellen, solange sie sich in der Umgebung des Dorfes aufhielten.
Entmutigt ritt Alanna häufig allein aus. Dabei kehrte sie ganz bewusst erst nach Sonnenuntergang zurück, damit sie den Augenblick verpasste, wo sich die Stammesmitglieder mit der *Stimme der Stämme* in Verbindung setzten. Jon fehlte ihr nur in diesen Augenblicken. Georg jedoch vermisste sie mit einem dumpfen Schmerz, der nicht weggehen wollte, denn von allen Leuten war er der Einzige, der sie zum Lachen brachte.
Gerade striegelte sie Mondlicht nach einem Ausritt und überlegte, was sie nun machen wollte, als Halef Seif auf sie stieß.
»Du bist ruhelos«, bemerkte er. »Was bekümmert dich?«
Sie legte die Kämme weg. »Weißt du, dass ich vor sechs Tagen meinen ersten Jahrestag als Ritterin feierte?«
»Coram erwähnte es«, bekannte der Häuptling.

»Jahrestage bringen mich zum Nachdenken. Mir fiel alles ein, was geschehen ist, seit ich meinen Schild errang.« Sie fielen in Gleichschritt und gingen zu dem Hügel, der das Dorf überblickte.

»Du hast den herzoglichen Zauberer getötet.«

»Weißt du, Halef Seif, davon träume ich jetzt nicht mehr so oft. Vielleicht war es eine unnötige Tat, vielleicht habe ich voreilig gehandelt. Aber es ist vorbei. So viel ist seitdem passiert. Ich kam hierher, ich traf dich, Kara und Kourrem –«.

»Und Ishak«, erinnerte er, als sie langsam auf den Hügel stiegen.

Alanna nickte und verzog traurig den Mund. »Ich glaube, das, was Ishak zustieß, lehrte mich, dass ich mich nicht selbst für Dinge bestrafen darf, die aus und vorbei sind. Ich musste ja schließlich Karas und Kourrems Ausbildung weiterführen, ich durfte mich nicht damit aufhalten, ihn zu betrauern. Und auf die Mädchen bin ich stolz.«

»Auf derartige Schüler kann jeder Schamane stolz sein. Und eigentlich auch jeder Stamm.« An der Hügelspitze bedeutete er ihr mit einer Verbeugung, sie solle sich auf einem oben abgeflachten Stein niederlassen. Lachend wischte ihn Alanna sauber. Dabei sah sie, dass er von schwarzen Flecken umgeben war. Sie stammten von den Zaubersprüchen, die sie hier mit ihren Lehrlingen geübt hatte. Auch Brandflecke waren zu sehen, die bei Jonathans Ritual entstanden waren, das ihn zur *Stimme der Stämme* gemacht hatte.

Sie setzte sich. Halef Seif kniete sich neben sie und betrachtete das Dorf.

»Komisch, seit ihr hierher kamt, habe ich mehr als jemals zuvor über andere Frauen erfahren. Pagen und Knappen verbringen kaum Zeit mit Frauen und außerdem –«. Sie

lächelte. »Ich war dafür bekannt, dass ich schüchtern war, was Mädchen betraf.«
Halef lachte in sich hinein. »Und jetzt hast du entdeckt, dass du dein eigenes Geschlecht magst?«
»Wie könnte ich die anderen Frauen *nicht* mögen?«, wollte Alanna wissen. »Vor allem, nachdem ich Kara und Kourrem, Mari Fahrar und Farda kennen lernte? Jetzt komme ich mir als Frau längst nicht mehr so komisch vor wie damals, bevor ich herkam.«
»Aber nun musst du weiterziehen?«, fragte Halef Seif freundlich.
»Ich hasse es, wenn ich nichts Nützliches mache«, bekannte sie. »Nach all den Jahren, in denen ich entweder lernte oder meinen Pflichten im Palast nachging, ist mir das Arbeiten zur Gewohnheit geworden. Jetzt, wo Kara und Kourrem so gut zurechtkommen, gibt es nichts mehr zu tun für mich. Ich habe gedacht, ich könnte vielleicht mit Coram Richtung Süden reiten, um zu sehen, was ich dort vorfinde.«
»Ich hätte eine Aufgabe für dich, wenn du sie übernehmen magst.« In der Stimme des Häuptlings lag eine Zaghaftigkeit, die sie bei ihm gar nicht kannte.
»Sag mir, worum es geht.«
Er lächelte mühsam. »Ich habe eine Bekannte. Sie ist Zauberin in einem Dorf namens Alois, das in der Gegend vom Tirragensee im Hügelland liegt. Seit drei Nächten träume ich, dass sie in Lebensgefahr schwebt und dass uns ein Feuer trennt.« Er schüttelte den Kopf. »Wir wuchsen zusammen auf, bis sie ihre Zaubergabe entdeckte. Sie konnte nicht bleiben. Damals gab es keine Frau-die-wie-ein-Mann-reitet, die sagte, sie könnte Schamanin werden. Doch kehrt sie oft hierher zurück.«

Ist sie dafür verantwortlich, dass Halef Seif niemals heiratete?, überlegte sich Alanna.
»Ich würde sie selbst besuchen gehen, doch eine derartige Freiheit gestatten mir meine Pflichten nicht –«.
Alanna legte ihm die Hand auf den Arm. »Ich gehe. Mach dir keine Sorgen um deine Bekannte! Wenn sie in irgendeiner Patsche sitzt, werde ich mein Möglichstes tun ihr zu helfen.«
Einen Augenblick lang legte er seine Hand auf die ihre, seine Sorgenfalten glätteten sich. »Ich danke dir, Alanna.«

Alois lag fünf Tagesritte entfernt im Norden. Der Weg führte durch das Hügelland. Statt ihrer Burnusse zogen Coram und Alanna für die Reise Lederkleidung und Rüstungen über und Alanna stellte sicher, dass ihr unbedeckter Löwenschild deutlich sichtbar war. Als Bazhir gekleidet hätten sie möglicherweise mit Schwierigkeiten rechnen müssen. In der Aufmachung von Tortaller Soldaten begegneten sie keiner Menschenseele.
Immertreu blieb auf dem ganzen Ritt in Alannas Nähe und unternahm keinen einzigen Streifzug, woran sie ablesen konnte, dass sich ihr Kater Sorgen machte. »Was wird geschehen, wovon du mir nichts verrätst?«, fragte sie schließlich, als sie den Wegweiser passierten, der anzeigte, dass sie sich dem Dorf näherten.
Ich weiß nicht, bekannte Immertreu. *Ich habe nur einfach ein komisches Gefühl*. Er machte es sich in seiner Schale bequem, zuckte dabei aber erregt mit der Spitze seines Schwanzes.
In Anbetracht dessen, dass sie erst Januar hatten, war der Tag wunderschön. Ein warmer Wind wehte; der Schnee war weggetaut. Alanna erwartete, dass Kinder draußen vor

den Hütten spielten, die dichter standen, als sie sich dem Dorf näherten, doch war niemand zu sehen. Falls es Leute gab, die sie von ihren Behausungen aus beobachteten, gab es keinerlei Anzeichen dafür. Als sie ein Geräusch hörte, fuhr sie in ihrem Sattel herum. Coram holte gerade seinen runden Lederschild aus der Segeltuchumhüllung. Sein dunkles Gesicht war grimmig.

»Mir gefällt nicht, was hier in der Luft liegt«, gab er zu. »Dir?«

Alanna zog eine Grimasse. Sie löste die Riemen, mit denen ihr Schild mit der drohend aufgerichteten Löwin auf Mondlichts Hinterbacken befestigt war, nahm ihn in die Linke und zog mit der Rechten das Kristallschwert. *Es summt mich nicht mal mehr an,* dachte sie verwundert. Plötzlich hörte sie lautes Geschrei. Was die Leute schrien, war nicht auszumachen, doch die Stimmen schallten von der Dorfmitte her.

Wachsam um sich blickend, trabten sie in die Richtung der Schreie. Keiner kam ihnen entgegen, um sie zu begrüßen. Die Hütten des eigentlichen Dorfes lagen so verlassen da wie jene außerhalb.

Auf dem großen, offenen Platz im Herzen des Dorfes hatte sich eine Menge versammelt. Ein großer, knochiger Mann in zerlumpten, grauen Kleidern stand auf einer Plattform, wo er die Umstehenden weit überragte. Alannas Sinne prickelten in beklemmendem Erkennen, als sie mit Coram zusammen unter dem Dachvorsprung einer großen Hütte Halt machte. Sie sahen sich um, ob außer den Dorfbewohnern, die Stöcke und landwirtschaftliche Gerätschaften schwenkten, noch bewaffnete Männer zugegen waren, und warteten ab, was da eigentlich vor sich ging.

»Yahzed wird sich eurer Seelen bemächtigen!«, brüllte der

Mann auf der Plattform. Seine weit aufgerissenen Augen funkelten vor fanatischer Freude. Hinter ihm ragte ein hoher Pfosten zum Himmel auf, bei dessen Anblick Alanna der Schweiß ausbrach. Wo hatte sie dieses Bild schon einmal vor Augen gehabt? »Yahzed ist wütend; er ist außer sich vor Zorn! Gehorcht seinem Befehl! Reinigt euch von dem alten Übel oder Yahzed wird mit Seuchen und Hungersnot kommen und dann wird *er* euch reinigen! Gehorcht dem Diener Yahzeds! Nur dann werdet ihr dem Zorn des Gottes der Steine entgehen!«

Eine Schar von Männern hatte sich um den hohen Pfahl zusammengerottet. Sie schienen mit irgendjemandem zu kämpfen. Jetzt fiel es Alanna wieder ein: Diesen Ort und den Wahnsinnigen hatte sie schon zweimal gesehen; aber nur in der zweiten Vision, in der, die ihr kurz vor Ishaks Tod geschickt worden war, hatte sie auch eine am Pfahl verbrennende Frau erblickt.

»Dieser Yahzed ist einer der Götter Scanras, glaube ich. Ein ekelhafter Kerl, ein verbissener Feind von Hexerei und jeglicher Art von Magie –«, flüsterte Coram.

Alanna zog die Stirn in Falten. Wieso hatte ihr die Göttin diese Vision geschickt? Welche Bedeutung hatte sie?

Der Geruch von brennendem Holz stieg ihr in die Nase. Jemand schrie in Todesangst.

»*Jetzt* erledigt ihr Yahzeds Arbeit!«, schrie der Priester. »Verbrennt die Zauberin! Reinigt das Dorf von ihrem Makel!« Die Leute brüllten vor Genugtuung; die Frau auf dem brennenden Scheiterhaufen stieß wieder einen Schrei aus.

Alanna reagierte. Noch vor einem Jahr hätte sie gezögert. Vor einem Jahr war sie noch nicht Schamanin der Bazhir

gewesen. Purpurfarbene Feuerblitze flammten aus ihren Händen auf und stießen jene zu Boden, auf die sie trafen.
»Nein!«, schrie sie. Als sich die Dorfbewohner umdrehten, um sich auf sie zu stürzen, zückte sie ihr Kristallschwert und ließ zu ihren Füßen einen Graben in der Erde entstehen.
»Dämonin!«, rief der Priester. Er hielt einen langen, schwarzen Anhänger empor, der die Form eines Sternes hatte. Der Juwel in seiner Mitte blitzte in der Sonne und fing Alannas Blick ein, doch diesen Trick hatte man schon einmal mit ihr versucht und Herzog Roger hatte sich wesentlich geschickter dabei angestellt. Sie streckte die Hand aus, hielt ihren Löwenschild zwischen sich und den Priester und wisperte Zauberworte. Der Priester kreischte auf, als erst der Juwel und dann der ganze Anhänger bebte und in seiner Hand zu tausend Stücken zersprang.
Mit verbissener Miene ritt Alanna vorwärts, gefolgt von Coram. Vor ihr stand Immertreu aufrecht im Sattel, machte einen Buckel, sträubte das Fell und fauchte vor Wut. Schreiend und eine Hacke schwingend, kam ein Dorfbewohner auf Alanna zugerannt. Coram drängte sich auf seinem Braunen dazwischen. Er stieß den Mann mit der flachen Seite seines Breitschwerts beiseite. Mehrere Steine flogen vorbei, einer traf Alanna am Kopf. Einen Augenblick lang schwankte sie benommen. Wut stieg in ihr auf und schoss als magischer Blitz, der drei der Steinwerfer durch die Luft wirbeln ließ, aus ihrem Kristallschwert hervor. Die Dorfbewohner ergriffen die Flucht.
Alanna warf Schwert und Schild beiseite.
Dann hob sie beide Hände zum wolkenlos klaren, azurblauen Himmel empor. »Göttin!«, rief sie ihre Schutzpatronin an. »Gebt mir Regen!«

Einen Moment lang stand die Zeit still. Dann begann der Glutstein in einem langsamen, majestätischen Rhythmus zu pulsieren; große Gewitterwolken schoben sich vor die Sonne. Ein ohrenbetäubender Donnerschlag ertönte, dann strömte Regen herunter, der das Feuer am Pfahl löschte.

»Dank dir, Muttergöttin«, flüsterte Alanna, die nun, da sie ihre Zauberkraft so stark in Anspruch genommen hatte, die ersten quälenden Anzeichen von Erschöpfung verspürte.

Mit einem Dolch in der Hand stürzte sich der Priester auf sie, doch Immertreu machte einen Satz und landete in seinem Gesicht. Schreiend versuchte der Fanatiker den Kater loszuwerden, bis Coram dem Geschrei mit einem Hieb seines Schwerts ein Ende bereitete.

»An so einen Kerl solltest du nicht deine Kraft verschwenden«, riet er dem Kater, der sich gerade von dem Körper des Mannes löste.

Am Pfosten angekommen, schnitt Alanna die Frau los, die man hatte verbrennen wollen. Sie fiel zwischen den immer noch schwelenden Holzscheiten auf die Knie, ohne sich ihrer Schmerzen oder des Regens gewahr zu werden.

Coram trat ebenfalls herbei, zog die verletzte Frau in seinen Sattel und hielt sie behutsam fest. »Wir müssen weg von hier!«, schrie er über das Donnergrollen hinweg. »Die kommen besser bewaffnet wieder, da bin ich sicher!«

»Ihr habt unseren Priester umgebracht!« Ein junger, mit einer langen Axt bewaffneter Mann näherte sich. »Dafür wird uns sein Gott verantwortlich machen!«

Alanna stieg vom Pferd und zog die kristallene Klinge. »Verschwinde von hier!«, befahl sie Coram und legte den Schild wieder auf ihrem Arm zurecht. Der ehemalige Sol-

dat zögerte, da schrie sie: »Tu, was ich dir sage! Bevor die Dorfbewohner kommen!«
Mit finsterer Miene gehorchte er. Alanna wandte sich dem bewaffneten jungen Mann zu. »Sei kein Narr!«, sagte sie. »Ich bin zum Ritter ausgebildet, gegen mich hast du nicht die geringste Chance!«
»Du lügst!« Der Mann griff an. Daran, wie er die Axt hielt, konnte man ablesen, dass er geübt war im Umgang mit dieser Waffe. Alanna fing die fallende Axt mit dem Schild auf und stieß sie beiseite. Mit der gleichen Bewegung ließ sie ihre kristallene Klinge unter dem Schild hervorschnellen. Der Mann sprang zurück, glitt im Schlamm aus und Alanna trennte mit einem einzigen Hieb das Axtblatt vom Schaft. Die Kristallklinge summte und erfüllte sie mit der krankhaften Freude am Töten, von der sie geglaubt hatte, sie habe sie aus dem Inneren ihrer Waffe vertrieben. Alanna taumelte, ihr Blick hatte sich getrübt.
Der junge Mann stieß einen Freudenschrei aus. Mit dem Axtstiel versetzte er ihr einen heftigen Schlag auf die ungeschützte rechte Körperseite. Sie stürzte auf die Knie. Gerade noch rechtzeitig, bevor der Knüppel auf ihren Kopf heruntersauste, bekam sie den Schild hoch. Ein Kreischen, das von der Kristallklinge ausging, gellte durch ihr Bewusstsein und verlangte den Tod des Mannes, der sie attackierte. Alannas Handfläche war so schweißnass, dass sie kaum mehr das Heft ihrer Waffe halten konnte. *Ob sich Akhnan Ibn Nazzir wohl ebenso fühlte wie ich jetzt, als er seine Lebenskraft benutzte und mich zu töten versuchte?*, überlegte sie sich. Sie warf das Schwert beiseite, schnellte sich vom Boden hoch und rammte den Mann mit dem Schild.
Er schrie auf, stolperte zurück, ließ den Axtstiel fallen.

Blitzschnell bückte sich Alanna und hob ihn auf. Dann schob sie sich zwischen das Schwert und den Dorfbewohner, wobei sie ihn nicht aus den Augen ließ.
»Das Schwert hat Zauberkraft«, stieß sie hervor, als er sie anstarrte. »Wenn du es nimmst, bringt es dich um. Wieso sollte ich es sonst wegwerfen?«
»Ich glaube dir nicht«, keuchte er.
»Dann versuch es dir zu holen!« Da er dachte, sie sei nicht flink genug, schnellte er sich zur Seite und dann nach vorn. Alanna ließ den Axtstiel auf seinen Kopf herunterfallen, dass der Mann bewusstlos zu Boden stürzte.
Einen Moment lang wankte sie. Dann sammelte sie Kraft, um sich hinzuknien und nachzusehen, ob sie ihn getötet hatte. Sein Puls war kräftig. Auf dem Kopf hatte er eine Beule, doch ihrer Meinung nach würde er überleben.
»Vielleicht wirst du jetzt keine fremden Ritter mehr attackieren«, flüsterte sie und wischte sich den Schweiß vom Gesicht. Dann hob sie das Kristallschwert auf und steckte es in die Scheide zurück. Von der Zauberkraft war nichts mehr zu spüren.
»Vielleicht war das sein letzter Versuch, mich zum Zerstören und zum Töten anzustiften«, erklärte sie Immertreu, der sich in Sicherheit gebracht hatte.
Willst du darauf wetten?, erkundigte er sich.
Alanna ergriff Mondlichts Zügel und stieg in den Sattel. »Absolut nicht.«
Immertreu sprang in seine Schale und Alanna ritt los, doch am Rand des Dorfplatzes machte sie noch einmal Halt und blickte zurück. Von flackernden Blitzen beleuchtet, stand der Pfahl noch immer da. Alanna deutete darauf und sprach ein einziges, mächtiges Wort. Der Pfosten wurde

aus der Erde gerissen, als sei er ein aus einem Bogen abgeschossener Pfeil. Dabei barst er in Stücke, die nicht größer waren als Zahnstocher.

Bei dem Wegweiser, den sie am Morgen gesehen hatten, machten Alanna und Coram Halt. Hastig breitete die Ritterin eine Decke über das nasse Gras und Coram legte behutsam die Zauberin darauf. Die Frau, die sie gerettet hatten, war um die vierzig, ihr Haar war dunkel, ihre Augen waren tiefbraun. Sie war mit alten und neuen Verletzungen übersät, ihr Mundwinkel war durch ein Rinnsal frischen Blutes gezeichnet und sie hatte schwere Brandwunden.

Alanna nahm ihre Hand und griff mit ihrer Gabe in sie hinein, obwohl sie schon wusste, was sie vorfinden würde.

»Verbrauch deine Kraft nicht, Kind!« Die Stimme der Frau klang heiser. »Ich weiß, dass ich sterben muss.«

Alanna war elend zu Mute, als sie zurückwich. »Woher habt Ihr diese tiefen Wunden?«

»Sie haben mich gestern gesteinigt«, war die Antwort. »Meine armen Kinder, wer wird jetzt auf sie aufpassen?«

»Mit *denen* habt Ihr Mitleid?«, fragte Coram fassungslos.

»Es war ein schrecklicher Winter«, flüsterte sie. »Die Nahrung wurde knapp. Yahzeds Priester sagte ihnen, es sei meine Schuld. Die Lebensmittelvorräte würden sich von selbst erneuern, wenn sie mich töten würden. Sie hatten Hunger.«

»Narren«, brummte Coram.

Die Zauberin nahm Alannas Hand. »Ihr beide schenkt mir einen Tod, wie ich ihn mir nicht erhoffte – friedlich unter Freunden liegend. Halef Seif sandte euch?« Alanna nickte. »Ich betete darum, dass er mir helfen möge. Ihr dürft niemals denken, dass ihr zu spät kamt. Mein Leben war zu Ende, als sie vor einer Woche Hand an mich legten. Wie konnte ich weiterleben, wo ich doch wusste, dass jene, die ich zur Welt brachte und liebte, mich tot wollten?« Sie drückte Alannas Hand und sagte: »Öffne mir dein Herz!«

Alanna spürte die Zauberin als freundliche, sanfte Gegenwart in sich, die ihre Bitterkeit über den nahenden Tod milderte. Eine Sekunde später ließ die ältere Frau Alannas Hand los. Sie schwitzte und zitterte von der Anstrengung. »Du bist diejenige, die ich brauche«, keuchte sie. »Hör zu, Alanna von Trebond. Ich habe ein Geschenk für dich. Wirst du es nehmen?«

Alanna berührte den Glutstein. Er war warm, aber nicht heiß. Was die Zauberin zu sagen hatte, musste wichtig sein. »Fahrt fort!«

Die zerschundenen Lippen der Frau öffneten sich zu einem Lächeln. »Hör gut zu! Du hast das Wissen, dein zerbrochenes Schwert zu flicken. Es liegt in dem Zauberspruch, der dich mit dem Stamm des Blutigen Falken und mit deinem Adoptivvater vereint. Es liegt in dem Spruch, der den Prinzen zur *Stimme der Stämme* machte. Nimm das Kristallschwert, auf dass es eins werde mit deiner eigenen Klinge! Du wirst es brauchen: Tortall geht einer dunklen Zeit entgegen.«

Alanna nickte und biss sich auf die zitternde Lippe.

Die Zauberin griff in ihr zerrissenes Kleid und zog einen angesengten, prall gefüllten Umschlag aus Seide hervor. »Ich hätte ihn verbrennen lassen, doch nun kannst du ihn Halef Seif überbringen. Er wird wissen, was zu tun ist.« Sie schauderte, ihre Gliedmaßen zuckten. Als der Schüttel-

krampf vorüber war, sagte sie: »Lass dich durch nichts davon abhalten, den Umschlag Halef Seif zu übergeben!«
»Ich werde es tun«, versprach Alanna. »Sorgt Euch nicht.«
Die Frau nickte. »Ich bin so müde«, wisperte sie. »Ich danke dir.« Sie lächelte Immertreu zu. »Ich danke euch allen dreien.« Plötzlich wurde ihr Atem flach. »Sagt Halef Seif, dass ich auf ihn warten werde, wenn auch er die Reise antritt . . .« Ihre Stimme wurde leiser und verklang; gleich darauf verstummte ihr Atem. Alanna schloss ihr sanft die Augen. Von Tränen geblendet, stand sie auf.
Coram begrub die Zauberin. »Weißt du überhaupt, wie sie hieß?«
Alanna schüttelte den Kopf. Sie sah zu, wie ihr Begleiter den letzten Rest Erde auf das Grab schaufelte. »Halef Seif hat ihren Namen nie erwähnt, genauso wenig wie sie selbst.«
»Ein Jammer, dass sie nicht mal einen Grabstein kriegt«, sagte Coram düster. »Aber wenn wir ins Dorf gehen und uns nach ihrem Namen erkundigen, dann kostet uns das den Kopf.«
»Sie soll einen Grabstein kriegen«, flüsterte Alanna.
Du hast nicht die Kraft, warnte Immertreu. *Wann wirst du endlich lernen rechtzeitig aufzuhören?*
»Diese eine Sache mach ich noch«, gab sie zurück. »Tretet beiseite! Alle beide.«
Als Coram und Immertreu gehorchten, ballte sie die Hände zu Fäusten. Es gab keinen Zauberspruch für das, was sie vorhatte, aber sie war fest entschlossen sich dadurch nicht abhalten zu lassen. Wenn es stimmte, dass es bei jeglicher Magie vor allem auf den Willen ankam, dann musste sie nur der Erde sagen, was sie brauchte. Genau das tat sie nun.

Der Boden am Kopfende des Grabes bebte, während sie mit ihrem Bewusstsein daran zerrte. Als sie ihre fest zusammengepressten Augen wieder öffnete, stand eine granitene Säule da, um das Grab zu markieren. In tief eingegrabenen Lettern war darauf geschrieben: »Hier liegt die Zauberin von Alois, die ihre Mörder liebte.«

Nun übernahm Coram das Kommando und brachte sie so weit wie möglich vom Dorf fort. Sie war halb ohnmächtig, als er einen Lagerplatz wählte. Erschöpft sank sie zu Boden und erwachte kaum, als Coram sie in ihre Bettrolle wickelte. Am nächsten Morgen gelang es ihm nicht, sie aufzuwecken. Da Immertreu nicht beunruhigt schien, richtete er sich auf einen Ruhetag ein, behielt seine Herrin und Ritterin im Auge und schnitzte.

Gerade ging die Sonne unter, als Alanna aus einem Traum erwachte:

Der Thronsaal war voll mit Leuten, König und Königin saßen auf ihren Thronen, neben dem König stand Herzog Gareth, neben der Königin Jonathan. Obwohl sie die Szene klar vor sich sah, hörte sie aus den Mündern der Anwesenden keinen Ton kommen. Ihre Freunde sahen mit einer Mischung aus Ehrfurcht und Entsetzen zu, wie Thom dem Königspaar einen Mann vorstellte. Dieser drehte sich um und blickte Alanna in die Augen: Es war Roger von Conté. Klar und deutlich hörte sie ihn sagen: »Mich bringt man nicht so leicht um, was, Löwin? Das hast du deinem Bruder zu verdanken. Und vergiss nicht mir mein Schwert wiederzugeben!«

Mit einem Ruck setzte sie sich auf. Ihre Kleider waren feucht vor Schweiß.

»Hast du mal wieder Alpträume?«, erkundigte sich Coram,

der in einem Fleischeintopf rührte. Es war fast dunkel. »Träume sind Schäume, Mädchen. Da, iss was!«
Während sie aßen, erzählte sie ihm ihren Traum. Der Anblick ihres Lagerfeuers und des mit Holzspänen spielenden Immertreu beruhigte sie schließlich.
»Manchmal frage ich mich, ob ich nicht *will*, dass er zurückkommt«, seufzte sie und stellte ihren Napf beiseite. »Unsinnig, nicht?«
Coram blies versuchsweise einen Ton auf der Flöte, die er geschnitzt hatte. »Na ja, es gab ungeklärte Dinge zwischen euch beiden«, kommentierte er. »Und denk mal nach! Nicht jedem von uns ist es gegeben, einen einzigen mächtigen Feind zu haben. Deiner war der Herzog. Problematisch ist, dass einem das Leben ein bisschen leer vorkommen mag, nachdem man so 'nen Feind bezwungen hat. Du hast so viel Zeit damit verbracht, über den Kerl nachzudenken, und jetzt ist er plötzlich nicht mehr da und er kann dir keine Sorgen mehr machen.«
»Du glaubst also nicht, dass es – nun ja, dass es ein prophetischer Traum war?«
»Hast du denn schon mal welche gehabt?«
»Nein. Visionen manchmal, doch keine Träume.«
»Kommt mir unwahrscheinlich vor, dass du so spät noch damit anfängst. Deine Träume sind Träume, weiter nichts.«
Mit Unbehagen sah er zu, wie sie das Kristallschwert und Blitzschlag, ihre eigene, aus zwei Teilen bestehende Klinge, vor sich legte. »Was hast du denn *jetzt* schon wieder vor?«
»Sie hat mir gesagt, wie ich Blitzschlag reparieren kann. Und das werde ich tun.«
Immertreu kam herbei und setzte sich neben sie. Coram wich zurück. Einen Moment lang starrte Alanna grollend

auf die beiden langen Narben an ihrem rechten Unterarm, dann zog sie zähneknirschend daneben einen dritten Schnitt mit ihrem Dolch und ließ ihr Blut auf die beiden Schwerter tropfen. Ein rauer Wind kam auf; das Lagerfeuer brannte purpurfarben.

»Eins«, flüsterte Alanna, schloss die Augen und suchte mühsam nach den besten Worten. »Kristallen und ganz, unzerbrechlich, stark. Eins – Kristall im Heft, glatter Stahl, in zwei Teile zerbrochen.« Staub peitschte ihr ins Gesicht. »Zwei –«. Sie legte die drei Stücke näher zusammen. »Getrennt, doch zusammen. Sein. Werden.« Macht zuckte durch ihren Körper. »Eins!«, schrie sie über den kreischenden Wind hinweg. »Eine Klinge, unzerbrechlich und ganz!«

Ein unerträglicher, starker, letzter Machtblitz schoss durch sie hindurch. Sie wurde ohnmächtig.

»So was Idiotisches hab ich noch nie erlebt.« Corams vertrautes Schimpfen drang durch die Dunkelheit, die sie umgab. »Man hätt ja annehmen können, dass du wartest, bis du dich von dem gestrigen Feuerwerk erholt hast. Aber nein.« Alanna schwamm aus dem Dunkel heraus und auf seine Stimme zu. »Nein, du musst beweisen, dass du bist wie Lord Thom und alles zu Wege bringst.«

Alanna zwang sich die Augen zu öffnen. Matt lächelte sie dem Mann zu, der ihr half sich aufzusetzen. Sie war in ihre Decken gewickelt. »Ich wollte lediglich mein Schwert flicken. Heute Abend veranstalte ich kein Feuerwerk mehr. Ich verspreche es dir, Coram.«

Er schnaubte. Ganz offensichtlich glaubte er ihr nicht. Vorsichtig hob er etwas hoch und legte ihre Hand darum.

Fast war sie zu müde es hochzuheben. Oben an dem silbernen Heft war Blitzschlags abgenutzter, runder Kristall eingelassen. Die Klinge war schmal, wie es die von Blitzschlag gewesen war, und sie bestand aus einem Stahl, der gespenstisch grün schimmerte. Keine fremde Magie und keine Wut waren zu spüren; das Schwert lag gut in ihrer Hand. Während sie es betrachtete, bemerkte Coram: »Du hast dich ganz schön verändert, meinst du nicht? Noch vor 'nem Jahr sagtest du, du wollest nie mehr deine Zauberkraft benutzen. Jetzt bist du Schamanin und erfindest dir deine eigenen Zaubersprüche.«

Alanna lächelte reumütig. »Wenn man versucht einen Teil seines Selbst zu verleugnen, dann passieren Dinge, die dazu führen, dass man ausgerechnet diesen Teil dringender braucht als den Rest. Ist dir das auch schon mal aufgefallen? Ich hatte Angst vor der Magie, was zum Teil daran lag, dass ich nicht sicher war, ob sie kontrolliert werden kann. Doch das Kristallschwert lehrte mich, dass es möglich ist. Bevor ich zu den Bazhir kam, sah ich eine Menge Magie, die man nur zum Bösen verwendete. Davon wurde ich als Schamanin geheilt. Ich glaube, ich habe jetzt keine Angst mehr vor meiner Gabe. *Ich* bin es, die sie benutzt – es ist nicht so, dass die Gabe *mich* benutzt. Nun kann ich den Leuten, meinem Schwur entsprechend, mit meinen Fähigkeiten helfen. Klingt das vernünftig?«, erkundigte sie sich besorgt.

Coram feixte. »So vernünftig, wie etwas klingen kann, was eine Edle von sich gibt.«

»*Du* hast zu lange mit Dieben gelebt«, erklärte ihm Alanna. Sie befühlte die Schneide ihres Schwertes mit dem Daumen und schnitt sich. Freudestrahlend hob sie Blitzschlag hoch. »Jetzt bin ich zu allem bereit!«

»Wo wir gerade davon reden«, sagte Coram, der eben das Feuer für die Nacht mit Asche abdeckte. »Was machen wir jetzt? In welche Richtung wenden wir uns morgen früh?«

Gehen wir irgendwohin, wo wir noch nie waren?, wollte Immertreu wissen. Sein Schwanz zuckte erregt.

Erschöpft, aber zufrieden kroch Alanna in ihre Bettrolle. »Tja, erst mal müssen wir Halef Seif diesen Umschlag bringen, den uns die Zauberin gab.« Sie gähnte. »Er muss ziemlich wichtig sein, sonst hätte sie nicht versucht ihn verbrennen zu lassen, damit ihn keiner in die Hände bekam, dem sie nicht vertraute.«

»Gut. Und dann?«

»Ich glaube, wir reiten Richtung Süden«, erklärte Alanna ihrem Gefährten. »König Barnesh von Maren hält im April ein großes Turnier ab. Ich will anfangen mich wieder wie ein Ritter zu benehmen. Vielleicht stoßen wir unterwegs auf ein paar Abenteuer. Hört sich das gut an?«

Es wird langsam Zeit, knurrte Immertreu, der es sich gerade vor ihrer Nase gemütlich machte.

Coram sagte von seiner eigenen Bettrolle her: »Hört sich fantastisch an. Und jetzt ruh dich aus, Löwin!«

Alanna griff neben sich, tastete nach Blitzschlags Heft und packte ihr nun wieder heiles Schwert, während sie mit einem müden Lächeln auf den Lippen langsam einschlief. Ihr erstes Jahr als Ritterin war vorüber. Sie hatte überlebt. Und falls irgendwelche Schwierigkeiten vor ihr lagen – nun, sie war bereit dafür.